L'HORIZON POUR ENVOL

DU MÊME AUTEUR

Aux éditions De Borée

Saison tardive, 2020, 2024
L'Empreinte du loup, 2021, 2022
Le mont Blanc se souviendra des hirondelles, 2022, 2023
Comme une brise d'été, 2023

Autres éditeurs

La Densité du vide, mention spéciale au prix du Pays du Mont-Blanc, catégorie romans et documents, au Salon international du livre de montagne 2012, Mon Petit Éditeur, 2010
Un ciel de pierres et de lunes, Mon Petit Éditeur, 2013
L'Emprise du Panthéon, Mon Petit Éditeur, 2016
Éclosion, Éditions Complicités, 2017

Alain Pyre

L'HORIZON POUR ENVOL

Roman

TERRES D'ÉCRITURE
deBorée

45, rue du Clos-Four – 63056 Clermont-Ferrand Cedex 2

1

Le réveil

Vendredi 7 mars 1902

Je savais que je rêvais, mais ma lucidité s'arrêtait là. Je penchais pour un songe agité, plutôt qu'un cauchemar. Une odeur ou un bruit m'aurait aidée ; rien ne filtrait cependant de la clarté diffuse qui agressait mes yeux. Sortir ? Rester ? Attendre ?

Impossible d'estimer depuis combien de temps je me trouvais dans cet état. Le coussin indocile ne m'était d'aucun secours. Tout mon corps souffrait de l'inconfort de la couche. Dix fois je voulus ouvrir les paupières ; jamais elles ne m'obéirent. Je me débattais dans une matière hostile. Une moitié de moi transpirait, l'autre frissonnait. Jouet du hasard, j'avançais à reculons, hésitais, me cabrais, puis sanglotais. Quand allais-je me réveiller ?

Une porte grinça. Je me recroquevillai et enfonçai la tête sous la couverture. Peu à peu, le monde redevenait clément. Quel tumulte, pour si peu de chose !

En cette fin d'hiver, le silence se parait de notes printanières. J'étais à nouveau Catherine qui venait de souffler vingt-trois bougies. La vie m'appartenait. Émergeant enfin des draps, je m'apprêtais à affronter la journée, lorsqu'un vertige fulgurant me plaqua sur le lit. Ma tête tournait et me lançait avec une violence inouïe. Mes bras cherchèrent l'équilibre. Avais-je fait la grasse matinée et m'étais-je levée trop rapidement ? Je me forçai à rester quelques instants allongée, puis me redressai, lentement cette fois. J'inspirai, soulagée, et ouvris les paupières. Face à moi, deux yeux noirs plantés dans mon regard. Je hurlai ! Tout mon être se raidit. Mon cœur battait la chamade. De partout, des sons amplifiaient ma panique.

— Stop ! Il faut que je me réveille ! m'exclamai-je, hors de moi.

— Mais vous êtes éveillée !

Impossible ! répondis-je au fruit malsain de mon imagination. Qu'avais-je mangé ou bu, pour être dans cet état ?

Tout bien considéré, ce regard qui continuait de me fixer m'interpella au-delà de l'effroi et de la surprise. Pourquoi m'ensorcelait-il ? Jamais tant de questions ne s'étaient bousculées en moi, en si peu de temps. Soudain, les yeux noirs clignèrent. Fraction de seconde où tout aurait pu basculer. Allais-je m'arracher à leur emprise ?

— Je vous connais, n'est-ce pas ? hasardai-je d'une voix épeurée.

Je délirais, sinon comment expliquer ma réaction ? Inspirer, puis expirer. M'oxygéner jusqu'à l'étourdissement, pourvu que je parvienne à chasser l'absurdité dans laquelle je me débattais, et qu'enfin je me réveille !

— Mademoiselle ? Mademoiselle ?

Que cherchaient ces yeux incrédules qui ne m'étaient pas étrangers ?

— N'ayez crainte, mademoiselle !

Depuis quand un spectre se voulait-il rassurant ? Et cette voix grave et chaude qui résonnait dans mon crâne ébranlé ?

Une manifestation d'outre-tombe ? Avais-je traversé le Styx à mon insu ?

Nouveau clignement de paupières. Cette fois, mon regard parvint à se dégager de l'étreinte, mais fut happé par la lumière d'une fenêtre aux pourtours indigo. Que faisait une cafetière devant ses deux battants ? Et une armoire peinte en bleu et blanc, adossée à un mur revêtu à la chaux ? Poutres vermoulues au plafond, sol en pierres irrégulières. Où étais-je ?

— Que faites-vous là ? Qui êtes-vous, mademoiselle ?

J'agrippai la couverture que je plaçai au ras de mon cou : qui que ce soit, il eût été inconvenant de demeurer en chemise de nuit devant un inconnu ! Chemise de nuit ? Pas du tout ! Que faisais-je élégamment vêtue, dans un lit qui n'était pas le mien ?

Timidement, je mis un pied à terre et me dégageai des draps, puis reculai jusqu'au fond de la pièce. Les yeux noirs approchèrent. Impossible de m'éloigner davantage ! Je m'apprêtais à crier, lorsqu'un être immense posa son index levé devant ses lèvres.

— N'ayez pas peur, mademoiselle, je ne vous veux aucun mal !

— Qui êtes-vous ?

Pourquoi ne me répondit-il pas ? Étais-je à ce point assourdie par l'émotion ?

— Qui êtes-vous ? demandai-je à nouveau, d'une voix inaudible.

Il avança encore dans ma direction. D'un instant à l'autre, mon cœur allait se décrocher. À moins d'un mètre, je ne remarquai que ses yeux qui me fixaient avec une expression prégnante. Qu'y avait-il en eux qui me déstabilisait de la sorte ? Un mélange d'autorité et de détermination, mais aussi de douceur : à n'y rien comprendre ! Un soubresaut. J'en profitai pour m'esquiver et courir vers la fenêtre.

— Promis, je ne bouge plus, mademoiselle ! Voyez : je reste là, mais il faut que nous parlions...

À la faveur de ma nouvelle position, j'observai la pièce et repérai une porte. Au moindre geste de sa part, je feindrais de me diriger vers le lit, pour m'enfuir par la sortie, à la condition qu'elle ne soit pas verrouillée !

— Comment vous appelez-vous, mademoiselle ?

— Catherine.

— Bien, bien ! Catherine comment ?

— Que me voulez-vous ?

— Rien de mal ! Au contraire...

Comment le croire ? S'agissait-il d'un rêve aussi tenace que pénible ?

— Catherine Jaouen.

— C'est un bon début ! Et que faites-vous ici ?

— Ici ?

— Dans mon lit !

— Dans votre lit ? Je ne comprends pas ! Où suis-je et qui êtes-vous ?

— Charles Le Bihan.

— On se connaît ?

— Pas que je sache...

— Vous me rappelez quelqu'un ! Ça me reviendra...

Depuis quand étais-je chez cet homme ? Que m'avait-il fait ? Lui demander ? Impossible !

— Où suis-je ? répétais-je, désemparée.

— Dans la petite maison que j'occupe depuis mon arrivée sur l'île. Je vous ai découverte ce matin, à mon retour du phare.

— Sur l'île ?

— L'île de Sein, pardi ! Vous m'avez l'air totalement perdue, mademoiselle Catherine. Approchez. Asseyez-vous sur cette chaise, le temps de vous apaiser.

Tant de prévenance de la part d'un malfaiteur ? Vraiment bizarre ! Et cette île ? Il fallait que j'en aie le cœur net ! Je me levai et bondis sur la porte que j'ouvris sans encombre. Elle donnait directement sur l'extérieur. Je m'y précipitai. Aussitôt, un vent froid et humide me fouetta le visage et retroussa ma robe. Pas un arbre. Une steppe désertique suspendue à des nuages aussi bas que rapides et menaçants. Je me retournai. Au loin, un phare. À l'opposé, des habitations regroupées. Quel était ce lieu inhospitalier ?

— Bienvenue à l'île de Sein, Catherine ! Vous permettez que je vous appelle par votre prénom ?

— C'est quoi, tout ça ?

— Vous ne vous souvenez donc de rien ? Vous devez souffrir d'amnésie. La mémoire vous reviendra, lorsque vous serez remise de vos émotions.

J'observai à nouveau le décor singulier qui m'entourait. Comment étais-je arrivée là, au milieu de nulle part ? Où étaient ma maison, mes parents, mon quartier, Quimper et l'Odet ? Je ne me savais pas folle, pourtant, devant une telle désolation, je commençai à en douter ! Et cet homme, était-il dangereux ? Ses manières et ses propos se voulaient rassurants, mais comment les concilier avec ma présence en ses murs, si loin de chez moi ?

— Comment suis-je venue ?

— Je l'ignore, mademoiselle !

— Ne me prenez pas pour une demeurée, je vous prie !

— Loin de moi cette idée ! Vous me voyez tout aussi surpris que vous...

— Je ne suis quand même pas arrivée par l'opération du Saint-Esprit !

— Qui sait ?

— Cessez de vous moquer de moi ! Ce n'est vraiment pas drôle. Vous me faites terriblement peur !

— Il ne faut pas, je ne vous ferai aucun mal.

— Parlez-moi de vous, monsieur.

— De moi ?

— Que faites-vous sur cette île ? D'ailleurs, où est-elle ? Son nom ne m'est pas inconnu.

— Au bout du monde, comme disent certains, non sans raison ! Vous voyez la pointe du Raz ?

— Je n'y suis jamais allée, mais je la situe sur la carte.

— Eh bien, l'île de Sein se trouve dans son prolongement, parmi une multitude de récifs. Quant à moi, j'y suis arrivé en septembre dernier. Je donne un coup de main au phare et à l'église.

— C'est-à-dire ?

— Nous sommes trois à nous relayer pour assurer le bon fonctionnement du phare. Quant à l'église, j'aide à sa construction. Il y a deux jours, nous avons fêté l'anniversaire de la pose de sa première pierre. Le travail est immense, mais nous sommes nombreux à nous y atteler. Toute la population s'y affaire. C'est un projet merveilleux, et un élan de solidarité que je n'avais jamais connu auparavant. Je suis fier d'y contribuer à mon humble mesure.

J'observai en direction du village et remarquai un édifice dont les murs dépassaient des maisons avoisinantes.

— Il faut que je rentre chez moi. Quand part le prochain bateau ?

— Je ne sais pas. Il faut se renseigner...

— Que voulez-vous dire ?

— Il y a généralement deux navettes par semaine, mais ça dépend de la mer...

Si sa réponse me décevait dans la mesure où elle impliquait que j'allais devoir attendre avant de regagner le continent, elle avait le mérite de signifier qu'il ne projetait pas de me retenir !

— Je dois absolument savoir quand aura lieu le prochain départ. Où puis-je me renseigner ? Par ce chemin qui semble se diriger vers les habitations ? Le quai d'embarquement est-il là-bas ? Où prend-on son billet ?

Je réalisai que je n'avais rien sur moi, à part ma tenue endimanchée.

— Je n'ai pas les moyens de payer ma traversée ni de rejoindre Quimper où mes parents doivent être morts d'inquiétude ! Auriez-vous l'obligeance de m'avancer un peu d'argent ? Bien entendu, je vous rembourserai quand je serai arrivée à destination, n'ayez crainte !

— Vous savez, je n'ai pas grands biens, mademoiselle, mais je me débrouillerai.

— Vous m'avez l'air préoccupé. Il y a autre chose ?

— Regardez-vous, Catherine !

— Qu'insinuez-vous ? Je ne suis pas présentable ? Une fois peignée, ça devrait aller !

— Je pense à votre tenue...

— Qu'a-t-elle donc ?

— Disons qu'elle n'est pas vraiment de celles que l'on rencontre par ici ! Elle est très...

— Très quoi ?

— Très habillée !

— Pour sûr ! Je n'allais pas sortir en ville en haillons ! Oh ! Pardon ! Je ne voulais pas me montrer offensante envers les dames qui doivent vivre sur cette île, car je suppose que vous faites allusion à la manière dont elles sont vêtues.

— Ce sont des femmes simples, fières et courageuses qui ignorent la mode et n'ont ni le loisir ni les moyens de s'y intéresser...

— Voilà qui a le mérite d'être clair, monsieur Charles ! Je vous remercie d'accepter de me prêter la somme nécessaire à mon voyage. M'accompagneriez-vous maintenant jusqu'à l'embarcadère ?

— Holà ! Pas si vite...

Je pâlis.

— Qu'y a-t-il ?

— Votre présence ici, mademoiselle !

— Et alors ?

— Eh bien, il n'est pas dans les habitudes qu'une jeune et élégante personne de votre condition se trouve seule sur l'île !

— Personne ne me verra seule, puisque vous serez avec moi !

— Ce n'est pas si simple...

— Parlez, je vous prie ! Je n'en peux plus de vos sous-entendus. Soyez clair et direct, de grâce !

— Un prêtre ne peut décemment pas héberger une dame ! De plus, de votre qualité...

— Un prêtre ? Vous ?

— Pas le meilleur, loin de là ! Mais un homme ayant prononcé des vœux.

— Et votre tenue ?

— Attendez...

À peine remise de la surprise, je le vis ressortir de sa masure, une soutane pliée sur un bras, une barrette dans une main et un rabat dans l'autre !

— Convenez qu'il y a plus pratique pour maçonner et manipuler les bidons d'huile minérale, au phare !

J'en demeurai coite, réalisant que j'étais piégée par le qu'en-dira-t-on, entre la réputation d'un recteur[1] et celle d'une jeune bourgeoise fiancée depuis huit mois !

* *
*

1. Curé d'une paroisse rurale en Bretagne.

Je rentrai, transie de froid. Il referma la porte au bois rongé par les embruns. Nous nous assîmes chacun à une extrémité de la table. Je le considérai longuement. Que signifiait son silence ? La possession de vêtements ecclésiastiques le disculpait-elle de tout soupçon ? Si les apparences plaidaient en sa faveur, comment expliquer ma présence dans son lit, à mon réveil ?

Il se leva et se dirigea au fond de la pièce où il dégagea un rideau poussiéreux derrière lequel il disparut.

— Sapristi ! lâcha-t-il.

Je le rejoignis dans la cuisine.

— Je voulais vous faire à manger, mais je réalise que sœur Hélène n'a pas apporté de nourriture !

— Sœur Hélène ?

— Une des filles de l'Esprit saint...

Il m'expliqua qu'il s'agissait d'une congrégation religieuse féminine créée deux siècles auparavant. Trois des sœurs vivaient en permanence sur l'île où elles aidaient les personnes les plus nécessiteuses. Depuis quelques années, le soutien scolaire occupait une grande part de leur temps, en raison des difficultés que les écoliers éprouvaient dans l'apprentissage du français. Lorsque ceux-ci se laissaient aller à s'exprimer dans leur langue maternelle, ils étaient contraints de porter ostensiblement un petit objet, appelé symbole ou vache, qu'ils devaient garder jusqu'à pouvoir s'en débarrasser, en le transmettant à un condisciple surpris à parler en breton ! Ceux qui n'y parvenaient pas avant la fin de la journée recevaient une punition...

Les filles de l'Esprit saint fournissaient de la nourriture aux habitants qui en manquaient. Elles prodiguaient aussi des soins aux malades et aux femmes enceintes. Les plus vigoureuses prêtaient main-forte aux veuves dépassées par l'ampleur des tâches quotidiennes. Elles préparaient également les repas de Charles Le Bihan qu'elles savaient plus utile au phare et au chantier de l'église que derrière des fourneaux !

— Chaque matin, la plus jeune m'apporte un panier avec des victuailles pour la journée, voire un peu plus, en prévision de gros temps. Et là, j'ignore pourquoi, il n'y a rien à côté de l'évier où elle le pose habituellement. Pourtant, la météo permettait de se déplacer sans risque.

— Est-ce déjà arrivé ?

— Je ne pense pas.

— Peut-être était-elle souffrante ?

Il parut dubitatif et ajouta :

— À moins que...

Son regard décontenancé me toucha. Je lui tendis une perche :

— À moins qu'elle soit venue et qu'elle m'ait découverte assoupie dans votre lit ? C'est ce que vous vous disiez ?

— Effectivement ! Dans ce cas, elles doivent être toutes les trois au courant de votre présence...

— S'il s'agit de sœurs, elles ne devraient pas ébruiter la chose, j'imagine !

— Logiquement, non. Mais comment en avoir la certitude, dans un cas aussi étrange et choquant ?

— Nous n'avons qu'à aller les trouver. Vous leur expliquerez la vérité.

— C'est beaucoup trop risqué de nous y rendre ensemble de jour : toute l'île serait informée ! Voilà pourquoi j'irai seul, tout à l'heure... Mais que pourrais-je leur dire de plausible ?

— Ce sont des sœurs et vous êtes curé : elles devraient pouvoir admettre ce qui échappe à la raison, et vous croire sur parole...

Il parut perplexe, puis s'agita, ouvrit les portes de l'armoire branlante, qui constituait l'unique mobilier de la cuisine, et en sortit un pain rassis, une couenne de lard et quelques légumes séchés. Il fit chauffer une casserole d'eau puisée dans une bassine et prépara une soupe.

— Ce ne sera pas royal, mais ça devrait vous faire du bien. J'imagine que vous êtes affamée et déshydratée ! En attendant, voici un bol pour vous désaltérer. N'ayez crainte, elle est saine, malgré les apparences : je l'ai pompée tout à l'heure, à la citerne du Nifran, en rentrant du phare.

Il avait vu juste : dès que mes lèvres touchèrent le liquide qui tremblait entre mes mains, je réalisai que ma gorge était desséchée. Depuis quand n'avais-je ni bu ni mangé ? En d'autres circonstances, j'aurais eu des haut-le-cœur à l'odeur d'une cuisson aussi rudimentaire, mais elle m'ouvrit un appétit insoupçonné.

Il m'observa étancher ma soif et avaler la soupe avec une telle hâte qu'il craignit que je me brûle. Lorsque mon bol fut vide, je lui demandai s'il ne s'alimentait pas également. Je compris à son hochement de tête négatif qu'il venait de me donner toute la nourriture qu'il lui restait. Je le questionnai du regard.

— Ne vous inquiétez pas pour moi, Catherine, je verrai cela plus tard !

— Vous avez la foi...

— C'est un peu mon rôle ! plaisanta-t-il, avant d'ajouter, le visage grave cette fois, qu'il y parvenait bien moins qu'il le faudrait...

La tristesse avait envahi ses yeux. Il les détourna des miens et alla chercher un pull en laine qu'il déposa sur mes épaules.

— Merci, mon père.

— Charles suffira.

— Mais vous êtes bien prêtre ? Alors pourquoi ne souhaitez-vous pas que je vous appelle selon les usages ?

— Parce qu'il faudrait, pour cela, que je le mérite...

Je l'observai à nouveau.

— Il va falloir que je vous laisse, Catherine, j'ai à faire à l'église. Si je ne m'y présente pas, les travaux prendront du retard et l'on se demandera ce qu'il m'est arrivé. Peut-être l'un des habitants viendra-t-il aux nouvelles ? Il ne serait pas souhaitable qu'il nous trouve ici, en train de bavarder, pendant que les îliens s'affairent au chantier !

Il me quitta peu de temps après. Aussitôt seule, je me mis à frissonner. Du seuil de la porte, je le regardai s'éloigner le long du sentier qui serpentait en direction du village. Lorsque sa silhouette disparut, je rentrai et fis bouillir de l'eau à laquelle j'ajoutai une poignée d'herbes sèches, comme je l'avais vu faire. Quoique fade et d'un goût douteux, le breuvage me réchauffa les mains et le gosier.

* *
*

Les heures suivantes me parurent une éternité. Sans occupation, je tournais en rond dans deux pièces qui respiraient l'indigence. Je m'appliquai à faire un peu de ménage, mais la tâche fut vite expédiée, eu égard au peu d'objets présents.

Malgré mes efforts, mon esprit en ébullition ne se souvenait de rien de plus récent que la réception organisée par un négociant célèbre, en affaires avec mon père. Je m'y étais rendue en compagnie de Tristan, mon fiancé, et de nos parents respectifs. Quand était-ce déjà ? Avec un peu de repos, peut-être pourrais-je explorer les recoins de ma mémoire et y récolter des indices précieux ? Je m'allongeai sur le lit et me blottis sous la couverture.

Je dormis jusqu'à ce qu'un claquement de volets me réveille. Le vent hurlait à l'extérieur. Comment le temps pouvait-il avoir si rapidement changé ? Je me levai et vis par la fenêtre l'herbe rase malmenée en tous sens. Je tentai une sortie, après avoir revêtu le chandail que mon hôte m'avait prêté. Ouvrir la porte relevait de la gageure ! Dehors, je longeai le mur et attachai le volet récalcitrant, puis tombai à la renverse sous la violence d'une rafale ! Je tâchai de me redresser : peine perdue. Je regagnai à quatre pattes l'entrée de la maison. Par chance, le vent maintenait la porte ouverte. Une fois à l'intérieur, je dus à nouveau déployer des ruses de Sioux pour refermer l'accès. Je m'effondrai sur une chaise et me mis à sangloter. Qu'allais-je devenir, seule en un lieu si hostile, loin de tout, y compris de moi-même ? Et si je ne recouvrais pas la mémoire ?

Le prêtre rentra à la tombée de la nuit. Les bourrasques s'étaient légèrement assagies. Il me trouva en train de fouiller sa masure à la recherche de nourriture.

— Rassurez-vous, nous ne mourrons pas de faim ce soir ! déclara-t-il, le visage réjoui, en brandissant un panier généreusement garni.

Je souris.

— Comme quoi le Saint-Esprit pourvoit à qui est dans le besoin ! Nous pouvons aussi remercier ses trois filles qui n'ont pas lésiné pour que nous ne manquions de rien.

— Avez-vous évoqué ma présence ?

— Ça n'a pas été nécessaire. Elles savaient déjà...

— Comment ont-elles réagi ?

— Vous voyez cette nourriture ? On ne dirait pas qu'elles nous tiennent rigueur de la situation !

— Ont-elles ébruité la chose ?

— Pas le moins du monde. Nous pouvons les croire sur parole. Êtes-vous rassurée quant à votre réputation, mademoiselle Catherine ?

— Certes, mais je ne me considère pas pour autant comme tirée d'affaire...

Il s'assit et me raconta sa journée, au chantier, puis auprès des sœurs, et comment il avait obtenu qu'elles m'hébergent jusqu'à mon départ de l'île. Il m'apprit qu'il me conduirait chez elles le jour même, à la nuit noire. Je n'aurais ensuite qu'à attendre le jour et l'heure du bateau-poste. Le moment venu, elles m'accompagneraient de manière à dissiper tout soupçon au sein de la population. Elles projetaient de me prêter une de leurs tenues, pour que je passe inaperçue : qu'auraient pensé les habitants s'ils avaient remarqué une femme encombrée de dentelles et de froufrous, et chaussée d'escarpins quitter leur terre sans qu'ils l'aient vue arriver ?

— Elles vous donneront une valise dans laquelle vous placerez vos vêtements. Vous la leur renverrez, une fois de retour chez vos parents, en y mettant les habits qu'elles vous auront fournis.

Ils avaient décidément songé à tout, y compris à la lessive de la robe que je portais depuis le bal.

— Elles tiennent à ce que vous rentriez chez vous de manière présentable.

Sur ces bonnes nouvelles, j'examinai le contenu du panier garni et fus surprise d'y découvrir un peu de poisson et de quoi se sustenter plusieurs jours. À l'évidence, lorsque j'aurais quitté le prêtre et que l'île dormirait du sommeil du juste, il n'aurait plus à s'inquiéter de ce qu'il mangerait durant quelque temps !

— L'une des sœurs est donc venue ce matin et est repartie avec les provisions qu'elle vous a apportées, tant elle a été choquée de trouver une femme dans votre lit ? C'est cela ?

— Absolument ! Je ne vous cache pas qu'elles n'ont guère été faciles à rassurer. Je les ai découvertes agitées comme jamais, et même suspicieuses. Il m'a fallu user de subterfuges à rendre jaloux un prédicateur avisé !

— Mais vous y êtes parvenu.

— Certainement pas de mon seul fait : on a dû m'entendre, là-haut !

Après une accalmie, le vent se remit à rudoyer les volets.

— Mangeons sans tarder, car j'ignore comment les choses évolueront, dehors !

À peine eut-il prononcé ces mots qu'il commença à cuisiner.

— Permettez ! lui dis-je, en me faufilant entre lui et le panier. Je vous dois bien un repas en remerciement de votre prévenance.

Il ne se fit pas prier. Pour être franche, je m'étais moins dévouée par gratitude que par crainte de devoir ingurgiter à nouveau une recette répugnante ! Par ailleurs, si mon avenir à court terme s'éclaircissait, il n'en était rien des circonstances qui m'avaient menée dans son lit ! Et cette mémoire qui me faisait toujours défaut !

Tandis que je m'affairais aux préparatifs, il vaquait à diverses occupations dans l'autre pièce. M'évitait-il ou cherchait-il vraiment à réparer le pied d'un tabouret ? À plusieurs reprises, je le vis relever le nez, sans doute attiré par des fumets inhabituels.

Lorsque nous passâmes à table, il n'en crut pas ses yeux en découvrant au centre de son assiette une portion de vieille entourée de navets rissolés ! Ses prunelles brillaient, tandis qu'il retenait son couteau et sa fourchette, afin de me laisser commencer la première. Pour abréger son supplice, je pris une bouchée qui libéra ses ardeurs ! La pièce maîtresse ne fit pas long feu, suivie de près par les savoureux légumes. Après avoir traqué la dernière parcelle comestible, il essuya ses lèvres et redressa la nuque. Des traces de larmes luisaient sur ses joues.

— Merci, Catherine ! Merci, mon Dieu ! Et pardonnez-moi d'avoir oublié de prononcer le bénédicité !

Je lui souris. J'avais à peine entamé mon repas.

— Et si vous me parliez de vous, Charles ? Vous permettez que je vous appelle par votre prénom ?

— C'est moi qui vous l'ai demandé tout à l'heure !

Je me sentis toute drôle de m'adresser de manière aussi familière à un prêtre. N'étais-je pas en train d'abuser ? Cela différait tellement des us et coutumes en vigueur dans mon milieu !

— Vous n'avez pas toujours habité sur cette île, je présume ? Je crois me souvenir que vous êtes arrivés l'année dernière…

— C'est exact, mi-septembre.

— Où étiez-vous auparavant ? Et que faisiez-vous ?

Son regard s'assombrit.

— Si ma question vous importune, monsieur l'abbé, oubliez-la !

Ses yeux arpentèrent le plafond. Il s'essuya à nouveau les lèvres et m'apprit qu'il était prêtre d'une paroisse au nord de Quimper.

— Quimper ? Comme moi. Sacrée coïncidence ! m'exclamai-je. Quelle paroisse ?

— La Sainte-Trinité, à Kerfeunteun. Vous connaissez ?

— De nom…

— Et vous, à quels offices assistez-vous ?

— À ceux de la cathédrale. Nous habitons à proximité.

— Les beaux quartiers ! Je m'en doutais…

Comment devais-je interpréter sa réponse ? Dans un environnement bourgeois, je n'avais jamais mesuré ma chance. Tout me paraissait normal, jusqu'alors. J'évoluais dans la vie selon les règles et coutumes en vigueur autour de moi. Elles guidaient mes pas, jalonnaient mon existence, préparaient mon avenir. Qu'il eût pu en être autrement ne m'avait jamais effleurée. Bien sûr, j'éprouvais une pitié sincère, lorsque nous croisions des nécessiteux, mais l'aumône que pratiquaient mes parents dissipait aussitôt tout sentiment d'injustice.

Quant aux homélies dominicales, elles encourageaient les élans de cœur de papa et maman envers les défavorisés, renforçant notre impression d'avancer dans le droit chemin.

Il me fixa. Je compris qu'il avait décelé un malaise en moi. La tentation fut grande de m'en ouvrir à lui, mais je me retins, soucieuse de ne rien révéler de trop personnel : seule avec un inconnu, je devais rester prudente...

Alentour, le vent hurlait à nouveau. J'étais heureuse de me trouver à l'intérieur. Le regard que le prêtre posait sur moi détournait constamment le mien. Sans doute voulait-il m'inciter à m'exprimer ? J'observais son visage à la dérobée. Mal rasé, sans pour autant paraître négligé, il s'agissait à l'évidence d'un très bel homme ! Mais qu'avait-il au fond des yeux qui m'avait interpellée dès mon réveil et me perturbait encore ?

— Ah ! Je crois savoir ! m'exclamai-je tout à coup. Vous n'auriez pas concélébré la messe de Noël à la cathédrale, par hasard ?

— Ma foi, non ! Du moins, pas le dernier Noël, étant donné que j'étais déjà ici. Mais les précédents, cela m'est arrivé...

— Tout s'éclaire, à présent ! Voilà donc où je vous ai rencontré.

— Vous avez une sacrée mémoire !

— On peut le voir ainsi, mais remarquez que c'est plutôt maladroit de s'adresser de la sorte à quelqu'un qui a tout oublié ! Pardon, je m'emporte ! Veuillez m'en excuser.

Je me mordis les doigts de mon manque de tact. Comment pouvais-je me rappeler l'avoir entraperçu à la communion plus d'un an auparavant, sans me souvenir de la fin du bal où j'avais enchaîné les valses et les polkas avec mon fiancé ?

* *
*

Malgré mon empressement à mettre un terme à ce cauchemar, je n'avais pas hâte de quitter les lieux, en direction de la maison des religieuses, tant les assauts du vent redoublaient à l'extérieur. Charles Le Bihan cherchait-il à me rassurer, en me répétant qu'il avait tendance à faiblir en fin de soirée ?

Je me demandai si les dernières heures en sa compagnie lèveraient le voile sur les raisons de sa dévalorisation. Pour le savoir, je manœuvrai discrètement, tant et si bien qu'il finit par s'ouvrir de ses déboires avec l'Église. Mais je n'étais pas dupe et pressentis que sa langue se déliait davantage sous l'étrangeté de la situation que sous l'habileté de mon approche. Lui non plus ne comprenait rien à ma présence, et j'étais encline à le croire.

Une fois ordonné, il s'était vu affecté à l'église de la Sainte-Trinité, dans la commune de Kerfeunteun, au nord de Quimper. Malgré la faible distance entre cette agglomération et la cathédrale, je ne m'y étais jamais rendue avec mes parents qui préféraient rester dans les quartiers les mieux fréquentés. Il y vécut jusqu'à sa mutation à l'île de Sein. Les deux dernières années sur le continent, d'importants travaux furent engagés dans l'édifice médiéval où il officiait. Il multiplia les initiatives visant à maintenir les célébrations et les permanences dans des conditions matérielles de plus en plus difficiles. Nombre de ses paroissiens appréciaient les astuces qu'il déployait pour rester au plus près de ses fidèles, mais quelques voix s'élevèrent pour contester ses méthodes. Selon elles, il aurait dû orienter les croyants vers d'autres paroisses, plutôt que d'essayer de bricoler des cérémonies qui relevaient davantage du simulacre que du respect du culte et des traditions. On lui reprocha même d'avoir fait fi de nombre de pratiques ancestrales, et de confesser dans des lieux inappropriés, en accordant le pardon de l'Église à la légère...

— L'évêque m'a convoqué. Son discours était on ne peut plus clair !

Pour sa défense, le prêtre de trente-quatre ans eut beau clamer la suprématie du message d'amour du Christ sur les us et coutumes, il s'entendit répondre qu'il dépassait les bornes !

Le coup de grâce vint d'une plainte anonyme adressée à l'évêché, selon laquelle il aurait eu des paroles et des gestes osés, voire déplacés, envers des paroissiennes dévotes, à la faveur du sacrement de pénitence et de réconciliation ! La lettre faisait également état de prises de distance récurrentes et subversives à l'égard des dogmes de l'Église.

La deuxième convocation de Charles Le Bihan auprès de son autorité lui exposa une liste impressionnante d'attitudes qui lui étaient reprochées. Ayant jusqu'alors minimisé les accusations dont il était l'objet, tant il était persuadé de se conduire conformément à l'esprit des Évangiles, il n'avait pas jugé nécessaire de préparer sa défense. Il ne contesta qu'à peine les allégations selon lesquelles il aurait affiché durant ses homélies des positions ouvertes envers la laïcité, à l'heure où grondait la menace de la séparation des Églises et de l'État. On n'hésita pas non plus à le critiquer d'avoir tenu à demi-mot des propos engagés sur l'affaire Dreyfus. Sans oublier sa propension à interpréter trop librement les paraboles des Écritures ! Le verdict tomba de Son Excellence :

— Pour votre pénitence, je vous envoie jusqu'à nouvel ordre sur l'île de Sein, en tant qu'ouvrier et gardien de phare. Voici une lettre que vous remettrez au recteur, à votre arrivée. Et cette autre destinée aux filles de l'Esprit saint qui réalisent sur l'île un travail inestimable, depuis une quarantaine d'années. Puissent ces dernières assurer votre subsistance matérielle et le Tout-Puissant redynamiser votre âme !

Je demeurai sans voix. Qui, à sa place, aurait gardé le moral dans un lieu si inhospitalier, dans de telles circonstances ?

Mon cœur s'apitoya sur ce prêtre. Mais comment soupeser le vrai du faux et l'exagération dans les faits qui lui étaient reprochés ? Quant aux propos et gestes inappropriés envers des femmes, de quoi s'agissait-il au juste ? Depuis mon réveil, je n'avais rien remarqué d'inconvenant dans son comportement à mon égard, mais cela resterait-il le cas jusqu'à notre arrivée chez les sœurs ? Dans le doute, je précipitai notre départ :

— Ne pensez-vous pas qu'il fait suffisamment sombre pour s'en aller ?

— Vous avez raison, Catherine. À cette heure, et par ce temps, il ne doit plus avoir âme qui vive, sur le trajet ! Préparons-nous.

— Je suis prête, vu que je n'ai rien avec moi !

En plus du chandail qu'il m'avait prêté, il posa sur mes épaules une veste imperméable sous le poids de laquelle je manquai de m'écrouler !

Aussitôt sortie, je découvris la démesure d'un hiver insulaire. Tandis que nous nous éloignions de sa masure, je songeai à la chaleur du vieux poêle chargé de goémon séché auprès duquel j'avais presque oublié les conditions extérieures. Après quelques minutes de marche, les bourrasques se doublèrent d'une pluie battante. Ma robe se transforma en quelques instants en une éponge de plus en plus lourde et encombrante.

Trop tard pour rebrousser chemin, nous accélérâmes. Je dus me voûter pour rester debout dans la tourmente. Le prêtre me cria de m'accrocher à son bras ; je ne me fis point prier. Mais bientôt, la situation empira encore, avec l'arrivée des vagues ! Oui, des vagues en plein milieu de l'île ! L'une d'elles, d'une violence inouïe, nous renversa et nous emporta ! Je saisis la main du curé qui se débattit pour attraper, de l'autre, toute prise susceptible d'interrompre notre dérive. Soudain, un choc : après avoir raclé la roche, ses doigts venaient de s'agripper à une aspérité. Tandis que nous étions étendus, à même le sol, dans la fureur d'un courant qui submergeait une partie de l'île, je ne pouvais ni bouger ni crier ! L'eau glaciale figeait mes membres. Comment savoir où nous étions et si nous allions parvenir à nous relever ? Une certitude, toutefois : à ce rythme, je ne tiendrais pas longtemps ! Ma main devenue insensible relâcha peu à peu la pression qu'elle exerçait sur celle du prêtre. Lorsque je m'en rendis compte, il était trop tard : je flottais à la dérive, empêtrée dans des vêtements de plomb. Seule ma panique remuait encore. Allais-je être poussée jusqu'à la mer ? Sans visibilité, impossible d'anticiper le mouvement des flots. Au comble de l'angoisse, la gorge déployée, je bus la tasse ! Toussant, crachant dans le noir, je compris que ma vie s'achèverait d'une seconde à l'autre ! Épuisé, mon corps s'en allait sans esprit de retour... J'avais vécu – certes peu –, mais finalement heureuse. Les amarres larguées, le destin m'emmenait là où une place m'était réservée. Je songeai à mes parents à qui je n'avais pas pu dire adieu. Survivraient-ils à la perte de leur fille unique ? Que Dieu me pardonne ! Ballottée dans le va-et-vient de remous déchaînés, je remis mon âme entre ses mains. Désormais insensible aux morsures maritimes, je fermai les yeux et, dans un ultime réflexe, j'ouvris la bouche aussi fort que mes mâchoires le permirent. Une vague s'y engouffra...

2

L'île aux silences

Samedi 8 mars 1902

Que devaient penser mes parents depuis ma disparition ? Trois jours sans la moindre nouvelle de leur fille ! Combien de temps allaient-ils demeurer dans l'incertitude ? Pourrais-je les prévenir, une fois sur le continent ? Si j'avais été à Paris, j'aurais pu leur téléphoner... Insupportable sensation de faire souffrir ceux que j'aimais, sans la possibilité d'agir. Me croyaient-ils morte, ou ayant fugué, connaissant mon aversion pour les mariages arrangés ?

J'ouvris les paupières. Un nouveau choc : les yeux noirs ! Les mêmes que récemment, quoique nuancés. Ce cauchemar ne me quitterait donc jamais ! Je m'étais fourvoyée en pensant que je n'avais pas rêvé. Là, plus de doute : la rencontre du prêtre dans une maison perdue, sur une île dont j'ignorais l'existence, n'était que le fruit de mon imagination. Mais quelle imagination ! Et pourquoi me malmenait-elle à nouveau ?

— Catherine ! Catherine ! Catherine ! Vous voilà revenue ! Dieu soit loué !

Combien de fois mon prénom fut-il répété avant que j'envisage la possibilité que cette voix émanant du curé de mon rêve fût bien la sienne, mais dans la réalité ? Réalité ? Songe ? Cauchemar ? Comment expliquer le malaise dans lequel je m'enfonçais au point de bientôt m'y noyer ? Noyer ? La vague ! Ma bouche ouverte et cette dernière bouffée non pas d'air, mais d'une eau salée et glacée qui s'engouffrait dans mes poumons ! Cette fois, la mémoire me revenait : je m'étais bien noyée ! Avais-je souffert, au moment du trépas ? Je ne me souvenais d'aucun détail. En était-il de même pour tout le monde ?

— Catherine ? Catherine ? Parlez-moi, je vous en prie !

— Quoi ?

— Ah ! Vous voilà de retour ! Dieu soit loué ! Merci, Seigneur ! répéta l'abbé tombé à genoux, au pied du lit.

Un bref regard alentour, et à nouveau la présence improbable d'une cafetière, en lieu et place d'un pot de fleurs, devant l'unique fenêtre de la pièce ! Les mêmes murs peints à la chaux. Et ce lit, au sommier si inconfortable !

Je dégageai la couverture, fis quelques pas et pénétrai dans la cuisine où les restes du dîner de la veille souillaient deux assiettes et le fond d'une marmite. Je posai une main sur le poêle : il était tiède. Sur la table, deux verres au bord desquels la lumière extérieure révélait des marques grasses en forme de lèvres. Il faisait jour, mais avec une clarté surnaturelle. Je m'approchai de la fenêtre et vis un voile tendu d'une extrémité à l'autre du champ visuel. Je ne distinguai, au ras du sol, que des touffes d'herbes malmenées par le vent dont les hurlements me devinrent perceptibles. Il fallait que j'en aie le cœur net : je fis pivoter la poignée de la fenêtre. Un froid glacial envahit l'espace intérieur. La réalité ! Je secouai la tête et la passai dans l'ouverture. À la violence des éléments, je dus me rendre à l'évidence et admettre une fois pour toutes que j'étais vivante !

Abasourdie, heureuse, mais effrayée, je refermai la fenêtre. Un calme tout relatif réinvestit les lieux. Je regagnai l'autre pièce, celle au lit et à la cafetière ; celle aussi dans laquelle un homme soustrait aux réalités terrestres continuait de rendre grâce à genoux...

* *
*

La journée déroulait un rideau monotone. Litanie du vent ponctuée de gémissements, de grognements, de hurlements... Le prêtre était là, face à moi, accoudé à la table de la cuisine. Les pièces du puzzle se rapprochaient peu à peu. Ma mémoire semblait intacte, quoique figée sur la vague. Durant combien de temps avais-je dérivé, avant qu'une main me retienne et m'arrache à la gueule béante de la mer d'Iroise ?

— Comment avez-vous fait ? J'étais consciente ? Je respirais ?

— Non !

Je dus mon salut à la réactivité du prêtre et aux gestes de premiers secours appris dans sa jeunesse. Sans son acharnement à pratiquer un massage cardiaque et des insufflations, la maigre trace de mon passage sur Terre aurait disparu du lambeau d'incertitude que dessinait l'île de Sein sur l'immensité océane.

— Et puis ?

Quand il me sut tirée d'affaire, il me prit dans ses bras et me ramena chez lui, dans la tourmente, en remontant un courant qui lui arrivait à la poitrine. Imaginant la scène, lorsqu'il avait dû refermer la porte, je sursautai.

— Mes vêtements ? Qu'en avez-vous fait ?

— Je vous les ai retirés. Ils étaient détrempés et allaient vous donner la mort !

— Tous ?

— Tous !

Je me raidis.

— Et ensuite ?

Il m'avait installée nue sur sa couche, sous une couverture. Il avait essoré ma tenue et l'avait étendue face au poêle généreusement chargé en combustible.

— D'où la chaleur ressentie en m'éveillant…

— Certes !

— Mais j'étais habillée en sortant du lit !

— Effectivement. Lorsque votre robe et vos sous-vêtements ont été secs, j'ai jugé préférable de vous les remettre.

Je demeurai sans voix.

— Prenez votre temps, Catherine, rien ne presse. L'essentiel est que vous soyez vivante !

Je passai les minutes suivantes le nez collé à la vitre. Rien ne se démarquait de l'eau battante. Aucune silhouette à laquelle accrocher un espoir. J'étais condamnée à tourner en rond. En remontant le fil des événements, je revenais à mes interrogations de la veille, après m'être éveillée dans son lit. Était-il aussi innocent qu'il le prétendait et que je trouvais rassurant de croire ? D'un côté, une explication évidente : sa culpabilité de A à Z dans mon enlèvement. De l'autre, un mystère en faveur duquel la douceur d'un regard plaidait avec talent…

L'après-midi s'étirait péniblement sans que nous ayons avalé la moindre nourriture. Son silence ne m'apaisait guère, et pourtant je redoutais chacune de ses prises de parole ! Qu'allaient-elles m'apprendre qui me bouleverserait à nouveau ? Une idée brillante me traversa l'esprit : focaliser la conversation sur un sujet parfaitement neutre, foncièrement superficiel !

— Et le phare ? Vous ne pouvez pas y aller, je suppose, avec la tempête. Qu'advient-il des bateaux dans des cas pareils ?

— Effectivement, il est trop risqué de s'y rendre, d'autant plus que l'extrémité de l'île est particulièrement exposée aux déferlantes. Mais ne vous inquiétez pas pour la signalisation : mon collègue Marcel s'y trouve en ce moment. Il continue d'allumer et d'éteindre le projecteur, et de veiller à ce qu'il ne s'étouffe pas dans l'obscurité...

— A-t-il de quoi manger ?

— Il y a ce qu'il faut sur place pour tenir un siège ! C'est la consigne. Une question de survie. Tant qu'il reste au phare, il ne craint rien !

— Et à l'église, personne ne s'étonnera de votre absence ?

— Non, car personne ne doit s'y trouver. Les habitants connaissent les conditions climatiques : par tempête, on s'enferme chez soi en attendant qu'elle se termine.

— C'est donc le bon moment pour circuler dans les rues sans être aperçus !

— Vous plaisantez ? Auriez-vous oublié ce qu'il s'est passé la nuit dernière ?

* *
*

Peu avant la fin du jour, le prêtre sortit pour fermer les volets. Ils essuyaient des vagues furieuses depuis le début du repas. Je redoutais le moment de me coucher et de me retrouver seule, dans l'obscurité, avec cet homme. Lui non plus ne semblait guère pressé de l'extinction des feux. Ses yeux luisaient, tandis qu'il s'évertuait à garder mon attention en me décrivant la vie des Sénans. Des femmes, en particulier, avec leur pénible activité de récolte du goémon épave. Après avoir ramassé les algues sur l'estran, elles les transportaient dans des paniers en osier posés sur leur tête, pour en faire de l'engrais, de la nourriture pour le bétail et du combustible.

Mais surtout, elles érigeaient des meules à proximité de fours archaïques creusés à même le sol. À l'époque de la fumaison, elles jetaient le varech extrait des tas ainsi constitués dans ces foyers aux allures de fosses communes et brisaient à l'aide de pelles aussi longues que lourdes les mottes formées durant le brûlage. Inlassablement, elles travaillaient dans une fournaise entourée de vapeurs opaques et irrespirables ! Des conditions dantesques qui élevaient dans le ciel d'énormes panaches de fumée. En se refroidissant, la cendre pétrie se transformait en pains de soude qu'elles expédiaient vers Audierne, pour les besoins de l'industrie : la fabrication de l'iode, notamment, dont on avait découvert les propriétés antiseptiques. Telle était la principale activité économique de l'île.

Il aurait pu continuer à me parler des heures durant de la vie des habitants, simples et courageux.

— Mon père, puis-je vous poser une question assez personnelle ?

— Allez-y, Catherine ! Mais par pitié, pas de titres ronflants qui ne sont que façade, Charles suffira amplement...

— Justement, c'est à ce propos ! Tout d'abord, je vous prie de m'excuser, mon éducation ne m'a pas laissée entrevoir la possibilité d'appeler un dignitaire de l'Église par son prénom.

— Dignitaire ? Vous plaisantez ! Cela dit, je ne suis pas certain de comprendre ce qui vous préoccupe, me concernant. Je vous fais peur ?

— Non ! Enfin, si ! Pardonnez-moi, je ne sais plus où j'en suis.

— Rassurez-vous, dès que la perturbation faiblira, je vous conduirai chez les sœurs.

— Elles durent longtemps, les tempêtes ?

— Ça dépend. Parfois un jour ou deux, voire trois ; rarement davantage... Que vouliez-vous savoir sur moi ?

— Eh bien, c'est à propos de votre façon de vous dévaloriser...

Ma réponse provoqua en lui une brève hésitation qui me permit de me dégager de son étreinte visuelle. Je concentrai mon attention sur sa main posée sur la table, avec la ferme intention de ne plus la quitter.

— Je me souviens de ce que vous m'avez dit quant aux raisons de votre présence sur l'île. Toutefois, j'ai le sentiment que les faits qui vous ont été reprochés relèvent davantage de la médisance ou de la bêtise que de la vérité. Ils devraient logiquement susciter en vous plus de révolte et d'indignation que de dévalorisation. J'ai donc du mal à comprendre ce qui vous conduit à vous déprécier de la sorte...

Son regard devint fuyant. Devais-je me taire ou l'encourager à s'exprimer ? Il gratta ses cheveux, passa plusieurs fois la main sur sa bouche, comme pour jauger la consistance des propos qui s'y accumulaient, et finalement se lança :

— Je me demande ce qu'il arrivera quand je recevrai une lettre de l'évêché m'informant que je suis affecté dans une paroisse rurale, au fin fond de la campagne bretonne...

J'hésitai entre le rassurer et laisser œuvrer le silence.

— Vous savez, mademoiselle, les prêtres doutent aussi !

— Douter ?

— De tout, mais surtout de leur foi...

S'il lui arrivait de trébucher sur tel ou tel passage de la Bible qui lui semblait en contradiction avec le message christique, il rebondissait en prenant ses distances avec le sens premier. Il démêlait le fond de la forme et de la rudesse de certaines images. Bref, il allait de l'avant sur un chenal lumineux qu'il s'empressait de faire découvrir à ses paroissiens lors des célébrations dominicales ou à toute autre occasion, dans l'exercice de son ministère. Nombre de ses fidèles saluaient la hauteur de vue des homélies qu'il ciselait de son mieux.

— Je voulais que mes paroissiens ne commettent pas les mêmes erreurs que moi. Je m'évertuais à leur donner des clés leur permettant d'outrepasser les apparences et la tentation du rejet...

En l'écoutant, non seulement je comprenais ce qu'il ressentait, mais j'avais l'impression de lire à livre ouvert ce qu'il avait du mal à révéler. Puis il aborda un sujet sensible : les reproches ayant trait à ses relations avec certaines de ses fidèles...

— L'une d'elles était extrêmement dévote. Pour rien au monde elle n'aurait manqué un office ou une occasion de reconnaître ses fautes et d'implorer le pardon.

Mais les sollicitations de cette belle âme à bénéficier du sacrement de pénitence et de réconciliation étaient si fréquentes, et ses péchés si véniels, et ses yeux si clairs, et sa bouche si délicate que, de l'autre côté du treillage, le prêtre distrait par ses charmes naturels en vint à faire preuve d'une trop grande complaisance, en minimisant nombre des faux pas qu'elle lui confessait. Face à tant d'indulgence, peut-être avait-elle décelé une lassitude croissante chez son interlocuteur, ou une incitation appuyée à ne plus être dérangé pour si peu de chose ? Ou, plus grave encore, l'ombre d'un reproche à l'égard de sa ferveur ? Assurément, il s'agissait d'un laxisme intolérable de la part d'un homme d'Église ! « Où irait la foi, si l'on donnait carte blanche à un ministre du culte prenant à la légère les commandements et les traditions ? » Telles furent les seules paroles qu'il surprit aux abords du presbytère...

Je n'eus aucun mal à imaginer cette dévote se dresser en justicière de la religion, ralliant au passage celles sentant également leur croyance menacée par un vent d'ouverture...

Si futile que fût la situation, elle ne tarda pas à s'envenimer ! Il avait suffi qu'une petite voix s'émeuve du péril grandissant au sein de la communauté, et le feu avait été mis aux poudres ! Et quand Charles Le Bihan s'en aperçut, des protestations de paroissiens de tous âges et milieux s'étaient élevées contre ses manques de tenue et de fermeté. Manques que la rumeur renchérit en évoquant des regards fréquents et appuyés qu'il aurait lancés au cours des offices à des fidèles pieusement alignées au premier rang !

— Vous n'avez rien vu venir ?

— Pas dans l'immédiat. Ensuite, il était trop tard... Heureusement, d'autres pratiquants appréciaient encore mes services et avaient la bienveillance de me le faire savoir.

Grâce à eux, aux heures où le doute tambourinait à sa porte, il pouvait compter sur la prière de certaines âmes estimant qu'il faisait de son mieux. Des personnes avec lesquelles il avait partagé ses déboires, et qui l'avaient encouragé à persévérer.

— Sans leur soutien, je n'aurais pas eu la force de continuer...

Il devina qu'une question me titillait et m'invita à la poser sans ambages.

— Si vous me permettez, Charles, qu'en était-il vraiment des attitudes qui vous étaient reprochées envers ces dames ?

— Rien de plus que des regards sans doute trop nombreux...

— Vers les plus jolies ?

— Effectivement ! Mais vous qui partagez leur condition et leur qualité, vous savez combien il est facile de confondre l'admiration et la tentation...

Je n'appréciai guère être prise à partie. Aussi, réfrénai-je mes élans :

— Monsieur l'abbé, je vais mettre le nez à l'extérieur. Je me demande si la tempête ne s'est pas un peu calmée.

Abritée par la façade, j'entendis les vagues s'écraser sur la côte, toute proche, et réalisai que je ne l'avais pas encore vue. De temps à autre, des nappes d'écume enveloppaient la maison, puis se fracassaient sur le sol. J'en avais la chair de poule.

* *
*

Malgré le confort spartiate de la masure, j'éprouvai un soulagement profond en m'approchant de la table et de la lampe-tempête posée en son milieu. Je m'assis à la place qui m'était dévolue, face à Charles Le Bihan. S'ensuivirent des minutes étranges où ni lui ni moi ne détournâmes nos regards alignés sur les iris de notre vis-à-vis, sans ressentir de gêne. Soudain, ses lèvres s'animèrent :

— Je vais vous faire un aveu difficile, Catherine : j'ai peur d'avoir perdu la foi...

— Pourquoi ? Ne dites pas cela, je suis certaine que ce n'est pas le cas, et que ce que l'on vous a reproché est le résultat de commérages infondés. Nombre de vos paroissiens vous apprécient, vous me l'avez vous-même appris. Alors pourquoi douter de vous et de votre croyance ?

— Dans la parabole de la Brebis égarée, le Bon Berger laisse son troupeau pour aller à la recherche de celle manquant à l'appel. Moi, ce n'est pas une seule des âmes qui m'ont été confiées que j'ai perdue, mais plusieurs : les plus fidèles et vertueuses... Et vous me demandez de ne pas m'en vouloir ! Je n'ai pas été à la hauteur, et je ne le suis toujours pas. Face à une adversité de pacotille, j'ai fondu comme neige au soleil. Ma foi est de piètre qualité.

À Sein, ses relations avec la population étaient simples et directes. Quand les îliens avaient des choses à lui dire, ils les exprimaient – parfois abruptement –, puis passaient à autre chose. Le vent emportait leurs rancœurs en même temps que leurs paroles. La rudesse du climat et la fatigue du travail accompli ne laissaient à personne le loisir de s'apitoyer sur son sort. Dans ce contexte, le prêtre sur la sellette trouvait dans l'action un équilibre qui lui permettait d'aller de l'avant, de servir Dieu et la cause commune. Mais qu'adviendrait-il après cette parenthèse de sérénité, lorsqu'il remettrait les pieds sur le continent ?

— Je doute que les fidèles des paroisses rurales se comportent comme mes frères et sœurs insulaires. Et puis choisir les moutons que l'on garde n'est guère dans l'esprit du Bon Berger !

La suite de notre échange m'apprit combien la solitude des soirées hivernales lui pesait. Déjà, avant les signes précurseurs, et malgré les commodités d'un presbytère à sa disposition, il souffrait d'un sentiment d'abandon. Certains jours, pourtant, il était invité chez untel ou unetelle, des personnes aisées généralement. Il s'ajustait à leurs conversations et évitait de se cabrer, quand des jugements injustes envers les défavorisés heurtaient ses convictions.

— Ici, Catherine, si je me sens parmi les miens, c'est avant tout parce que je n'ai la charge de personne ! Je ne pense pas être fait pour d'aussi grandes responsabilités que celles imposées par le sacerdoce.

Il continua l'énumération des motifs de sa dévalorisation. Plus le temps passait, plus la liste s'allongeait. Et à l'heure où nos paupières s'alourdirent, il reconnut avoir songé à rompre ses vœux, à quitter les ordres et à fonder une famille. Mais là encore, son manque d'estime de soi lui avait fait douter de ses capacités à y parvenir et à être en mesure de subvenir aux besoins d'une épouse et d'enfants. Sans profession ni compétences, quel avenir pourrait-il leur promettre ? Et quelle femme voudrait d'un prêtre défroqué, dépressif ?

* *
*

Nuit étrange, entre veille et rêve. Angoisse du silence et de l'obscurité. Je savais Charles Le Bihan couché à même le sol, dans la cuisine, sur une paillasse et sous une couverture aussi déchirée que poussiéreuse. J'épiais sa respiration, le moindre bruit, la plus infime lueur. L'odeur de goémon brûlé empestait. Mes oreilles se dressaient à chaque assaut des vagues. Les volets tenaient bon ; ils en avaient essuyé des tempêtes ! Selon mon hôte, celle-ci soutenait la comparaison avec les plus célèbres qui hantaient douze mois par an les conversations de l'île.

Je me mis à craindre que la porte cédât sous la pression des flots. Mais non, le vent venait de l'autre côté ! Heureusement, le mur était de robuste facture : les anciens savaient construire en fonction des éléments.

À plusieurs reprises, je sentis la fatigue s'abattre sur moi, telle une lame de fond. Contrecoup de la tension nerveuse. Chaque fois, le même scénario se reproduisait : j'ouvrais un œil, réalisais que je m'étais assoupie et perdais le fil d'un raisonnement par ailleurs inexistant...

Une odeur de cuisson me réveilla ; j'en déduisis que j'avais finalement dormi ! Que préparait le prêtre dans la cuisine ? Soulagée d'être débarrassée d'une nuit coriace, je m'octroyai le droit de bâiller sans réserve. Quel bonheur ! Je constatai que c'était la première fois, sur place, que ce mot avait traversé mon esprit et je m'en réjouis. S'habituerait-on à tout, même aux situations les plus irrationnelles ?

En matière d'irrationnel, le petit déjeuner n'allait point me décevoir ! Charles se mit à raconter les légendes attachées à ce lopin de terre qui, par temps calme, n'émerge que d'un mètre cinquante des flots en moyenne ! À commencer par les Causeurs : deux mégalithes dressés côte à côte, semblant converser, sis à proximité de l'église en construction.

Il m'apprit qu'à des époques reculées les menhirs étaient considérés comme l'œuvre de fées magiciennes, de nymphes ou de géants ! Le Moyen Âge les attribua ensuite à de hautes figures de la religion, voire au diable en personne !

— Mais l'hypothèse la plus répandue de nos jours est celle de coutumes celtiques.

Il nuança ses propos en faisant allusion à un passage de *La Guerre des Gaules*, dans lequel Jules César évoque des sacrifices humains pratiqués par les druides. Les dolmens furent alors assimilés à des autels sacrificiels, possibilité que l'*Encyclopédie* relayerait dix-huit siècles plus tard.

— Vous n'avez guère l'air convaincu ! lui fis-je remarquer.

— Je ne serais pas surpris que l'avenir nous apprenne que les mégalithes ont une origine plus ancienne encore. Et donc que les druides s'en soient simplement servis à des fins mystiques...

Mystères qui n'étaient pas de nature à me rassurer ! Pas plus d'ailleurs que les tempêtes dont il se mit à m'entretenir avec fascination. Je frissonnai de plus belle.

Les Sénans se souvenaient de gros temps exceptionnels, survenus en 1830, 1836, 1868 ou 1896, où leur île se trouva presque entièrement submergée. Les murs des maisons tremblèrent sous des fracas terrifiants. Chacune de ces fureurs océanes éroda la côte d'un mètre environ. La dernière en date, ajouta-t-il, fut à ce point redoutable qu'elle poussa certains à monter sur les toits des habitations et dans le clocher de l'ancienne église, par crainte d'être emportés ! Conditions apocalyptiques qui brisèrent nombre d'embarcations et de portions de digues. L'île resta coupée du monde deux semaines durant...

— Qui voit Sein voit sa fin ! dit un dicton connu de tous les marins.

Faisait-il exprès de m'inquiéter ? D'où venait sa fascination pour de tels tourments ? Moi qui avais cru me distraire en l'écoutant !

— Quand la mer se déchaîne, poursuivit-il en fixant un horizon invisible, de nombreuses maisons se trouvent inondées et certaines partiellement détruites. Et lorsqu'une tempête se produit durant une grande marée, je vous laisse imaginer ses conséquences ! Les anciens se souviennent de coups de tabac où les trois quarts des terres labourables ont été engloutis. On a même retrouvé du goémon sur le point culminant de Sein, à neuf mètres d'altitude, près des menhirs...

Il ajouta que les colères maritimes n'étaient pas étrangères à la position géographique de l'île. Dans le prolongement de la pointe du Raz, par-delà le passage homonyme, et ceinte d'écueils naturels, elle débouche sur la chaussée de Sein, axe redoutable criblé de récifs parcourus par des courants violents, jusqu'à Ar-Men, l'enfer des enfers !

— L'enfer des enfers ?

— C'est ainsi qu'on surnomme ce phare perdu en pleine mer, exposé aux éléments déchaînés. Sa construction s'est étalée sur quatorze années !

J'appris qu'il existait trois catégories de phares : les paradis, situés sur les côtes ou dans les estuaires, les purgatoires, installés sur des îles reliées à la terre par des lignes régulières, et les enfers, isolés en haute mer, aux relèves rares et périlleuses. Inutile, dans ces conditions, de lui demander des précisions sur l'enfer des enfers...

— Les phares ont une importance capitale pour éviter les naufrages.

— Il y en a déjà eu ?

— Énormément ! Ils ont d'ailleurs contribué à la mauvaise réputation des habitants.

— Je ne comprends pas…

— De vieilles rumeurs attribuaient aux Sénans des activités de naufrageurs !

— Naufrageurs ?

— On disait jadis que certains insulaires allumaient des feux sur les récifs, pour attirer les bateaux de commerce qui s'y échouaient. Ils pratiquaient alors le droit de bris.

Je le regardai avec des yeux ronds.

— Un droit très ancien qui octroyait la propriété des épaves et des objets trouvés au seigneur à qui appartenait la terre où l'accident avait eu lieu.

— Et c'était vrai ?

— Difficile de l'affirmer, cela n'a jamais été prouvé. Je suppose qu'il a dû y avoir des cas isolés, sur la base desquels l'imagination collective s'est mise à broder… Quoi qu'il en soit, les îliens ont énormément souffert de leur réputation de naufrageurs !

— Ça arrive encore ?

— Des naufrages provoqués ? Dieu merci, non ! Sous Louis XIV, un article de l'ordonnance de la Marine a interdit ces pratiques sous peine de mort. Les pêcheurs qui partaient à la recherche de congres et de vieilles ont alors commencé à secourir les navires en difficulté, ce qui a fort heureusement inversé la renommée des Sénans… Vous ne mangez pas, Catherine ?

Je n'avais pas encore avalé une seule bouchée, tant mes lèvres restaient suspendues aux siennes et à leurs propos effrayants. Les siennes ? Celles qui m'avaient extirpée des flots et ramenée à la vie. Fines et délicatement tracées, elles étaient mises en valeur par une barbe de quelques jours. Sourcils prononcés, front dégagé et coupe malmenée par le vent, j'éprouvai, en le dévisageant, un vertige doublé d'une indicible fascination. Dire qu'aucune autre lèvre n'avait encore effleuré les miennes ! Pas même celles de mon fiancé ! Charles Le Bihan était là, face à moi qui ne savais plus où j'étais. Qu'importait si ma mémoire avait défailli, puisqu'elle m'avait menée à cette étreinte visuelle envoûtante !

Il me parla ensuite des activités des hommes, pêcheurs ou servant dans la marine militaire, ainsi que de la cueillette des coquillages. Aussi d'un cheptel d'une soixantaine de vaches se nourrissant d'herbes rares et de varech. Et du sol partout désolé ; de champs minuscules ; de jardins entourés de murets coupe-vent ; de la maigre culture du seigle ou d'une orge de médiocre qualité, ainsi que de ruines à proximité du phare...

— Celles de la chapelle dédiée à saint Corentin, le premier évêque de Quimper. C'est lui qui a évangélisé la Cornouaille armoricaine, au Ve siècle, ajouta-t-il.

Intarissable, il décrivit le phare de granit rond, construit une soixante d'années auparavant, et son feu à incandescence fonctionnant au gaz d'huile. Il était fier des quatre éclats rapprochés qu'il émettait toutes les vingt-cinq secondes, et de la partie supérieure de sa tour cylindrique, peinte en noir, ou du logement intégré à son soubassement.

— Marcel doit y être en ce moment...

Sa volubilité cherchait-elle à détourner mon attention du regard que nous venions d'échanger et dont la durée avait frôlé l'indécence ? J'appris ensuite que la population de Sizun avait triplé en l'espace d'une centaine d'années et avoisinait le millier d'âmes.

— Sizun ? Cette île ?

— C'est son nom antique, en breton. Il se dit parfois que cette ancienne nécropole de prêtres celtes abritait un collège de druidesses vierges...

À nouveau, mes pensées s'éloignèrent du flot d'informations qu'il déversait dans la masure. À peine prêtai-je attention au fait qu'il n'y avait pas de recteur, sur l'île, jusqu'au début du XIXe siècle, ce qui avait contribué au maintien de croyances immémoriales plus longtemps que dans le reste de la Bretagne. Ou encore aux terribles épidémies de choléra qui avaient sévi durant les cinquante dernières années, et qui avaient conduit les habitantes à adopter la jobeline.

— Oui, Catherine, la coiffe noire caractéristique qu'elles portent en signe de deuil. Vous allez certainement en croiser, en rejoignant le quai d'embarquement.

3

L'éclaircie

Dimanche 9 mars 1902

Au réveil, après un bref instant où je me crus dans mon lit, chez mes parents, je pressentis qu'un événement inattendu s'était produit. J'observai mon environnement : à part les contours des volets, rien de particulier. Ou plutôt un calme qui rapidement devint suspect !

Je me levai et me dirigeai vers la cuisine où aucun souffle ne résonnait sur la paillasse. Où était Charles Le Bihan ? Je m'approchai de la fenêtre et ouvris les deux battants en bois qui l'occultaient. Une luminosité dont j'avais perdu l'habitude m'aveugla. Je détournai le regard et attendis que mes pupilles se contractent, puis revins timidement vers l'étonnante source de clarté. Un sol luisant et dévasté fumait sous l'ardeur des rayons matinaux. Plus loin, l'estran se fondait dans une succession de rouleaux verdâtres sur lesquels filaient des nuages si bas qu'ils allaient se noyer. Vision inédite de l'île de Sein enfin dégagée...

Le vent avait perdu en hargne durant la nuit : ses rugissements s'étaient fait miaulements. Le ciel renouait avec l'azur dans ses moindres trouées. Des bouffées d'iode et de sel marin m'étourdirent. Je me retournai et aperçus, sur la table, à l'emplacement où aurait dû se trouver la lampe-tempête, un billet sur lequel était écrit :

Amélioration de la météo : j'assure la relève au phare. Surtout, Catherine, ne partez pas ! Attendez que je revienne.

Charles

Mon regard arpenta l'espace austère de la cuisine. De retour près du lit, j'empoignai un morceau de toile dont je me servis comme châle. Les rares objets qui m'entouraient m'apparurent aussi délabrés que les murs, la porte et le mobilier. L'humidité suintait de partout. Je grelottai au point que le message du prêtre m'échappa. Voulant m'abaisser pour le ramasser, je fus en proie à une crise de panique. La peur, jusqu'alors, se mélangeait à l'étonnement, à l'incompréhension. Je la découvris souveraine et inéluctable. Pourquoi Le Bihan m'avait-il laissée ? J'aurais sans doute crié, si un réflexe de survie ne m'avait propulsée à l'extérieur ! Paralysée dans trop d'espace, je n'osai détourner les yeux des vagues qui grondaient au loin.

Le vent m'entourait, m'étourdissait. Il soulevait mon châle, ma robe, enfonçait ses canines dans mes membres transis, arrachait mes cheveux. Fétu de paille, je vibrais au rythme de ses caprices. Dire que je l'avais cru assagi ! Un coup de boutoir me plaqua au sol. Tous muscles crispés, je me recroquevillai dans une moiteur inconsistante avec, pour seul horizon, des touffes d'herbes tout aussi effrayées que moi !

Lorsque je me redressai, je fus aussitôt drossée sur le mur de la masure. Mes ongles raclèrent ses aspérités, puis s'immobilisèrent sur l'arête qui en marquait la fin. Je basculai et me retrouvai sur la façade latérale, à l'abri du vent. Mes doigts lâchèrent prise. Curieusement, je tins debout ! Au loin, un phare : le phare ! Comment Le Bihan pourrait-il revenir de là, sous de telles rafales ? Un hurlement me fit tressaillir :

le mien ! Alentour, rien ne me ressemblait ; point d'objet familier auquel m'accrocher. Je n'obéissais plus à aucune de mes certitudes. Nue, sur le pilori de la honte, que pouvait-il m'arriver de pire ? Et si je courais vers le village, pour me réfugier auprès des sœurs ? N'ayant plus rien, de quoi pourrais-je être dépossédée ? Mon honneur ? Lequel ? Je le trouvai ridicule, de même que les règles qui jusqu'alors régissaient mon quotidien. Moi qui cultivais un caractère rebelle au grand dam de mes parents, je le découvrais insignifiant. Dissidence d'une petite bourgeoise n'ayant jamais manqué de rien !

Les sœurs étaient à portée de ma main. Encore aurait-il fallu courir, le vent de dos. Certes, il m'aurait aidée, mais pour combien de foulées, avant que ses mâchoires ne broient mes os ? Je m'imaginai trébuchant, puis rampant, le visage et les bras ensanglantés, dans une glu glaciale. Et les vagues ? Croyais-je naïvement que l'éclat du jour tempérerait leurs ardeurs ? Avais-je oublié l'amère leçon de l'avant-veille ? Cette fois, il n'y aurait plus de prêtre pour me secourir ! Je reculai, incapable de détourner le regard des nuages affolés qui déferlaient sur le chef-lieu. Toute pensée en panne, je sentis des fers enserrer mes pieds et hurlai. Plus de peur que de mal, il ne s'agissait que d'une flaque d'eau remplie de nuées agitées !

Il fallait que la petite fille se ressaisisse ! Du nerf, là-dedans ! Plus tard, elle aurait le loisir de s'apitoyer sur son sort ; à la condition qu'il y eût un « plus tard » ! Sortir de cette flaque, voilà l'unique priorité du monde ! Quelles forces diaboliques me maintenaient prisonnière d'un espace aussi restreint qu'insignifiant ? Aucun mouvement intimé à mes jambes n'était suivi d'effet. Je me noyais dans un verre d'eau. Ma vie se résumait à ce sentiment absurde. Que n'aurais-je pas donné pour retrouver la futilité de mon existence antérieure ?

Quimper et ses rues animées, la chaleur du poêle à la triste saison, les repas de famille, les boutiques, les bals et les cancans de maman et de mes tantes, de mes amies. Sans oublier mes joutes verbales, à l'heure du dîner, contre les mariages arrangés ! Ma solitude également, sans frères ni sœurs, étouffante dès que les jours commençaient à raccourcir.

Mais j'étais toujours là, les pieds cloués dans un avenir avorté. Qu'avais-je fait pour mériter pareille infamie ? Le sol allait-il s'ouvrir sous cette flaque et me laisser choir dans l'abîme de ma détresse ?

Le village se dégagea de mes pensées nauséabondes pour déployer une silhouette fantomatique. Mes mains s'agitèrent. Assistais-je à la fin du monde ou à la déchéance d'un songe ? Avais-je rêvé l'existence censée me mener au mariage ? Coupable, je l'étais, assurément : d'avoir accepté les choses telles qu'elles s'étaient présentées, sans faire un pas de côté pour en jauger l'épaisseur. Mais aussi de les avoir refusées. Ma faiblesse avait été de me croire forte, et de m'être abandonnée à mes penchants languissants. Les Sénanes n'avaient guère la liberté de s'apitoyer sur leur sort. Qui étais-je pour m'imaginer différente ? Une belle naissance n'avait jamais fait à elle seule une belle personne ! Que serait ma vie si je parvenais chez les sœurs ? Pour cela, encore faudrait-il que je me dégage de cette eau qui figeait mon être, jusqu'à ses pensées les plus volatiles !

Soudain, quelque chose de hargneux agita un drapeau : la réalité ! Je me retournai et tombai nez à nez sur la surface ravagée d'un volet devant une vitre entrouverte. Ni une ni deux, mes pieds miraculeusement libérés s'élevèrent au-dessus de la flaque, tandis que mes mains agrippèrent l'appui de fenêtre. Mon corps affranchi de la pesanteur bascula dans la pièce !

* *
*

Je passai des heures interminables à attendre, recroquevillée, dans le lit. Lorsque la porte crissa enfin, j'émergeai péniblement de ma prostration. Des intonations réconfortantes circulaient autour de moi. Une pensée fulgurante : n'étais-je pas en train de perdre la raison ? Ma grande erreur ne fut-elle pas d'avoir cru à tout ce qui m'avait été promis ? À l'instar des personnes de mon milieu, j'avais tenu pour acquis que tout m'était dû ! Bien sûr, nombre de bourgeois travaillaient dur, mais pour quel progrès collectif ? Si la réussite d'un honnête homme s'évaluait à la possession de demeures de belle facture, aux devantures forçant le respect et l'admiration, qu'y avait-il au-delà des apparences ? Des vies de regrets, de jalousie, d'égarements, de renoncements...

Les yeux grands ouverts, je ne m'intéressai que distraitement aux ombres qui circulaient autour du lit, ne distinguant que la moisissure du plafond et des murs. Là, au moins, le pourrissement n'était pas dissimulé ! Où se cachait-il, dans les quartiers chics de ma ville natale ? Je ne l'avais jamais aperçu : sans doute étais-je trop jeune ou aveuglée ! Quel sang coulait dans mes veines, pour avoir la prétention de me croire dispensée des basses besognes ? Je me demandai si le prêtre était vraiment présent à mes côtés ou s'il avait endossé une soutane d'invisibilité pour me réconforter.

— Je vous ai réveillée, Catherine ? Veuillez m'en excuser. Je ne pensais pas vous trouver endormie. J'ai poussé la porte énergiquement. Il faut dire que c'est corsé, dehors...

Pourquoi l'entendis-je répéter mon prénom à plusieurs reprises ? Mes tourments se seraient-ils apaisés, si j'avais accepté une bonne fois pour toutes ma démence comme un état de fait ? Rude tentation ! Mais toujours ce fichu martèlement de mon prénom ! Que me voulait-on ?

— Quoi ? Quoi ? Quoi ? Allez-vous cesser ? Arrière, Satan !

Que venais-je de dire dans une convulsion de tout mon être ? Je me redressai, secouai la tête, passai les doigts dans mes cheveux en bataille. Pourquoi m'en étais-je prise au prêtre ?

— Désolée ! Quelle honte !

— Ne vous excusez pas, mademoiselle. C'est normal, dans votre situation.

Qu'avais-je entendu ? Quelqu'un pouvait-il vraiment me comprendre ? Pourrait-il, dans ce cas, m'expliquer ce que j'ignorais ? Mon regard buta sur ses yeux noirs ! Ce n'étaient plus ceux de la veille qui m'avaient mise à nu, mais ceux de la cathédrale...

L'après-midi étira des nuages belliqueux amadoués par quelques rayons hardis. Étendues désertiques, dunes de sel, vagues dissimulant les vagues : quelles forces emportaient cette île, comme les âges, les destinées humaines ?

— La destinée ! m'exclamai-je tout à coup.

Les yeux noirs réapparurent de la cuisine, accompagnés d'une odeur de soupe et de poisson !

— Est-ce que ça va, Catherine ? J'ai cru entendre le mot *destinée*. Est-ce le cas ?

— Oui.

Je tombai en sanglots, le visage derrière mes mains tremblantes. J'étais consciente que ma réponse ne suffirait pas. Par délicatesse, il se garda d'insister.

— Je vous envie, ajoutai-je enfin.

— Il n'y a vraiment pas de quoi !

— Vous êtes quelqu'un de bien, n'est-ce pas ? lui demandai-je avec une audace inhabituelle.

— Pas vraiment ! Vous m'imaginez meilleur que je suis. Privilège de ma fonction. Pourtant, il n'y a pas de quoi...

— Vous avez la foi, Charles. Vous êtes la foi !

— Détrompez-vous ! Je crains de l'avoir perdue, dans l'éventualité où je l'aurais eue...

— Ne soyez pas si dur envers vous-même.

Je réprimai un geste de compassion qui aurait pu être mal interprété.

Il posa sur le buffet le couteau qu'il tenait dans une main et s'assit sur le bord du lit. Je fis de même. Il m'observa de biais en ajoutant :

— Je ne sais pas si j'ai abandonné Dieu ou si c'est l'inverse. C'est un signe qui ne trompe pas. Je ne suis plus digne d'endosser le rôle d'homme d'Église. Veuillez excuser ma franchise, mademoiselle. Je ne devrais pas me laisser aller de la sorte. Ne suis-je pas censé apporter espoir et réconfort autour de moi ?

— Je connais cet abattement ; la tempête n'y est certainement pas étrangère. Et si vous me parliez de votre sortie au phare et de la relève de votre collègue ?

Le fit-il ou non ? Je me souviens, en revanche, du repas que nous prîmes en tête à tête, comme deux naufragés. Le terme n'était pas usurpé, tant je nous découvris sur cette île menacée par les éléments tels des rescapés de nos échecs respectifs : l'usure de la foi, en ce qui le concernait ; celle d'une vie aseptisée puis brusquement anéantie, pour ma part.

À la fin du déjeuner, le vent avait faibli. Charles me proposa de tenter une sortie, non pas jusqu'au village, car il nous faudrait attendre la nuit pour cela, mais aux alentours de son logement. J'acceptai, heureuse de changer de décor.

À ses côtés, l'air qui pénétra dans mes bronches se fit moins agressif. Une lumière originelle descendait du ciel et se faufilait entre les nuages, pour rejoindre de vastes portions de mer qui aussitôt exultaient. Jamais pareille, l'agitation était en balance, et mon cœur aussi. Je pressentis une présence apaisante dans l'étendue sublime et terrifiante. Face à l'inconnu, je n'étais plus en terre étrangère. Si les flots demeuraient menaçants, ils véhiculaient un message. Il ne m'en fallait pas davantage. Je respirai à pleins poumons. Quelle vigueur ! Quelle pureté ! Quelle beauté ! Se pouvait-il qu'un prisonnier apprécie sa cellule ? Les murs de la mienne étaient d'eau et de vent : deux éléments dont je découvrais l'existence ! Quoi que l'avenir me réservât, je sus que je leur resterais fidèle...

* *
*

Le reste de l'après-midi brassa des sentiments contradictoires. À mon impatience de tourner la page succéda la crainte du regard d'autrui. Je m'étais habituée au velours des yeux qui avaient assisté à mon réveil. Comment se comporteraient les religieuses ? Me verraient-elles comme une âme à racheter ? Parviendrais-je à surmonter leur jugement ? Seraient-elles rudes ou bienveillantes à mon égard ? En sillonnant les quelques mètres carrés éclairés par la fenêtre, j'arpentais l'immensité de mon incertitude.

— Ne vous en faites pas, Catherine, tout ira bien...

Ces paroles se mirent à résonner autour de moi. Elles véhiculaient quelque chose de merveilleux, mais qui me terrorisait : la fin d'un cauchemar qui n'en était peut-être pas un. Que m'était-il arrivé, qui avait fait de moi cette inconnue ? Allait-elle me laisser partir ou s'incruster dans mon avenir ?

Les dernières heures que nous passâmes ensemble dressèrent entre nous un silence d'une insaisissable nature. J'aurais aimé entendre le son de sa voix, mais le malaise perdura jusqu'à l'affaissement du jour. Et ensuite, il s'intensifia ! Dire que j'avais brûlé d'impatience de l'instant où tout se précipiterait !

— Je vous aurais volontiers préparé un dîner, lança-t-il sans terminer sa phrase.

Pourquoi s'excuser, alors que nous avions fini les dernières victuailles le jour même ? À présent, l'obscurité scellait les réalités extérieures. Pourquoi restai-je devant la vitre à sonder l'invisible ? Une étoile cligna, puis deux, puis dix, suivies des feux du phare. Je frissonnai.

— Tenez et gardez-la ! me dit-il, en posant sur mes épaules une couverture supplémentaire.

— C'est la vôtre ! Comment ferez-vous, cette nuit et les autres ?

— Ne vous inquiétez pas.

La chaleur de cette attention m'accompagna jusqu'au moment du départ. Et lorsque la porte s'ouvrit sur l'opacité glaciale et que le vent s'engouffra dans l'abri, j'éprouvai un violent pincement au cœur.

— Venez !

Il m'emmena par la main.

Il avait deviné mon appréhension et la crainte de me retrouver bientôt à l'emplacement où la vague m'avait emportée, quarante-huit heures auparavant. Aussi pressa-t-il le pas, pour ne pas laisser la frayeur me submerger. Bien lui en prit, car lorsque je reconnus la faible dépression où j'avais failli rendre mon souffle, je revécus si intensément l'angoisse d'étouffer que j'en fus paralysée !

— Venez, Catherine, il ne faut pas rester ici. Plus vous hésiterez, plus ce sera difficile. N'attendons pas que l'eau monte...

J'entendais chacune des syllabes qu'il prononçait, mais ne parvenais pas à les relier, à en imaginer la signification. J'étais face au néant, et le néant prenait possession de tout mon être. Désormais, mes pensées étaient siennes.

Tout à coup, le ciel bascula, emportant le phare et tous les astres. Combien de temps durerait ma chute, avant le choc redouté sur la roche ? Ma tête allait-elle la heurter ? Pourquoi mes membres n'essayaient-ils pas d'atténuer l'impact ? Tout réflexe en panne, je me mis à compter. Quoi ? Impossible à dire, mais il me fallait poursuivre à tout prix ! Tant que je continuais, je ne me fracasserais pas sur le sol détrempé, et j'échapperais aux eaux malveillantes. Sept, huit, neuf... Bizarrement, ma tête avait cessé de s'abîmer, elle pendait mollement au bout d'une matière inconsistante. Je crus sentir mon corps monter et descendre, porté par une houle incertaine. Je ne vivais plus, mais flottais entre des mondes insaisissables. Finalement, la mort n'avait rien d'effrayant ! Juste étonnante, pour qui la découvrait à l'improviste ! Ballottée par les cieux, j'avançais dans un espace sans contour, dépourvu d'odeurs et de bruits, dont le temps était banni. Sans crainte ni regret, je m'abandonnai à des bercements maternels...

* *
*

Un bruit sec m'extirpa de ma torpeur. Tout basculait, alentour, sous l'ocre d'une lumière artificielle. Quelle était cette chose qui faisait pivoter mon corps si lourd et vacillant ?

— C'est ça, redressez-la délicatement, mon père ! C'est bien. Vous pouvez la lâcher, nous la soutenons.

Je remuai la tête. Malgré le flageolement de mes jambes, je tenais debout ! Tout bien considéré, le miracle avait des mains : deux, quatre puis six ! Des visages aussi, auréolés de coiffes blanches !

— Vous pouvez la laisser, monsieur l'abbé...

Je me retournai : les yeux noirs étaient là, inquiets, sondant le fond de mon âme. Je respirai à nouveau...

— Que m'est-il arrivé ?

— Un malaise ou le froid, je l'ignore. Cela s'est produit pratiquement au même endroit que l'autre fois...

— Le même endroit ?

— Celui où vous avez failli vous noyer, Catherine ! Vous vous souvenez ?

L'angoisse que je perçus dans cette voix familière me fit l'effet d'une douche glaciale.

— Oui, bien sûr, ça me revient ! Et après ?

— Je vous ai portée jusqu'ici, répondit-il. Vous êtes chez les personnes dont je vous ai parlé. Vous pouvez souffler. Regardez : sœur Agathe, sœur Marguerite et sœur Hélène vont s'occuper de vous ! Tout se passera bien...

Trois visages souriants opinèrent du bonnet.

— Merci, mes sœurs, de m'accueillir.

Les minutes suivantes me procurèrent plus de soins que les dix années précédentes réunies ! Les religieuses allaient et venaient de la cuisine au séjour, de l'armoire à l'évier, de l'évier au garde-manger et au poêle qu'elles alimentaient pour me réchauffer.

— Mademoiselle Catherine, montons dans la chambre où vous dormirez. Vous y mettrez des vêtements secs.

Aussitôt dit, je me retrouvai assise sur un lit, surprise que la gentillesse incarnée se penchât vers moi en me proposant une tenue blanche parfaitement repassée !

— Je vais vous aider à vous déshabiller, mademoiselle, vous êtes littéralement congelée !

Tout à coup, la sollicitude de la sœur se suspendit ; ses yeux se figèrent sur ma main.

— Qu'y a-t-il ? C'est ma bague que vous regardez ? Elle vous étonne ?

Émerveillée, sœur Hélène fit oui de la tête, puis me laissa. Je revêtis un ensemble d'une sobriété telle que je n'aurais jamais imaginé en porter un jour ! Lorsque je parus, quelques minutes plus tard, dans la salle où les quatre religieux conversaient en m'attendant, je lis sur leurs visages autant de surprise que d'amusement.

— Vous me trouvez ridicule, accoutrée de la sorte ? Désolée, cette tenue est loin de me convenir...

— Elle vous va parfaitement ! objecta sœur Marguerite. On dirait qu'elle a été faite pour vos mensurations.

— Je ne parlais pas de la taille, mais de la couleur ! répondis-je, honteuse de ma situation.

Malgré la bienveillance de mes hôtes, j'avais du mal à me réhabituer à tant d'agitation. Quant à Charles Le Bihan, je le découvris enjoué. En contemplant cette congrégation, tout me parut léger, familial, presque normal. Ce n'était plus un prêtre et des religieuses qui m'entouraient, mais une fratrie. Je restais néanmoins intimidée d'être la cible de tant de sollicitude et ne réalisai que tardivement que sœur Hélène se démarquait de ses compagnes. La première à s'être approchée de moi, elle semblait gênée. Son regard fuyait le mien. Qu'avait-elle au juste ?

Peu après les douze coups de minuit, Charles se leva et nous considéra toutes les quatre de son mètre quatre-vingt-cinq de haut. Je redoutais les mots qu'il s'apprêtait à prononcer. Sœur Agathe quitta sa chaise à son tour et lui facilita la tâche.

— Avant que vous partiez, mon père, voici un panier que nous vous avons préparé. Vous vous régalerez durant deux journées au minimum ! Sœur Hélène reprendra les livraisons à votre domicile mercredi ou jeudi matin.

La chaleur avec laquelle il les remercia attestait non seulement de gratitude, mais de bien plus encore. Quelques mots banals prononcés avec une lenteur inhabituelle me firent présumer qu'il cherchait à repousser l'instant où la porte se refermerait derrière lui. Pourtant, n'avait-il pas lui-même donné le signal du départ ? Perdu, il l'était manifestement ;

presque autant que moi ! Qu'allais-je faire, seule avec les trois sœurs ?

Lorsque son regard se posa pour la dernière fois sur mon minois désemparé, tout mon être frissonna. D'une voix affectée, il me souhaita un heureux retour parmi les miens et ajouta :

— Mademoiselle Catherine, je vous saurais gré de m'écrire pour me donner de vos nouvelles, une fois en sécurité chez vos parents.

Il enfila son manteau, nous salua et disparut dans la nuit.

Après son départ, je connus le plus grand vide de mon exil. Que faisais-je devant ces trois femmes dont je ne partageais que la tenue ? Modèles de vertu, j'imaginais ce qu'elles devaient penser de moi ! Certes, Charles Le Bihan leur avait dit la vérité, mais avaient-elles admis une version aussi insensée des faits ? Par égard, elles se gardèrent de m'interroger...

Le lit mis à ma disposition constituait l'essentiel du mobilier d'une chambre à peine plus spacieuse. La fenêtre devint l'unique distraction de ma traversée nocturne. La même impression m'envahissait chaque fois que je tournais la poignée de la lucarne et qu'un vent glacial fouettait mon visage : la satisfaction, toute relative, d'être en sécurité. Jusqu'alors, je n'avais jamais logé ailleurs que dans la maison familiale ou chez ma tante, à Brest. Je m'y sentais à l'aise, mais orpheline. J'étais ravie d'effleurer du bout des doigts mon retour parmi les miens ; pourtant, j'affrontais avec appréhension le silence à venir. Je ne restais que brièvement exposée aux rigueurs hivernales depuis mon perchoir, à l'étage, mais suffisamment pour être attirée, magnétisée, par la mer, toute proche, mais invisible. Ses mugissements m'envoyaient un message codé. Avais-je toujours eu une appétence pour le risque ou venais-je de la contracter ?

Je me demandais si Charles pensait à moi, seul chez lui, à cette heure même. Je l'imaginais ayant retrouvé le confort spartiate de son lit et ses habitudes, après avoir remisé la paillasse qui encombrait sa cuisine. Je le devinais à nouveau confronté à la tristesse de son abri. Comment faisait-il ? Quelle foi le soutenait, malgré l'intensité de ses doutes ? Comment avait-il vécu mon intrusion dans son quotidien ? Venait-il de renouer avec la sérénité ? Des légions de questions apparaissaient, grandissaient et m'assaillaient dans les brumes de l'insomnie. Leurs vagues obstinées allaient-elles m'engloutir ?

Je refermai le volet et me surpris à penser à Tristan, mon fiancé. J'éprouvai aussitôt un sentiment de culpabilité : combien de fois avais-je songé à lui, depuis mon arrivée à Sein ? Et en quels termes ? N'aurais-je pas dû me préoccuper de son inquiétude, plutôt que de me focaliser sur les conséquences désastreuses pour ma famille et pour ma personne, au cas où il apprendrait que j'avais séjourné avec un homme, au bout du monde, plusieurs jours durant ? Je m'en voulais de ne pas l'aimer comme il le méritait. Pourtant, je n'avais trompé personne : dès le début, j'avais été claire avec papa et maman. Si, de guerre lasse, j'avais fini par consentir à ce mariage arrangé, c'était par convenance et non par adhésion. Ma mère avait tant et si bien agité le spectre de me voir terminer mon existence en vieille fille que j'avais reconnu en ce jeune homme fringant et danseur émérite une occasion à ne point dédaigner. Mais pourquoi mes pensées le fuyaient-elles encore, au profit des landes battues par les vents ?

* *
*

Ma langueur s'étira le lendemain de l'aurore au crépuscule. Les vagues n'eurent de cesse d'asséner un message brouillé. Certes, trois anges veillaient sur mon bien-être, mais l'essentiel me manquait.

Nous parlâmes – même beaucoup ! –, mais à quelle fin ? Bienveillante et plutôt divertissante, la conversation des sœurs m'apprit une somme d'informations et d'anecdotes qui m'indifféraient. Entre les tâches qui jalonnaient leur journée, elles faisaient de leur mieux pour me distraire et me donner le sourire. Telles des abeilles, l'une sortait de la ruche tandis que l'autre y rentrait. Point de relâche face à la multitude de personnes à soulager. Où puisaient-elles leur énergie ? Je levai les yeux et aperçus un crucifix, au-dessus de la porte...

En début de soirée, je me trouvai seule avec sœur Hélène qui s'affairait à la préparation du dîner. En guise d'approche, je m'intéressai à la vie de sa communauté. Elle me parla de la tempête que nous venions d'essuyer et qui n'avait toujours pas dit son dernier mot : la plus fameuse qu'elle avait connue depuis son arrivée sur l'île, sept ans auparavant. Elle m'avoua ne pas en avoir mené large, lorsque les vagues se fracassaient sur la digue et giclaient par-delà le faîte des maisons !

— Je n'avais jamais vu cela ! s'exclama-t-elle, incrédule encore.

Aussi loin que son regard portait dans la rade, depuis le second étage, la mer n'était que convulsions, m'expliqua-t-elle. Des creux de plusieurs mètres talonnés de crêtes en furie qui s'effondraient avec des grondements assourdissants et brisaient au passage des embarcations et les murs de soutènement. La mer n'était plus la manne providentielle des insulaires, mais une explosion de colère ! La religieuse de trente-trois ans tenait les hommes pour responsables de l'irritation du Tout-Puissant, avec leur esprit belliqueux et leurs ambitions démesurées.

— Un rappel à l'ordre ! conclut-elle. L'île a failli être engloutie. Tous les accès ont été submergés. Nous avons même manqué de perdre sœur Agathe qui avait profité d'une accalmie pour se rendre chez une veuve âgée, afin de la rassurer...

Une vague avait enjambé la digue et envahi la rue étroite où la fille de l'Esprit saint avançait, le dos courbé. Un front d'eau de plus d'un mètre de haut emporta la pauvre qui ne dut son salut qu'à l'important volume d'une placette, à l'extrémité de la voie piétonne, qui atténua la pugnacité du courant. Elle se débattit tant et si bien dans sa robe éponge qu'elle parvint à s'accrocher à un muret. S'ensuivit une course épique et saccadée jusqu'à la maison sur le seuil de laquelle ses consœurs l'attendaient mortes d'inquiétude.

— Je pense que vous n'oublierez pas de sitôt cette tempête, Hélène.

— Et comment !

De nuit, personne n'osait s'aventurer dehors. Et de jour, aux rares moments où une trouée laissait poindre des rayons éreintés, un spectacle tout aussi effrayant mettait en scène des rouleaux hystériques répandant leur venin verdâtre dans la rade, en direction du front de mer ! Partout, l'écume bouillonnait, les flots claquaient, se déchiraient. Plus rien ne distinguait l'eau du ciel de celle de l'océan ; le présent du passé et de l'avenir : l'avenir se jouait à l'instant, dans une incertitude absolue.

Elle me parla également des phares, surtout de ceux érigés loin des côtes, Ar-Men en tête, dont l'étrave fend les vagues coiffant son extrémité supérieure, à plus de trente mètres de hauteur ! Ou ceux du raz de Sein, sublimes et terrifiants, par mer formée. Avec sa tour carrée, la Vieille pourfend la houle qui s'élève, drue, et métamorphose l'édifice en un papillon fantasmagorique. Quoique modeste de taille et n'étant pas considérée comme un enfer, la maison-phare maudite de Tévennec la fascinait tout autant, juchée sur un amas granitique recouvert d'écume...

— Vous avez dit maudite ?

— Oui, car plusieurs gardiens y sont devenus fous. Et d'autres y ont trouvé la mort dans des conditions brutales. Sans oublier les plaintes qui proviennent des rochers...

À mon air apeuré, elle m'apprit que des cris macabres attribués aux âmes des naufragés défunts y retentissaient fréquemment...

— Je vous ennuie avec mes histoires ! Veuillez m'en excuser, Catherine. Ici, vous savez, cela fait partie de toutes les conversations, au même titre que les cancans, en ville, dans la bonne société !

Que venait-elle de dire ? Je saisis la perche, m'étant jusqu'alors étonnée qu'elle ne me pose pas de questions.

— Vous avez l'air de bien connaître les villes. Seriez-vous originaire de l'une d'entre elles ?

— Quimper.

— Comme moi ! Nous voilà un point commun. Et si vous me parliez de vous, sœur Hélène ?

— Ce n'est pas la peine, mon histoire est banale et dénuée d'intérêt.

— C'est vous qui le dites ! D'où venez-vous ? De quel quartier ?

Son embarras me rappela sa réaction dans la chambre, à mon arrivée. Je mis délibérément les pieds dans le plat :

— Hier, j'ai remarqué que vous regardiez ma bague de fiançailles avec attention...

Troublée, elle me répondit qu'elle l'avait trouvée splendide, avec son rubis serti dans un écrin d'argent finement ciselé.

— Vous êtes connaisseuse ! Aimez-vous les bijoux ?

— Certes ! Mais cela n'est pas bien chrétien. Cela dit, elle vous va à merveille !

La suspectant d'avoir embrassé sa vocation par déception affective, je tâchai d'en savoir davantage, mais me heurtai à un mur. Aussi orientai-je la conversation vers la construction de l'église, ce qui la soulagea et la rendit loquace à nouveau.

* *
*

Mardi 11 mars 1902

Je tournais en rond derrière la fenêtre du séjour depuis la fin du petit déjeuner. Quel supplice d'assister au retour du ciel bleu sans pouvoir sortir ! Je rongeais mon frein au point d'être prête à prendre tous les risques pour déambuler à l'air libre et sentir le soleil sur ma peau. Si l'on me questionnait, je n'aurais qu'à fournir l'alibi imaginé par le père Le Bihan : celui d'une jeune femme attirée par une vocation de service, venue chez les religieuses pour découvrir leurs occupations quotidiennes, avant de s'engager à son tour… Tentant, mais qui aurait cru que je serais restée durablement en leur compagnie, incognito ? Oserais-je prétendre m'être confinée en leurs murs, en guise d'épreuve ? Et comment faire admettre à qui m'interrogerait que je serais arrivée en bateau, sans que personne ne me remarque avec ma gestuelle de citadine ?

J'appréciais l'intention d'un mensonge pieux visant à me préserver, mais j'en mesurais la fragilité. Et quand bien même je tiendrais bon, enfermée dans la maison des sœurs jusqu'à l'heure du départ, qu'adviendrait-il au moment de rentrer chez moi, lorsque ma présence se répandrait sur l'île et sur le continent comme le feu aux poudres ?

— Ne vous en faites pas, Catherine ! déclara sœur Marguerite. Avec ce que nous vous donnerons avant que vous nous quittiez, croyez-moi, vous passerez inaperçue…

— Vous avez d'autres tenues que celles de…

— De bonne sœur ? Nous avons chacune un ensemble civil. Ils étaient au linge, lors de votre arrivée, c'est pourquoi nous n'avons pas pu vous en proposer. Vous savez, nous ne sommes pas nées comme vous nous voyez là, surtout avec ces coiffes ! Nous nous arrangerons pour que vous paraissiez trente ans de plus que votre âge ! Et vous répondrez, à qui se montrerait un tantinet indiscret, que vous êtes l'une de mes sœurs, venue me visiter...

— Merci, Marguerite, vous êtes un ange !

— Je n'irais pas jusque-là, les anges ne mentent pas...

— Mais c'est pour la bonne cause !

— C'est pourquoi je le fais, ainsi que le père Le Bihan et mes consœurs. Mais aucun de nous n'en est fier...

— Je suis tellement désolée de vous infliger cela ! Et si je disais tout simplement la vérité ?

— Votre vérité, mademoiselle, ne sera pas celle des habitants. Personne ne la croira, ce qui alimentera la rumeur. Et Dieu sait où s'arrêteront ses ravages...

— Vous connaissez bien les gens et vous devez me trouver terriblement naïve !

— Ne sous-estimez jamais les commérages, Catherine. Vous avez trop de jeunesse en vous pour y prêter le flanc...

— J'aime beaucoup l'idée de me présenter comme l'une de vos sœurs, venue vous visiter et vous donner des nouvelles de la famille. Je pourrais prétendre avoir débarqué avant la tempête et être restée bloquée sur l'île jusqu'à ce qu'elle se termine, ce qui expliquerait qu'on ne m'ait pas vue. Vous me débarrassez d'un sacré poids !

Soudain, je perçus une agitation inhabituelle derrière le voilage de la fenêtre.

— Que se passe-t-il ?

Sœur Marguerite approcha.

— Ne bougez pas, je vais me renseigner.

Lorsqu'elle revint, je n'eus pas à attendre qu'elle franchisse le seuil de la maison pour lire la bonne nouvelle sur son visage.

— Le bateau-poste arrive ! Toute l'île s'en réjouit.

Ma joie fut telle que des larmes se mirent à ruisseler sur mes joues.

— Quand repartira-t-il ? m'empressai-je de lui demander.

— Il faut qu'il accoste pour le savoir...

— Je dois me dépêcher ! Il ne faut pas que je le rate.

— Pas d'inquiétude, mademoiselle. Nous ne sommes pas dans une grande ville ; la goélette prend son temps. Rien ne dit, d'ailleurs, qu'elle appareillera aujourd'hui.

Je pâlis à l'idée de devoir attendre une nuit de plus sur cette île tandis que le bateau était là et la mer assagie.

— Si vous êtes impatiente, suivez-moi, et allons chercher ces vêtements qui vous transformeront en quinquagénaire passe-partout !

4

Le retour

Mercredi 12 mars 1902

Quelle émotion de marcher en plein jour, au milieu des passants ! Le vent caressait mes joues dissimulées derrière un foulard. Indicible joie de bientôt quitter l'île mystérieuse ! Comment imaginer que le front de mer sur lequel j'avançais eût été le théâtre d'un véritable enfer ? Les maisons blanches aux volets indigo et celles aux murs colorés étalaient une belle diversité ; je me croyais dans une affiche publicitaire de la Côte d'Azur ! Une formidable invitation à tourner la page la plus délirante de ma vie.

Je remerciai sœurs Marguerite, Agathe et Hélène de m'avoir accompagnée jusqu'à l'embarcadère. Après avoir promis de leur écrire, je traversai la passerelle, une grande valise à la main. Qui aurait imaginé qu'elle ne contenait que ma robe de soirée et mes escarpins ?

Les amarres larguées, j'imitai les voyageurs, en agitant un mouchoir, tout en ayant hâte de porter le regard vers le large, pour dissimuler un visage dont la fraîcheur jurait avec la tenue !

À mesure que la goélette s'éloignait de la rive, elle affrontait une houle de plus en plus formée. Rien à voir cependant avec la furie des jours précédents, mais suffisamment pour réclamer de ma part une vigilance soutenue, afin de ne pas vomir ! Quel baptême de mer pour moi qui n'avais jamais posé consciemment les pieds sur une embarcation de taille supérieure à un esquif !

Malgré des conditions prétendument favorables à la navigation, le raz de Sein veillait à sa réputation ! Il malmenait la coque que des courants indociles faisaient claquer et crisser.

Passé les derniers écueils, une longue traversée nous mena au large du phare de la Vieille. Quelle allure, même à distance ! Imaginant la traîtrise des eaux, je me souvins des histoires relatives à ce phare, par gros temps. Heureusement, un vent fort et régulier nous poussait à vive allure vers l'étrave ciselée de la pointe du Raz. Jouant des cordes et du gouvernail, l'équipage mit le cap à tribord. Nous longeâmes des falaises sauvages à la végétation rase. Rivage sublime et austère criblé de légendes. Il nous fallut naviguer encore et encore pour que le relief s'assagisse enfin, aux abords de l'anse du Cabestan, puis de l'île aux Vaches. Nous entrâmes alors dans l'estuaire du Goyen et remontâmes le fleuve côtier, en direction d'Audierne, par de subtiles manœuvres des voiles aurique et triangulaire, tous focs affalés.

Eaux calmes, silence souverain. Mon cœur vibrait en pénétrant dans les entrailles du continent. Les dernières encablures firent glisser le long de la coque une succession de maisons blanches aux fenêtres parfaitement alignées et aux toitures hébergeant des meutes de chiens-assis.

Puis ce fut l'arrivée au mouillage. Approche lente et majestueuse qui plaça la goélette dans l'axe du château de Locquéran et de son piédestal de verdure, par-delà l'élégant pont métallique à travée mobile. Quel bonheur de renouer avec des lieux paisibles ! En contemplant la poésie de cette bourgade abritée des éléments, je réalisai ma chance d'avoir toujours vécu en ville, à l'abri des colères climatiques.

Où que mon regard se posât sur la rade en fleurs, il débusquait des embarcations semblant léviter au-dessus des eaux translucides. Un champ de voiles à perte de vue, grises, ocre ou bleu pigeon formait de sympathiques bancs de poissons. Autour, des maisons suspendues à de hardis coteaux, des bosquets et des pâturages, et quelques pins dessinant dans l'azur de délicates silhouettes.

À la gare d'Audierne, renseignements pris, il me fallut attendre plusieurs heures le petit train pour Douarnenez. J'en profitai pour changer de vêtements, dans les toilettes : une tenue de ville serait plus adaptée à la dernière partie de mon périple. Je m'octroyai également le temps de me sustenter.

Du reste du trajet, entre la fatigue et la hâte de mettre un terme à mes mésaventures, j'allais conserver des flashs décousus, éthérés. Mais surtout le souvenir de la remontée du Goyen dans une tapissière. On appelait ainsi la voiture de voyageurs ouverte de tous les côtés, insérée entre des wagons de marchandises. Sous l'effet conjugué de la fumée de la motrice et de la proximité des berges, je confondis la voie ferrée avec une ligne maritime ! Les sifflements du train retentissaient dans la vallée, tandis que des barques descendaient nonchalamment le fleuve. Puis ce fut la gare de Pont-Croix, en virage, suivie de campagnes belles et monotones. Plus loin encore, le guichet de Douarnenez et la correspondance pour Quimper, après une nuit d'hôtel réglée avec une partie de la somme avancée par les sœurs.

Et enfin Quimper, l'arrivée tant attendue, avec son vaste quai et ses bâtiments dont je réalisai la solennité. Je revois le parvis de la station, puis des avenues à n'en plus finir où je cheminai, telle une étrangère, guidée par une mémoire intacte et néanmoins défaillante...

Je traversai le centre-ville et ses rues étroites, puis atteignis la porte de la maison familiale que je découvris close. Un coup d'œil alentour : rien ! Je levai la tête. Avais-je déjà observé la devanture de notre domicile ? Sur plusieurs étages en encorbellement, je ne distinguai qu'un enchevêtrement de poutres enchâssant des fenêtres à croisillons. Dire que derrière l'une d'elles se trouvait ma chambre, écrasée par la perspective !

Je me ressaisis et m'appliquai à considérer la porte, large et basse, vers laquelle j'avançai timidement. Mon regard se perdit dans ses planches finement ajustées. Une symétrie parfaite inspirant la droiture et la perfection. J'en pâlis ! Que restait-il aux yeux de tous de ma prétendue vertu ? Mon cœur s'affola. Étais-je encore la fierté de mes parents, après une absence aussi longue et insensée ? M'accueilleraient-ils tel le fils prodigue des Évangiles, ou le poids des reproches les aurait-il transformés ? Qui allaient-ils découvrir, tremblant devant l'entrée : une revenante ? Nul doute que le spectre de ma mort les avait hantés depuis ma disparition. Je frappai. Une fois, deux fois, mais si faiblement que seules mes oreilles s'en aperçurent ! Je pris mon courage à deux mains et tambourinai aussi fort que je le pus, mais la porte resta sourde à mes appels jusqu'au moment où un verrou céda, et où le vantail se mit à grincer. Déstabilisée, je fus précipitée en avant et tombai dans les bras de maman !

* *
*

Mardi 1er avril 1902

Je fis le compte : vingt-sept journées s'étaient écoulées depuis ma disparition du bal, et dix-neuf à compter de mon retour à Quimper. Je reprenais peu à peu mes marques au sein de ma famille et de celle de mon fiancé. Mes craintes s'étaient finalement avérées infondées : tous avaient béni le Ciel que je fusse vivante et en bonne santé ! Je respirais... En revanche, les explications que j'avais fournies à propos de mon absence n'avaient convaincu que difficilement mes parents. Pour preuve, les dires de ma mère :

— Ma fille, comment veux-tu qu'on ne se pose pas de questions ? Donne-moi un seul exemple d'une chose aussi incompréhensible que celle que tu prétends qui t'est arrivée ?

— La vie, maman !

La spontanéité de ma réponse la laissa pantoise. Avais-je réfléchi ou répété, avec d'autres mots, la conclusion de mes échanges avec le prêtre ? J'ajoutai, pour plus de crédibilité :

— On naît, on vit, on meurt sans savoir pourquoi. Connais-tu quoi que ce soit de plus invraisemblable ?

— Mais que fais-tu du bon Dieu, ma fille ? Je ne te reconnais pas ! Tes propos m'inquiètent. Ce n'est quand même pas ce curé qui t'a insufflé des idées pareilles ?

Je compris qu'il était préférable d'en rester là. Qu'aurais-je d'ailleurs pu ajouter ? Son regard me déconcerta. Je tournai les talons et m'enfuis sangloter dans ma chambre.

À plusieurs reprises, mon père tenta de me ramener à la raison. L'amour qu'il prétendait me porter me donnait l'impression de concerner une autre. Je me trouvais dans l'incapacité de discerner le vrai du faux, mon innocence de ma culpabilité. Mes yeux roulaient sur la surface des choses à la recherche d'évidences auxquelles m'accrocher. Ce n'était plus moi qui agissais, mais mon incommensurable détresse. Un soubresaut. Je regardai les croisillons de la fenêtre de ma chambre. Aussitôt, la vision que j'en avais eue de l'extérieur me revint. Entre-temps, j'avais franchi le mur de ma demeure, mais pour quel progrès ? Étais-je toujours la jeune personne façonnée par son milieu social et les convictions de son entourage, ou le vase s'était-il craquelé ? Qu'allais-je devenir ?

Je serais injuste de passer sous silence les moments de complicité retrouvée au sein de mes proches. Un jour, lors d'un rassemblement de nos familles respectives, je me surpris à apprécier la compagnie de celui qui était promis à vieillir à mes côtés. J'affectionnais ses parents que je trouvais joviaux et volontaires. Point de tracas avec ces gens pour qui les choses étaient simples.

— Nul besoin de remuer la lie au fond de la bouteille ! lança mon futur beau-père, lorsque émergea une question potentiellement embarrassante à propos de ma disparition. Tournez-vous vers l'avenir, les jeunes ! C'est ça qui importe. Vous avez toute la vie devant vous...

Avant les pénibles événements, une philosophie si basique m'aurait consternée. Je la trouvais désormais apaisante. La présence et la bonhomie de ces gens me rassuraient. Allais-je toutefois épouser mes beaux-parents ou leur fils, qui ne semblait guère enclin à de si bonnes dispositions ? Bien sûr, ses paroles demeuraient courtoises, et élégante sa manière d'aborder mon absence, mais l'expression que je décelais au fond de son regard me laissait sur ma faim. J'en vins à me demander s'il n'avait pas lui-même organisé mon enlèvement ! Si j'évoluais dans un environnement soucieux d'aller de l'avant, je redoutais le gouffre qui s'ouvrirait sous mes pieds, le lendemain de mes noces ! Que serait ma vie, telle qu'elle se profilait ? Je souffrais d'une incapacité à me projeter. Trop de jeunesse vibrait en moi pour renoncer. Mais renoncer à quoi ? Je me découvrais terriblement bourgeoise : une Emma Bovary *bis* ! Je m'imaginai sombrant dans un état dépressif de plus en plus abrutissant. Verrais-je une flamme s'allumer pour mon époux, comme ma mère me l'avait laissé entendre, ou devrais-je me satisfaire du vertige éphémère d'amants de passage ? En serais-je capable ? Ou étais-je prête à renoncer jusqu'au goût du frisson ? Je m'effrayais et m'indignais de nourrir de si sombres pensées. Maintes fois, je songeai aux veuves, tout de noir vêtues, remontant et fumant inlassablement le goémon dans l'enfer de Sein. Avaient-elles l'occasion de s'apitoyer sur leur sort, même brièvement, avant de redescendre vers l'estran, ou avaient-elles jeté l'éponge une fois pour toutes, terrassées par la fatalité ? Face à elles qui ne savaient rien de moi, j'avais honte de ma faiblesse.

Soudain, surgi d'une veillée natale, un regard ténébreux agita le spectre d'une autre détresse. Charles et moi : deux êtres esseulés dans la déroute, victimes d'une séparation qui n'en était peut-être pas une ! Si le raz de Sein et sa houle endiablée avaient marqué mon retour sur le continent, ils avaient également glissé un bras de mer entre nos solitudes respectives. Je me découvrais solidaire des doutes du prêtre. Trop tard pour lui en faire part. Et à quoi bon ? « Va de l'avant, ma fille ! » martelait ma mère, au fond de ma conscience...

* *
*

Je réalise que je vais beaucoup trop vite ! Je dois revenir dix-huit jours auparavant, au lendemain de mon retour à Quimper.

Le 14 mars 1902, ma vie était censée reprendre son cours. Les fleurs déposaient d'heureuses notes colorées le long des chemins du jardin, et l'air drainait des prémices de parfums estivaux. Les rues, paraît-il, s'animaient autour de la cathédrale, où une foule insouciante déambulait en exhibant les dernières tenues en vogue. La Belle Époque dans toute sa splendeur, dirait-on plus tard... Tout inspirait la gaieté, la légèreté. Je restais néanmoins en proie à une culpabilité diffuse. Mon cœur aurait voulu clamer la vérité sur les circonstances de ma disparition, mais le bon sens la savait irrecevable. À Sein, Charles l'avait compris et n'avait pas hésité à implorer les religieuses de souscrire à un pieux mensonge. Quant à mon père, je le découvris préoccupé comme jamais. Malgré la joie de m'avoir retrouvée, il gardait la tête sur les épaules et m'interdisait de sortir jusqu'à ce qu'il ait trouvé une version des faits présentable en société. Il me défendit de parler à quiconque franchirait la porte entretemps ; mon aventure insulaire devait rester secrète. Des heures durant, il arpenta la maison, les mains dans le dos, le visage grave, la nuque inclinée. Soudain, il fit irruption dans le salon où je m'entretenais avec maman :

— Ça y est ! claironna-t-il, avec le même sourire que lorsqu'il m'avait sue vivante.

— Quoi, Edmond ? s'écria ma mère.

— Ce que nous allons dire, pardi ! Une version que tout le monde admettra...

Nous le regardâmes avec des yeux interrogateurs. Il s'assit dans un fauteuil, face au canapé, et se mit à chuchoter à ma mère :

— L'essentiel est de préserver la réputation de Catherine, n'est-ce pas ?

Elle acquiesça, en se demandant où il voulait en venir.

— Eh bien, nous n'avons qu'à prétexter qu'elle a été enlevée pour motif politique.

— Politique ? Mais tu perds la raison, mon cher : elle n'a jamais exprimé la moindre opinion de cet ordre !

— Pas du tout !

Il s'avança encore.

— Comme vous le savez, ça bataille ferme au conseil municipal, en vue des élections qui auront lieu dans deux ans. Vous n'ignorez pas que je suis bien placé pour briguer le poste de maire...

— Pas de fausses modesties, Edmond ! Même si l'échéance reste lointaine, tu es le favori !

— Justement ! Imaginez que circule la rumeur selon laquelle ma fille a disparu, puis est réapparue huit jours plus tard, après avoir séjourné chez un homme, sur une île…

— Un prêtre ! précisai-je. Ça devrait dissiper les soupçons.

— Baliverne, Catherine ! Les Quimpérois ne sont pas nés de la dernière pluie. Qui accepterait une telle ineptie ? Ne nous as-tu pas dit toi-même qu'il se trouvait là-bas par décision disciplinaire de l'évêché ? Qui lui accorderait le moindre crédit ? Non, écoutez plutôt : si cela s'ébruitait, je pourrais dire adieu à mes ambitions politiques.

— Et Catherine, as-tu pensé à elle ? Ne crois-tu pas que sa réputation est plus importante qu'un poste de maire destiné à flatter ton ego ? s'indigna ma mère.

— J'y viens ! Un peu de patience… Dire la vérité ruinera sa respectabilité et la mienne : qui voterait pour un père incapable de se faire obéir de sa propre fille qui, de surcroît, aurait des mœurs si choquantes ? Et toi aussi, Marie, imagines-tu ce qu'on colporterait sur l'éducation sentimentale que tu lui as donnée ? À l'inverse, nous pouvons tirer profit de la situation, en dénonçant un complot fomenté par mes adversaires !

— Tes adversaires ? Tout le monde t'adore, Edmond !

— On voit bien que tu ignores à quoi sont prêts les conservateurs ! Entre l'affaire Dreyfus et les tentatives de séparation des Églises de l'État, nous marchons sur des œufs. Ça les arrangerait bien que je sois évincé des républicains !

— D'accord, ils ont des idées qui ne sont pas les tiennes, mais ça reste de braves gens.

— Que tu es naïve, ma chère ! Tu es loin d'imaginer de quoi certains sont capables.

— Mais ils sont chrétiens, Edmond !

— Tout le monde est chrétien, en Bretagne !

— Et tu penses qu'il n'y a que des anges au sein de l'ARD[1] ?

— Bien sûr que non, et c'est très bien ainsi !

— Je ne comprends décidément rien ! Tu dois avoir raison, la politique n'est vraiment pas faite pour moi.

— Au sein de ma formation, c'est pareil : il y a de jeunes loups prêts à me savonner la planche…

— Tu exagères, Edmond ! Ressaisis-toi, avant de basculer dans la paranoïa !

— J'ai parlé d'ambitieux, pas de criminels. Ça colle d'ailleurs parfaitement avec le fait que Catherine soit revenue en possession du rubis qu'elle portait au doigt, le soir de son enlèvement.

— Son enlèvement ?

— Évidemment ! Comment aurait-elle pu se retrouver si loin de chez nous, sinon en ayant été enlevée ?

— Il a raison, maman. Mes derniers souvenirs remontent au bal, où j'avais de terribles crampes au ventre. Je me revois me précipiter vers les toilettes, puis le trou noir, plus rien jusqu'à mon réveil, où j'étais allongée sur un lit, face à un homme qui m'observait…

— Il est impossible qu'un ministre de l'Église se soit comporté de la sorte, intervint-elle. Pourquoi kidnapper une jeune femme ? Il ne te connaissait pas.

— Ce n'est pas lui. Pas après la manière dont il s'est conduit avec moi, sur l'île. À part pour me donner la communion, une nuit de Noël, il ne m'avait jamais vue.

Mon père rebondit :

— Les filles, si ce n'est ni le prêtre ni aucune de nos connaissances qui auraient eu intérêt à faire cela, il ne reste que

1. Alliance républicaine démocratique.

la piste politique ! Croyez-moi, j'ai le flair pour ces choses-là. La seule incertitude est le camp d'où est venue la trahison.

Il ajouta que nous devions faire bloc, en affichant une version commune, plausible aux yeux de tous :

— Pas question d'évoquer la présence de Catherine avec un curé, à Sein. Étant donné qu'elle est revenue à Quimper par le train de Douarnenez, il se peut qu'elle ait été reconnue lors du trajet ou à son arrivée. Nous expliquerons qu'elle a été séquestrée dans les environs de ce grand port de pêche, puis déposée devant sa gare, un ticket pour Quimper dans la main.

— Ça n'a pas de sens ! protestai-je. Pourquoi mes ravisseurs auraient-ils agi de la sorte ?

— Parce que leur objectif était de me discréditer. Un homme dans ma situation qui perd toute trace de sa fille pendant plus d'une semaine, il n'en faut pas plus, la médisance fait le reste. Au fond, ils ont été malins ! Imagine qu'à ton retour les personnes que tu as croisées aient constaté que tu ne portais plus de bague de fiançailles : ça aurait signifié qu'on te l'aurait dérobée, ce qui les aurait orientées vers la piste d'un vol perpétré à l'occasion d'une demande de rançon. Et rien de bien sérieux n'aurait pu m'être reproché ! Mais comme tu es revenue en possession de ton rubis, et que celui-ci n'est pas des plus discrets, les gens pencheront vers la fugue d'une jeune femme ayant affiché publiquement sa désapprobation à l'égard de l'union matrimoniale prévue par ses parents. Si tu penses que ça ne suffit pas à mettre à mal la réputation d'honnêtes citoyens, c'est que tu es loin de connaître la manière dont fonctionne la société, ma fille ! Non, ils ont vraiment été très forts...

— Imaginons que tu aies raison, papa : quel aurait été leur intérêt à me jeter dans le lit d'un prêtre, si loin de chez nous, alors que personne ne m'y a vue et ne pourra ébruiter la chose ?

— Leur machination a échoué grâce à ce prêtre. S'il n'avait pas gardé secrète ton arrivée chez lui, toute l'île t'aurait aperçue et nous serions déjà pointés du doigt par la ville entière.

Quelque chose continuait de me déranger. Une lueur :

— Soit, mais dans un cas comme dans l'autre – que je sois restée à Sein durant mon absence ou à Douarnenez, ou même à Quimper –, l'objectif de tes ennemis aurait été atteint : révéler publiquement que tu n'étais pas apte à te faire obéir par ta propre fille ! Pourquoi m'auraient-ils conduite sur une île sauvage, avec toutes les difficultés que cela implique, alors qu'ils pouvaient me séquestrer n'importe où, près d'ici ? Ça n'a aucun sens…

— Sauf si leur plan, pour assurer mon discrédit, nécessitait d'anéantir ta respectabilité ! Tu penses bien que je me suis posé la question, et plutôt deux fois qu'une ! Pour moi, c'est clair : ils ne voulaient prendre aucun risque, au cas où je serais parvenu à calmer la rumeur causée par ta disparition. Pour garantir le succès de leur entreprise, ils n'ont pas hésité à ruiner ta réputation. Ah ! Si je tenais cette racaille, elle passerait un mauvais quart d'heure !

— Et si on leur disait quand même la vérité, papa ? Avec ton pouvoir de persuasion, tout le monde finirait par l'admettre. Cela permettrait d'anticiper l'éventualité où ma présence sur l'île aurait fuité, et ne se serait pas encore retournée contre nous.

— Beaucoup trop risqué, Catherine ! Par expérience, je sais qu'en matière de mœurs, un soupçon, même infondé, ne quitte jamais les esprits. Tu en pâtirais jusqu'à ton dernier souffle, et on le reprocherait peut-être aussi à tes enfants !

5

La lettre

Samedi 5 avril 1902

Charles,

Avant tout, j'espère que vous allez bien et que les événements qui nous ont réunis ne vous ont pas tourmenté outre mesure, après que vous m'avez confiée aux sœurs de l'Esprit saint. Ce dernier vœu, il me semble vous l'avoir déjà formulé dans ma première lettre, où je vous donnais des nouvelles de mon retour chez mes parents. Mais, dans le doute, je préfère le réitérer, car la vie m'a appris, depuis ma disparition du bal, il y a un mois jour pour jour, combien les choses peuvent évoluer rapidement.

En réponse à mon courrier, j'ai bien reçu le vôtre, daté du 24 mars, et je vous en remercie. Débarrassé des deux tempêtes que vous avez essuyées – le gros temps vécu ensemble et mon arrivée inopinée chez vous ! –, j'espère que tout est rentré dans l'ordre, en ce qui vous concerne.

Avant de poursuivre, je dois vous faire un aveu délicat, surtout par écrit. Face à une personne, vous pouvez anticiper ses réactions, trouver les mots, ajuster le ton de l'annonce. Sur papier, en revanche, comment présumer de la manière dont le destinataire accueillera la chose ? Désolée de tourner autour du pot, mais il m'est pénible de vous apprendre qu'au cœur de la tourmente et sous votre protection j'ai douté de vous ! Au début, ma méfiance était plutôt naturelle, eu égard aux circonstances. Cependant, mes excuses fondent comme neige au soleil en considérant la durée de mon hésitation. Longtemps, j'ai alterné entre la confiance que votre attitude m'inspirait et la crainte d'être victime d'une fourberie de la part d'un inconnu.

Puisque l'heure est aux aveux, je reconnais avoir songé à la folie pour expliquer la situation ! Folie de moi, d'abord et principalement, mais également de vous ! Qu'est-ce qui me prouvait que vous étiez vraiment une personne d'Église ? Je n'avais pour indices que la soutane, le rabat et la barrette que vous m'aviez montrés. Plus tard, j'ai pu apprécier votre loyauté, ainsi que votre décision de me conduire chez vos consœurs. Quelqu'un animé de mauvaises intentions aurait profité de ma présence ignorée de tous, au fin fond du monde... Vous m'avez affirmé ne pas vous rappeler notre bref échange de regards, un soir de Noël, à la cathédrale de Quimper. Était-ce bien vrai ?

Mais si j'ai douté de vous, Charles, sachez combien plus encore je l'ai fait de moi ! La conscience de ne me souvenir de rien, au-delà de ma course précipitée vers les toilettes, en proie à d'atroces crampes au ventre, ne me dédouanait pas d'un dérangement psychique inconnu !

À la teneur et au ton de mes aveux, vous avez compris que les choses à présent ont changé. Non pas que les brumes de l'incertitude aient déserté mes nuits, mais par le truchement d'un événement inattendu, survenu il y a moins de quarante-huit heures. Je devrais plutôt parler de cataclysme ! Pourtant, je n'en suis pas capable. Figurez-vous que, jeudi dernier, mon père a reçu un courrier de Théodore Le Goff, mon futur beau-père, lui annonçant d'une manière aussi glaciale que protocolaire la rupture de mes fiançailles avec son fils !

Au-delà du coup de théâtre, la lettre comportait des passages assassins, ourdis de rage, qui l'informaient que le Tout-Quimper allait être au courant que Catherine Jaouen avait été aperçue à l'île de Sein, peu après sa disparition de Quimper, dans le lit d'un prêtre licencieux ! Jamais je ne m'étais sentie si dénigrée, humiliée, salie. À l'heure où vous me lisez, la bonne société de ma ville natale doit s'indigner et discourir de ma dépravation et, plus grave encore, de la vôtre !

Je ne sais de quelle façon notre mésaventure est arrivée aux oreilles de cet homme. Ou plutôt, j'ai une petite idée...

Je tenais à vous prévenir, pour que vous n'appreniez pas d'une autre manière ces faits qui vous seront reprochés.

Quelle catastrophe nous accable, Charles ! Nous sommes dans la même galère. Je le regrette infiniment. Pourrez-vous me pardonner ?

Concrètement, rien n'a changé depuis la tempête, mais nous voilà confrontés au jugement public qui, je le crains, laissera en nous des traces indélébiles...

Désolée de mon affolement : je ne sais ce qu'il adviendra de moi. Aucun homme respectable ne voudra de la fille de mauvaise vie que je suis devenue. Par moments, j'envisage de me retirer dans un couvent. Parfois, de recourir à une solution plus radicale encore... Tout cela par ma faute ! Sans moi, vous continueriez votre existence, certes éprouvante, mais la conscience tranquille.

Je n'ai aucune certitude quant au sortilège qui m'a menée chez vous, mais juste une piste due à la sagacité de mon père. Je ne pense pas vous avoir grandement parlé de moi ni de ma famille. Tailleur de formation, mon père a créé après son mariage un petit commerce qui a fini par se révéler florissant. La qualité de ses confections et sa serviabilité auprès d'une clientèle aisée ont fait la renommée de son enseigne. Le niveau de vie de mes parents s'est amélioré et les a introduits dans la bourgeoisie quimpéroise. Le succès attirant le succès, papa a ensuite embrassé une carrière politique à l'échelle de la ville, au sein du parti républicain, tout en continuant de faire fructifier son activité principale. Il siège aujourd'hui au conseil municipal et était pressenti pour succéder à notre maire, à l'issue du prochain scrutin qui aura lieu en 1904. J'emploie le passé, car voilà que ma prétendue inconduite a détruit sa réputation jusqu'alors irréprochable...

Le 14 mars dernier, le lendemain de mon retour chez lui, il en est venu à suspecter les conservateurs d'être à l'origine de mon enlèvement. Il n'a pas écarté non plus la possibilité d'une machination émanant de personnalités ambitieuses de sa propre formation politique. Selon lui, il n'y a aucun doute que ma disparition et mon arrivée à Sein, puis ma réapparition à Quimper aient été le fruit d'une conspiration visant à l'évincer d'un mandat de maire à la préfecture du Finistère.

Il m'a interdit – ainsi qu'à maman – d'envisager publiquement d'autres pistes que celle d'une séquestration dans les environs de Douarnenez, pour justifier mon absence durant huit journées. L'essentiel est de conserver la face, en présentant une version unique, destinée à protéger ma réputation et ses ambitions personnelles. Il est décidé à tout mettre en œuvre pour tâcher de sauvegarder mon mariage qui devait sceller une union prospère avec une famille détentrice d'une confection renommée de vêtements féminins et de corsets.

Vous l'avez compris, Charles, nous sommes probablement victimes d'un complot politique. Voilà pourquoi je ne puis qu'implorer votre indulgence. Par ma faute, vous êtes impliqué dans un scandale qui nous échappe.

Au terme de ces nouvelles déchirantes, je ne suis pas en mesure d'espérer une réponse de votre part ni un pardon, mais peut-être une prière...

Catherine

* *
*

Dimanche 20 avril 1902

J'imaginai le visage dépité du prêtre découvrant ma deuxième missive. Me maudissait-il ou allait-il se replier en prières ? Submergée de remords, je ne me faisais aucune illusion sur la réaction de cet homme dont j'avais injustement douté, et auquel j'avais asséné un coup fatal ! Depuis, les dernières frasques de ce religieux déchu avaient certainement franchi les portes de l'évêché. L'autorité ecclésiastique allait-elle prolonger sa sanction sur l'île ou prononcer sa radiation, après l'avoir excommunié ?

Rien ne serait arrivé si je m'étais cassé la jambe le matin du bal, ou si je n'avais pas souffert de cette indigestion fulgurante ! Avec un peu plus de retenue, je me serais mordu les lèvres et ne me serais pas précipitée vers les toilettes où, j'imagine, mes ravisseurs m'avaient suivie, avant de m'endormir au chloroforme et de me droguer ! Je m'égarais encore : ce n'était pas par hasard si des douleurs intestinales aussi aiguës que subites étaient survenues peu avant ma disparition. Qu'avais-je bu ? Du champagne, assurément ! Pourquoi avais-je été la seule intoxiquée ? Des professionnels, à n'en point douter ! Personne n'avait réalisé quoi que ce soit : ni maman, ni papa, ni mon fiancé, ni sa famille, ni les connaissances de ma mère, ni mes amies...

Je notai cependant un point positif dans cet imbroglio : Charles Le Bihan et moi n'étions pas déséquilibrés ! S'il avait eu une once de responsabilité dans mon enlèvement, il se serait arrangé pour ne pas en essuyer les conséquences. Je pouvais donc compter sur un allié, en complément de mes parents et de mes amies.

Les jours qui suivirent l'envoi de ma deuxième lettre devinrent une épreuve supplémentaire. Si je tenais le cap, c'était dans l'attente des paroles du prêtre. Mais étais-je prête à les entendre ? Et allait-il me répondre ?

J'escomptais un réconfort de mes derniers soutiens, car, depuis la proclamation publique du motif de la rupture de mes projets avec Tristan Le Goff, les regards que je croisais dans la rue s'étaient métamorphosés : les habituels m'évitaient et les inconnus me déshabillaient ! Je m'efforçais de me déplacer dans des toilettes respectables, mais j'eus vite l'impression qu'elles étaient perçues comme des provocations, voire des incitations ! Devais-je les troquer pour des tenues passe-partout et fuir les lieux fréquentés du quartier de la cathédrale et de la promenade du Parc, ainsi que les abords du kiosque à musique ?

La silhouette du couvent se profilait à mes heures les plus sombres. Quelle autre issue, sinon la rue, pour une fille dans ma situation ? J'avais néanmoins trop de jeunesse en moi pour renoncer à la vie sociale, en choisissant l'exil dans la foi et l'oubli. Qu'allais-je devenir ?

Parmi mes amies auprès desquelles j'aurais souhaité trouver des oreilles attentives, je remarquai de fulgurantes transformations. Au début, Antoinette, Marie-Adélie, Joséphine, Angélique et Marie-Rose s'efforçaient de faire bonne figure en ma présence. Nous prenions toujours le thé chez l'une ou l'autre, ou dans la maison de mes parents, mais leurs sourires se crispaient au fil des jours, et leurs invitations peu à peu s'espaçaient. Elles ne croyaient plus au complot politique brandi par mon père pour me disculper. Signe de la superficialité des liens qui nous unissaient, seule Angélique, avec qui j'avais renoué le contact quelques mois auparavant, avait à cœur de rester fidèle à ma compagnie, pourvu que nos rencontres se fissent discrètes ! Mais pour combien de temps encore ? Ce fut d'ailleurs elle qui m'aida à garder l'espoir que Charles réponde à mon courrier.

Malheureusement, la quinzaine écoulée ne m'avait gratifiée d'aucune correspondance. La dernière fois qu'une lettre avait franchi notre porte, c'était pour nous révéler le scandale ! J'avais beau ne pas me savoir superstitieuse, je redoutais l'instant où un nouveau pli postal pénétrerait dans nos murs.

Mon père était méconnaissable. La mine grave, il ne parlait plus, mais grommelait, soufflait, pestait. La politique ? Il récriminait contre elle et n'admettait pas que les instigateurs du complot se retrouvent bientôt sous les feux de la rampe et récoltent les honneurs qui lui revenaient. Il aurait voulu leur hurler qu'il n'était pas dupe et qu'il avait déjoué leur manège, mais il se serait discrédité en blâmant la classe politique tout entière. Condamné à ruminer, il se comportait comme un lion en cage. Heureusement, maman gardait le cap.

— Ce n'est pas si grave, ma fille, il n'y a pas mort d'homme ! L'essentiel est que ton père et toi ayez la conscience tranquille. Vous n'avez rien à vous reprocher, nous le savons tous et Dieu aussi. Nous en avons vu d'autres dans la famille... Tu l'ignores peut-être, mais ce n'était pas facile pour ton père et moi, au tout début de notre mariage. Presque sans clients, nous en avons surmonté des épreuves et des doutes ! Je lui ai toujours fait confiance et je n'ai jamais eu à le regretter. Je suis certaine qu'il en sera de même en ce qui te concerne et que tout rentrera dans l'ordre...

D'où tenait-elle cette foi inébranlable en la religion, en la justice et en son époux ? Je l'enviais et m'en voulais de ne pas lui arriver à la cheville. Si la vie m'avait épargnée jusqu'en début d'année, allais-je sortir aguerrie ou anéantie par la succession d'épreuves que 1902 m'infligeait ?

Recluse depuis plusieurs jours, je tuais le temps dans ma chambre, à lire en boucle la réponse de Charles, datée du 24 mars, à ma première lettre du 16 du même mois. Je lui disais que tout allait bien et le remerciais de son hospitalité. Avec le recul, je prêtai une attention croissante à ce que j'avais d'abord considéré comme une anecdote dans son courrier reçu le lendemain de l'annonce de la rupture de mes fiançailles :

Le 12 mars, en soirée, après votre embarquement pour le continent, je me suis rendu chez les sœurs, au retour du chantier de l'église, avant de rejoindre le phare. Leurs propos ont été des plus rassurants concernant les conditions de votre départ. Je pouvais enfin souffler !

Ces braves femmes m'ont appris qu'en plus de vous et des îliens qui faisant la traversée, trois naufragés de la tempête étaient à bord. Leur bateau avait heurté un récif, à l'ouest, au début des hostilités.

Le lendemain matin, après une nuit de veille au phare, j'ai longé la grève jusqu'à mon abri, sans trouver la trace d'un chavirage. J'ai poursuivi vers le sud, où j'ai découvert quelques planches coincées entre des roches battues par les vagues. En m'approchant, je suis tombé sur les restes d'une embarcation de taille modeste échouée sur la côte, la voile en lambeaux et la coque éventrée. À la proue figurait une inscription : Fierté d'Audierne. *Je me demande dans quelle mesure cette épave est étrangère à votre arrivée sur l'île. Peut-être l'avenir nous l'apprendra-t-il ?*

Comment n'avais-je pas fait le lien plus tôt ? Plus de doute, j'avais été empoisonnée, droguée et endormie au bal du négociant, avant d'être emmenée à Sein, dans un voilier que la tempête allait drosser contre le rivage. Inconsciente, j'avais échappé à une mort certaine. Je devais donc la vie à mes ravisseurs ! Il ne s'agissait probablement pas de mauvais bougres, mais de petites mains commanditées pour me jeter dans la gueule du loup...

Je m'en voulais de mon étourderie, durant la traversée du raz de Sein, lors de mon retour vers le continent. Au lieu de m'agripper à la coque et de fixer bêtement l'horizon, si j'avais observé les passagers, peut-être aurais-je remarqué un signe distinctif chez ces trois personnages qui m'aurait ensuite permis de remonter jusqu'à eux et de les confondre ! Si j'étais parvenue à identifier le cerveau de la machination et à prouver sa culpabilité, Charles Le Bihan, mes parents et moi aurions pu être innocentés. Mais pouvais-je réellement croire en une justice prise dans les remous de l'affaire Dreyfus ? Bien entendu, je fabulais. Pourtant, la perspective de faire la lumière sur ma disparition s'imposa comme une condition nécessaire à ma survie...

Je caressai ainsi l'espoir d'une issue heureuse et fis part de mes réflexions à la dernière amie à m'être restée fidèle. Je trouvai également une oreille compréhensive auprès de ma mère, quoique celle-ci se montrât farouchement hostile à toute tentative visant à percer moi-même le mystère. Elle réalisa cependant l'importance de clarifier les circonstances de ma disparition et s'en entretint avec mon père. Lorsqu'elle me rejoignit, elle déclara :

— C'est entendu, ma fille : papa prend les choses en main !

— Qu'insinues-tu ?

— Il engagera un détective privé.

— Un détective privé ? Pourquoi ne sollicite-t-il pas les gardiens de la paix ? Il est bien placé, avec ses relations...

— Parce qu'il l'a déjà fait, ma chérie ! Sans succès. Étant donné que tu es revenue saine et sauve, sans qu'on t'ait dérobé ta bague de grande valeur, et qu'ils n'ont trouvé aucune piste concrète, ils ont classé l'affaire sans suite...

— Mais nous en tenons une, à présent, avec ce naufrage et le nom de l'embarcation !

Mon père fit irruption :

— Vu ma position au conseil municipal, je ne peux pas solliciter outre mesure les forces de l'ordre, sous peine de me le faire reprocher par mes opposants. Un détective privé, en revanche, sera parfaitement indiqué ! Et tu as raison, Catherine : de cette manière, nous pourrons peut-être démasquer les fripouilles qui se cachent derrière tout cela. Et là, crois-moi, je me montrerai intraitable et exigerai réparation aux responsables, ainsi qu'à ce poltron de Le Goff !

— Le père de Tristan ? m'étonnai-je.

— Oui, il a eu si peur pour sa renommée, après avoir appris ta présence à Sein, qu'il s'est renseigné et a mis un terme officiel à tes fiançailles, sans ouvrir de porte à la discussion.

— Dans ce cas, pourquoi voudrais-tu me fourrer à nouveau dans cette famille, au cas où les choses se clarifieraient ? Car c'est bien ce que tu entends par « exiger réparation » auprès du père Le Goff, n'est-ce pas ?

— Si j'obtiens réparation par le biais de la justice, cela permettra de faire savoir à la bonne société que ma fille est lavée de tout soupçon. Nous pourrons alors te chercher un nouveau fiancé digne de toi, et de nous, si vraiment tu t'obstines à montrer autant de réticence qu'auparavant à t'unir avec Tristan Le Goff.

— Ça ne finira donc jamais ? Ne crois-tu pas que j'aurais un mot à dire, cette fois ?

— Tu as vu que j'ai mis de l'eau dans mon vin ! Je ne suis pas aussi inflexible que tu le penses. Et si ça ne te convient pas, rappelle-toi que tu es ma fille et moi ton père. Et à ce titre, c'est moi qui décide !

— Maman n'a pas le droit à la parole ?

— Pas dans ce domaine ! Il y va de la réputation de la famille, et c'est à son chef que revient la responsabilité du choix. Et jusqu'à nouvel ordre, c'est moi !

Point final à la discussion ! Révoltée face à une position patriarcale aussi bornée, je n'eus de mes dernières relations amicales que des échos compatissants, mais sans secours. La femme était donc née esclave dans la société moderne ! Pourquoi m'en étonnais-je, alors qu'elles n'ont pas le droit de vote ? Mes rêves d'égalité, de complémentarité et d'indépendance se heurtaient à nouveau à des vérités immémoriales que mon indignation n'était pas prête à faire évoluer.

* *
*

Samedi 26 avril 1902

— Encore un peu de thé, Angélique ?

— Volontiers, Catherine.

— Je suis vraiment désolée de t'importuner avec mes états d'âme. T'ai-je au moins demandé où tu en es sur le plan affectif ?

— Ne t'inquiète pas, ma chère, les amies sont faites pour cela. Tu as subi deux chocs en l'espace d'un mois à peine, et non des moindres ! Qui, à ta place, se comporterait autrement ? Cela dit, pour répondre à ta question, je me suis laissé dire que mes parents avaient des vues sur un jeune homme de Concarneau susceptible de me plaire...

— Mais encore ?

— Beau, grand, plein d'humour et d'esprit, à en croire ma tante Antoinette qui l'a fait connaître à papa et maman...

— Et le prince charmant a un nom ?

— Édouard.

— Édouard tout court ?

— Édouard Le Roux.

— Tu l'as rencontré ?

— Ça ne devrait pas tarder.

— L'as-tu vu en photo ?

— Non plus, mais la description qu'on m'en a faite laisse présager le meilleur...

— Et sa famille ?

— Parfaitement comme il faut !

— C'est-à-dire ?

— Comme la tienne et la mienne...

Une impression étrange m'envahit, que je cherchai à dissimuler en relançant la conversation. Tandis que j'enchaînais les questions suffisamment générales pour ne réclamer que peu d'attention à leurs réponses, je restais en proie à des sentiments contradictoires : joie que l'avenir sourît à mon amie, mais jalousie et doutes quant à mon attitude, lorsque j'étais à sa place. Née dans le sucre, j'avais joué la carte de la jeune fille rebelle qui rechignait au bonheur que ses parents lui préparaient. En découvrant Angélique épanouie, je réalisai à côté de quoi j'étais passée ! Aurais-je échappé à mes déboires, si je m'étais montrée un tantinet docile ? Non, bien entendu, puisque mon enlèvement avait servi un dessein politique. Je ne pouvais pourtant m'empêcher de nourrir une culpabilité diffuse. Je m'étais comportée de manière capricieuse et irrespectueuse.

Plus Angélique me faisait part de son entrain pour l'avenir, plus je l'enviais et regrettais mon égoïsme.

— Assez parlé de moi, Catherine ! lança-t-elle. Ne m'as-tu pas dit que tu avais enfin reçu la réponse que tu espérais du prêtre ?

Où étais-je pour ne pas réaliser que c'était à moi qu'elle s'adressait ? Je me ressaisis et lui fis un signe pour lui indiquer que j'allais revenir. Je me levai, traversai le salon et disparus, le temps de monter dans ma chambre et de réapparaître quelques instants plus tard, une lettre dans la main.

En m'approchant d'elle dont les yeux brûlaient d'impatience, je pris conscience de ma chance d'avoir retrouvé cette amie. Dire que nous nous étions perdues de vue à la fin de l'école primaire ! Tant d'années s'étaient écoulées depuis, sans nouvelles, jusqu'à l'été 1901 où une élégante dame m'avait abordée dans la rue en me demandant si je n'étais pas Catherine Jaouen. Étonnée, je confirmai en dévisageant l'inconnue. Comment n'avais-je pas reconnu celle qui, des années durant, avait partagé mon quotidien, en classe et pendant les récréations ? Je me savais peu physionomiste, mais pas à ce point ! Quelle honte ! Je me remémorai nos premières conversations, futiles et plaisantes, au sujet de nos toilettes respectives, devant les étalages en vogue de la rue Kéréon. C'était en août dernier. Au moment de nous quitter, nous échangeâmes nos adresses et nous nous promîmes de reprendre contact rapidement, ayant tant d'années à rattraper. J'étais bien loin d'imaginer que c'était en sa compagnie que j'allais finalement trouver ma principale consolation.

Je m'assis à ses côtés, sur le canapé de mes parents. Il donnait sur le jardin à travers une baie vitrée et bénéficiait d'un éclairage du plus bel effet. Je tendis la lettre de Charles à mon amie.

13 avril 1902

Catherine,

Hier, en m'arrêtant chez mes consœurs, j'ai récupéré le courrier que vous m'avez adressé le 5 avril, et j'en ai pris connaissance une fois rentré à mon domicile.

Ma tristesse a été immense d'apprendre la rupture de vos fiançailles. Nous avions tout fait pour que votre mésaventure ne s'ébruite pas et que vous retrouviez une vie normale. Je croyais sincèrement la chose acquise…

Toute la nuit, je n'ai cessé de repasser le fil des événements survenus entre votre apparition chez moi et le moment où je vous ai laissée avec nos amies.

Comme vous n'avez pas pu arriver seule du continent, et que les trois naufragés constituent l'unique indice, je me suis dit qu'il fallait creuser leur piste, ce que j'ai tenté aujourd'hui même, malheureusement sans succès : personne ne sait où ils ont séjourné durant la tempête ni comment ils ont survécu. Un mystère de plus sur cette île qui en recèle déjà tant ! Il n'en fallait pas plus pour que resurgissent chez les habitants que j'ai questionnés des motifs irrationnels. Certains ont vu en eux des voyageurs de l'au-delà ; d'autres des descendants des druides que la magie aurait protégés de la fureur océane ! J'ai eu beau les raisonner, leur parler en qualité d'homme d'Église, rien n'y a fait ! À Sein, les légendes ont le cuir dur…

Angélique lut la suite de la lettre, sans qu'apparaisse sur son visage l'expression que j'attendais. Lorsqu'elle releva les yeux, elle me gratifia d'un sourire.

— Qu'en penses-tu ? lui demandai-je.

Je compris que l'émotion la muselait. Aussi cherchai-je à la mettre en confiance, en lui disant qu'elle pouvait me faire part de son ressenti en toute liberté. J'insistai tant et si bien que je craignis qu'elle imagine qu'il y avait quelque chose entre le prêtre et moi ! J'avalai ma salive, redressai le buste et me jetai à l'eau :

— Il ne s'est rien passé entre nous, si c'est ce que tu te demandes ! Du moins, rien de condamnable.

Son silence avait tiré de ma bouche des mots qui n'étaient pas censés s'y trouver ! Je me surpris à me justifier comme j'avais dû le faire devant mes parents. Me croyait-elle, après avoir lu cette lettre ? N'avais-je pas commis une erreur en la lui montrant ? Qu'avais-je cherché en agissant de la sorte ? Pâle jusqu'alors, mon visage devint livide, lorsqu'elle me fixa droit dans les yeux. Son chapeau à plumes et à fleurs m'impressionna autant que son maintien. Quel serait son verdict ?

— Catherine, mon amitié pour toi m'impose une totale franchise.

— Parle, Angélique...

— Es-tu certaine de le vouloir ? Et assez forte pour l'entendre ?

— Je ne sais pas, lâchai-je en me levant et en faisant trois pas vers la porte-fenêtre donnant sur la verdure.

Le soleil s'adonnait à une partie de cache-cache avec le tendre feuillage des cerisiers. Un festival floral et olfactif.

— Cette lettre en dit beaucoup plus que ce qu'elle contient, ma chère.

Qu'insinuait-elle par là ? Je tâchai de le lui demander, mais mon visage essuya une poussée de larmes. Je me précipitai dans la cuisine où je sanglotai jusqu'à ce qu'une main légère se pose sur mon épaule. Je me retournai et tombai dans ses bras.

Je savais ce qu'elle sous-entendait, mais je n'avais ni la force ni l'envie de prononcer des mots qui extérioriseraient maladroitement un sentiment diffus...

Je m'interrogeai : avais-je eu tort de transgresser l'interdit de mon père, en confirmant à Angélique ma présence auprès d'un prêtre, sur l'île de Sein ? La défection progressive de mes autres alliées et ma solitude grandissante m'avaient poussée à faire un geste envers mon ultime soutien. J'avais songé que la mettre dans la confidence la placerait dans une position de proximité susceptible de la retenir et de l'empêcher de m'abandonner à son tour. Je n'avais pas le courage de porter seule un si lourd secret...

6

Les remparts

Depuis la visite d'Angélique, je passais l'essentiel de mon temps dans ma chambre, à rêvasser. J'étais incapable de démêler le vrai du faux et de clarifier mes pensées quant au message de la lettre de Charles. Une certitude, néanmoins : j'étais loin d'être aussi affectée par l'interruption de mes fiançailles que ce que la bonne conscience collective attendait. Depuis l'annonce, Tristan ne m'avait pas adressé la parole. Ses sentiments à mon égard se résumaient à un accord oral, par personnes interposées, dénoncé par voie postale : de simples formalités administratives ! Mais qui étais-je, pour lui reprocher de n'avoir pas nourri plus d'attachement envers moi que réciproquement ? Dans ces conditions, il était clair que notre mariage se serait soldé par un naufrage. C'était donc le cœur léger que j'aurais dû profiter de ma liberté retrouvée. Pourtant, un joug m'écrasait chaque jour davantage.

Lors du dîner de la veille, mon père nous avait signalé que le détective lui avait remis ses conclusions. À son air contrarié, je n'eus point à attendre qu'il les dévoilât pour comprendre que le professionnel n'avait pas réussi à identifier les responsables du scandale. Il avait juste récolté des témoignages corroborant l'existence d'opposants à mon père. Quant à moi, il n'avait eu vent que de clabaudages.

Le privé avait commencé son enquête en interrogeant mes proches sur leurs souvenirs, au bal, avant ma disparition. Bredouille, il était remonté à l'événement social précédent : un autre bal, celui de la préfecture. Il apprit que j'y avais fait sensation, en tenant des propos frivoles au sujet d'un échange visuel fugace m'ayant marquée, un an auparavant...

Soudain, on frappa à l'entrée de la maison. C'était l'heure du passage du facteur qui m'arracha à ma méditation. Je me précipitai, sachant mes parents sortis. Je n'attendais pas spécialement de courrier, mais la perspective d'une distraction m'enthousiasmait. Peut-être allais-je recevoir de nouvelles réflexions en provenance de l'île de Sein ? Toute haletante, j'ouvris d'un geste déterminé la porte et me retrouvai tétanisée face à Charles Le Bihan, immense et immobile !

— Bonjour, Catherine ! Belle journée, n'est-ce pas ?

Je cherchai vainement à me pincer pour redescendre sur terre !

— Vous ne me proposez pas d'entrer ?

À qui parlait-il ? J'éprouvai exactement la même sensation que dans son lit, à mon réveil, incapable de distinguer la réalité d'un songe par trop crédible.

— Catherine, vous m'entendez ? répéta-t-il, jusqu'à ce que mon prénom parvienne à ma conscience.

Un coup d'œil d'un côté, puis de l'autre.

— Dépêchez-vous !

Sitôt la porte refermée, je me mordis les lèvres ! Que venais-je de faire ? Qu'allaient penser mes parents lorsqu'ils rentreraient ?

— Vous n'auriez pas un peu d'eau, Catherine ? Je ne vous cache pas que la route a été longue...

Toute tremblante, je le conduisis dans le séjour et le priai de s'installer sur le canapé. Je revins avec deux verres d'eau fraîche que je manquai de renverser sur le trajet. Il se désaltéra d'une traite.

Les minutes suivantes m'apportèrent la preuve que je ne rêvais pas. Ses paroles et leurs intonations, ses mimiques et ses silences, le timbre de sa voix et la douceur de ses propos me ramenèrent sur l'île, au cœur de la tourmente. Je ressentis les bourrasques et les vagues se fracassant sur le mur opposé à la grève. Je frissonnais. Une main se posa sur la mienne et la réchauffa.

— N'ayez crainte, Catherine ! Je ne vous veux aucun mal, pas plus aujourd'hui qu'hier. Je suis là pour vous aider.

— M'aider ?

— À vous reconstruire, si vous acceptez mon soutien...

— Je ne comprends pas.

— Votre dernière lettre ne parlait pas que du scandale dont vous êtes victime, mais de bien plus grave encore...

— Je comprends encore moins !

— Les mots que vous avez employés n'étaient pas de ceux qui informent, mais qui alertent. J'y ai lu un appel au secours.

Où allait-il ? M'étais-je mal exprimée ? Avais-je cherché à le séduire, sans le vouloir ? Je croyais pourtant avoir soupesé mes propos. Comment allais-je remettre les pendules à l'heure ? Mais en avais-je envie ?

— N'ayez pas peur, Catherine, je vous le répète. Votre lettre était parfaitement correcte. Seulement, à force de la relire, j'y ai retrouvé, à d'imperceptibles tournures, des sentiments dont vous m'aviez fait part et qui m'avaient profondément touché durant la tempête. J'y ai pressenti – pardonnez ma franchise – un soulagement, doublé d'une immense frayeur.

— Un soulagement ? Apprendre que l'on rompt vos fiançailles, vous appelez ça un soulagement ?

— Oui, du moins en ce qui vous concerne !

— Soit ! Mais quelle frayeur ?

— Celle du lendemain ; des regards sur vous, dans la rue ; du silence de vos parents ; de l'éloignement de vos relations...

— J'ai beaucoup d'amies, détrompez-vous !

Il m'observa avec un air qui en disait long.

— Bon, d'accord, certaines ont pris le large, mais il en reste !

— Combien ?

— Une seule... Mais la meilleure ! D'ailleurs, je lui ai fait lire votre lettre, dans ce même canapé !

— Dieu soit béni pour le soutien qu'elle vous apporte, car je suppose que c'est le cas !

— Parfaitement. Je ne sais pas ce que je ferais sans elle.

— Au-delà de l'étonnement de mon arrivée, comment vous sentez-vous, Catherine ?

— Je n'ai pas à me plaindre...

— Et avec vos parents ?

— Comme je vous l'ai écrit, mon père penche sérieusement pour une conspiration dictée par des motifs politiques. Et vous, qu'en pensez-vous ?

— Il a peut-être raison.

Sa réponse me surprit, mais je m'empressai de combler le vide en lui révélant ce dont je m'étais souvenue, depuis mon retour, quant à ma présence au bal, avant de boire une coupe de champagne. À plusieurs reprises, je crus deviner sur son visage qu'il était au courant de ce que je lui apprenais. Lorsqu'il ouvrit la bouche enfin, il confirma qu'il savait cela. L'envie subite de l'étrangler se heurta à celle de lui sauter au cou !

— Parlez-moi de vous, Charles, lançai-je, pour dissimuler mon émotion.

— Que voulez-vous que je vous dise ?

— Tout ! Vos activités sur l'île et la raison de votre présence à Quimper. Des nouvelles de l'évêché et des sœurs de l'Esprit saint...

— Avec les beaux jours, la construction de l'église a bien avancé, nous en sommes presque aux finitions. Le bout du tunnel approche. La consécration est prévue début juillet, sauf imprévu. Par conséquent, je suis bien moins utile sur place qu'auparavant...

— Et au phare ?

— Je continue de le garder à tour de rôle avec mes compagnons.

— Comment font-ils, en ce moment ?

— Nul n'est indispensable ! Nous nous sommes organisés. Lorsque je serai de retour, je rattraperai le temps qu'ils y auront passé durant mon absence.

— Et quoi de neuf, avec les autorités religieuses ?

— Eh bien, le monde entier est au courant ! Vous et moi sommes au cœur de toutes les conversations de l'île ! À croire que les gens n'ont plus d'autres préoccupations. Pourtant, Dieu sait qu'ils ne sont pas du genre à faire des chichis ! Mais là, un prêtre avec une femme – bourgeoise et fiancée de surcroît –, il y a de quoi jaser !

— On vous en veut ?

— Certes, mais finalement pas autant que j'aurais pu le redouter. Certaines dames s'indignent, mais d'autres me gratifient de regards compréhensifs, voire coquins !

— Vous leur avez dit la vérité ?

— Plutôt dix fois qu'une ! Mais rien n'est parvenu à les convaincre. Les Sénans ont la tête dure. Ce n'est pas un jeune curé à la réputation sulfureuse qui les fera changer !

— Que faites-vous en ville ? Êtes-vous convoqué à l'évêché ?

— Non, mais ça ne devrait pas tarder. En attendant, je suis à Quimper incognito...

— Je ne comprends toujours pas.

— Je suis là pour vous, Catherine. Pour vous aider.

— Pourquoi ?

— Parce que vous le méritez et que vous me touchez. Votre histoire est devenue un peu la mienne...

— J'en suis sincèrement désolée.

— Ne vous inquiétez pas pour moi, ce n'est pas grave.

— Mais si, c'est très grave pour votre sacerdoce ! Vous risquez la radiation, peut-être même d'être excommunié !

— Il y a plus dramatique, croyez-moi !

— Quoi donc ? Donnez-moi un exemple.

— Vous savoir triste et inconsolable.

— Vous me troublez, Charles !

Une porte claqua.

— Vite, levez-vous, mes parents ! Ou plutôt non, ne bougez pas, je vais les prév...

— Bonjour, madame Jaouen ! lança-t-il en se redressant.

— Bonjour, monsieur...

— Le Bihan. Désolé de ma présence inopinée. Je voulais profiter de mon passage en ville pour prendre des nouvelles de votre fille.

— Vous êtes...

— Le prêtre chez qui elle a séjourné à l'île de Sein.

Je n'avais jamais remarqué autant d'étonnement sur le visage de ma mère. Comment allait-elle réagir ? Je m'accrochai au tic-tac de l'horloge du buffet.

— Asseyez-vous, mon père, nous avons à parler ! Ma fille, peux-tu nous laisser quelques minutes, je te prie ?

— Oui, maman !

J'obtempérai et disparus dans ma chambre, surprise de ma docilité ! Et lorsque je revins après avoir entendu l'appel de ma mère, je les trouvai tout sourire. Je tremblais. Qu'avaient-ils pu se dire ?

— Tout va bien, ma chérie ! Nous nous sommes parlé. L'abbé Charles m'a rassurée. Désolée de t'avoir demandé de te retirer : en tant que mère, je voulais avoir une conversation des plus claires avec l'homme chez qui tu as logé. Je suis certaine que ton père aussi sera soulagé, lorsqu'il rentrera. Vous resterez bien avec nous pour le dîner, père Charles ?

— Je ne l'avais pas prévu...

— Ça nous ferait plaisir !

Elle avait vu juste : le repas fut un moment charmant où chacun se sentit libéré. Papa apprécia les échanges avec cet homme d'Église et ne comprit pas que son ancienne paroisse ait pu lui adresser le moindre reproche. Loin de chercher à se justifier, notre hôte prit la défense de ses accusatrices, reconnaissant qu'il n'avait pas été suffisamment vigilant dans ses propos et attitudes. Et puisqu'il était désormais admis que mon enlèvement relevait d'une poignée d'arrivistes, mon père n'eut point d'hésitations à lui faire part des conclusions du détective qu'il avait engagé. Charles intervint :

— Qu'auriez-vous fait si son enquête avait établi la culpabilité d'un de vos collègues au conseil municipal ou de vos opposants chez les conservateurs ?

— J'aurais demandé réparation à la justice. Monsieur l'abbé, sachez que je suis heureux de pouvoir parler librement de cela avec vous qui ne voyez pas en moi un adversaire républicain !

— Notre-Seigneur est au-dessus des idéologies politiques, monsieur Jaouen...

— Vous êtes un saint homme !

— Détrompez-vous ! Je suis sans doute le membre de l'Église le moins fréquentable que vous rencontrerez de toute votre existence...

— Vous exagérez ! Allons, ressaisissez-vous ! À votre âge, un peu de fierté !

— Ma fierté est d'être ici, auprès de vous et de votre fille, dans le but de la réhabiliter.

— C'est tout à votre honneur, même si je crains que vous nourrissiez là un projet perdu d'avance.

— Ne soyez pas défaitiste à votre tour, monsieur Jaouen. Laissez-moi essayer.

— Soit !

— Pour cela, j'ai une faveur à vous demander.

— Une faveur ?

— Je voudrais que vous autorisiez Catherine à me seconder dans l'enquête que je vais entreprendre.

— Une enquête ! Vous plaisantez ? Un détective renommé n'a rien trouvé de probant. Et vous, sans piste ni expérience, vous prétendez faire mieux ? Un peu de sérieux !

— Que faites-vous de la foi ?

— La foi ! Êtes-vous conscient que vous aurez affaire à des voyous prêts à tout ?

— Je n'ai pas peur...

— Moi bien ! Pour ma fille. Désolé de me montrer intransigeant.

— Je vous comprends, monsieur Jaouen. Dans ce cas, je ne l'emmènerai dans aucun endroit susceptible de présenter un risque pour elle. Je vous en fais le serment !

— Je veux bien vous croire.

— Nous resterons en ville, dans des lieux fréquentés.

— Aucun danger ? C'est déjà beaucoup trop ! s'écria ma mère. Edmond, vas-tu réagir ? Ne penses-tu pas que la réputation de Catherine est suffisamment entachée comme cela, pour la laisser s'exposer aux yeux de tous avec un homme, sans être fiancée ou mariée à lui ?

— Un prêtre, madame ! Je porterai la soutane pour dissiper tout soupçon, si vous le souhaitez.

— Dissiper tout soupçon ? Mais le Tout-Quimper est au courant qu'elle a disparu, puis a été vue dans le lit d'un curé sur une île, avant de réapparaître par enchantement ! Et vous voulez qu'elle s'exhibe en présence d'un religieux au cœur de la foule ?

— Calme-toi, Marie ! Le Tout-Quimper, comme tu dis, connaît aussi la version que j'ai fournie au retour de Catherine ! L'apercevoir en compagnie de celui qui, comme elle, a été éclaboussé par le scandale ne fera qu'accréditer le complot dont nous avons été victimes. Les gens ne sont pas dupes. Ils penseront que notre fille et M. l'abbé n'oseraient pas s'afficher ensemble, si ce qu'on leur reprochait était exact. Au contraire, le fait qu'ils mènent conjointement des recherches plaidera en faveur de leur innocence. La priver de sortie n'est plus un service à lui rendre. D'ailleurs, cela pourrait être pris comme un aveu de sa culpabilité...

* *
*

Mardi 6 mai 1902

La ville est un jardin, disait un livre de mon enfance. Comment le nier, face à tant de teintes et de senteurs ? Avais-je déjà imaginé pareille harmonie au creux des vieilles pierres ? Chaque arbre, chaque plante, chaque fleur de la cité ajoutait sa note colorée, faisant du printemps une symphonie magistrale. En me laissant guider au hasard des rues et des quais, peut-être mon errance dessinerait-elle un visage ?

Cinq jours après la visite inattendue de Charles, et bien que mon père m'eût donné sa bénédiction pour des sorties en sa compagnie pour les besoins de l'enquête, je me demandais si j'avais bien fait de ne pas accepter. Ma mère avait salué ma sagesse, mon discernement. À l'évidence, la société dictait encore ma conduite. Rebelle en façade, mon cœur appartenait à une fillette surprotégée qui ne savait comment déchiffrer les intentions du vent. La bourgeoisie gonflait mes poumons, irriguait mes veines. Avec un peu d'attention, j'aurais pu suivre son parcours sous ma peau diaphane, tandis que mes lèvres s'évertuaient à la fustiger.

Comment Charles avait-il interprété mon refus ? Songeait-il que j'avais fait deuil de la vérité ? Regrettait-il sa surprise, en frappant à ma porte ? Je ne lui avais qu'à peine laissé l'occasion de parler de lui, comme si je détenais le monopole du malheur ! Que pouvait-il advenir d'un prêtre sur la sellette, exposé à la médisance ? Les apparences plaidaient contre lui ; qui oserait lui tendre une main ? Loin de me tenir rigueur de ma décision, il s'en était allé en me gratifiant d'un sourire. Quelle grandeur et quelle solitude dans l'expression de son visage ! Pouvais-je concevoir l'émotion d'un homme d'Église sentant son Dieu l'abandonner ? Moi qui m'accrochais au mien, avais-je songé au sien ? Certes, il s'agissait du même, mais qui étais-je pour réfuter la possibilité du doute, dans son cas ? Dieu ne m'avait jamais délaissée. Il m'avait même sauvée à deux reprises : de la mer, à mon arrivée sur l'île, puis de la vague, au milieu de celle-ci.

Quittant mes pensées, je réalisai qu'Angélique cheminait à mes côtés, discrète et attentive comme depuis le début de nos retrouvailles. Je regrettai d'avoir hésité avant de lui proposer de m'accompagner dans cette promenade. Quelle belle preuve d'amitié elle me témoignait en s'affichant en ma compagnie !

Je songeai à nouveau à Charles qui souhaitait m'assister à un moment où j'ignorais l'étendue de ma détresse. Comment voulait-il réussir là où un détective avait failli ? Quoique touchante, sa sollicitude était vouée à l'échec.

Déjà, mes interrogations s'étiolaient le long de l'Odet. De loin en loin, Angélique me glissait des confidences auxquelles je prêtais une attention superficielle. Certes, les tenues sophistiquées des dames que nous croisions étaient du plus bel effet, mais je ne brûlais plus d'en arborer de telles. L'air m'intéressait davantage ! Non pas celui d'une musique que les saisons démodent, mais qui redonne vigueur à l'espérance.

Telle une respiration, la marée soulevait imperceptiblement le fleuve que nous remontions à pas menus, sous nos ombrelles finement brodées. Des senteurs allaient et venaient autour de nous, bercées par une brise pleine de promesses estivales. Mon regard s'émerveillait devant des détails insignifiants. Je n'avais plus vingt-trois ans, mais quinze ou dix ! Mon cœur cognait dans ma poitrine, tandis que mes yeux caressaient les largesses de ce qu'on appellerait bientôt la Belle Époque. Période festive, hymne à l'élégance, à la légèreté. Je retrouvais la foi en la jeunesse qui autrefois grouillait en moi. De-ci, de-là, mes prunelles s'attardaient sur des campanules aux massifs étoilés, butinaient des hampes de cœurs-de-Marie, dévoraient des buissons d'impatientes, picoraient les notes violacées des pétunias, débusquaient la buglosse timide ou s'enfonçaient dans des édredons de myosotis. Et, partout, des effluves de lilas me ramenaient à mon enfance.

Les lieux aussi défilaient au rythme d'une mélodie inspirante. Fines et délicates, les passerelles métalliques sur l'Odet prolongeaient les pinceaux d'un artiste à la folie prodigieuse. Le ballet des mouettes volait la vedette au titinement des mésanges. Les murs austères du prieuré de Locmaria sortaient d'une cure de jouvence. Dans le rouge et le jaune, la tulipe rendait vie aux pierres et aux voûtes, et les remparts du jardin de la Retraite délimitaient des mondes à jamais réconciliés.

La silhouette du premier hôtel de préfecture me ramena à la soirée de janvier où j'allais commettre l'irréparable. La foule et les froufrous, l'insouciance et la confiance, le champagne, la fumée et le brouhaha, les chapeaux, les lustres, les valses et les polkas : tout conspirait à museler ma retenue ! Que de malheurs auraient été évités si mes lèvres avaient gardé secrets les yeux noirs ayant jadis ébloui une veillée de Noël !

— C'est là, Angélique, que tout a commencé...

— Plaît-il ?

— C'est au bal de la préfecture que mes propos au sujet d'un prêtre ont tout déclenché. Tu y étais. T'en souviens-tu ?

— Pas que je sache...

— Ne me ménage pas. Mes mots t'ont-ils choquée ? As-tu pensé que j'étais ivre ?

— En y réfléchissant bien, je t'ai peut-être entendue évoquer entre deux danses les yeux d'un homme, mais je n'avais pas réalisé qu'il s'agissait d'un curé. L'ambiance était à la légèreté. Quoi qu'il en soit, il n'y a rien de dramatique : il nous est arrivé à toutes de faire des allusions coquines ! Non, Catherine, je ne me suis pas dit que tu avais dépassé les bornes. Nous étions joyeuses et tu as laissé ton cœur s'exprimer sans filtre, voilà tout !

— Viens dans mes bras, ma chère ! Merci, tu me rassures...

— C'est cela l'amitié.

— Sais-tu pourtant que je n'ai pas toujours été loyale envers toi, Angélique ? Je me mords les doigts de t'avoir jugée trop hâtivement !

La stupeur que je lus dans son regard réclama une clarification.

— Après l'école primaire, nous nous sommes perdues de vue. Je n'avais pas gardé de toi un souvenir impérissable. Heureusement, tu es moins bête que moi et moins rancunière. Tu as fait le premier pas, l'été dernier. Grâce à toi, j'ai aujourd'hui une amie sur laquelle m'appuyer. Pardonne-moi, Angélique...

— Je n'ai rien à te pardonner. Crois-tu que j'avais de meilleures raisons de demeurer silencieuse durant toutes ces années ? Nous étions jeunes et superficielles ; cessons de nous morfondre et tournons la page !

Après m'avoir gratifiée d'un sourire aimable, elle ajouta :

— Ma belle, au fond de toute expérience négative, il y a une pépite à découvrir dont il faut tirer profit...

— Parle, Angélique !

— Sache d'abord que ce que je m'apprête à te suggérer ne vise que ton bien.

— Vas-y !

— Eh bien, je ne suis pas totalement convaincue qu'il soit judicieux de dédaigner la piste de ce prêtre, comme explication à tes déboires...

— Tu n'es pas sérieuse ? Comme tu viens de le dire, c'est un prêtre !

— Pour combien de temps encore ?

— Pourquoi aurait-il fait ça ?

— Réfléchis ! Si tu as remarqué son regard en une fraction de seconde, pourquoi n'en aurait-il pas été de même en ce qui le concerne ?

Cette question me renvoya à des interrogations dont je me croyais débarrassée. Si Angélique penchait vers cette possibilité, c'était forcément en vertu d'un élément qui m'avait échappé...

En revenant vers le quartier de la cathédrale, elle se montra soulagée que je ne fusse point abattue par la rupture de mes fiançailles :

— Au fond, tu étais contre ce mariage, bien avant ton enlèvement, n'est-ce pas ?

Elle avait raison, même si je n'étais pas pour autant ravie de la tournure des événements. Avant que tout bascule, je m'insurgeais contre la situation que mes parents m'imposaient, mais je n'avais rien à reprocher à Tristan. Ma connaissance limitée de son caractère et de sa personnalité ne m'éclairait guère sur la possibilité de voir notre union gagner en complicité avec les années, et pourquoi pas en amour, comme ma mère me l'avait laissé entendre.

Le soleil et l'ombre se partageaient à présent l'étroitesse des passages, magnifiant le cachet médiéval des façades à colombages. Où que mon regard s'attardât, il rebondissait sur des poutres tordues par les âges, sur des chambranles colorés, des fenêtres à croisillons et des toitures défiant la pesanteur. L'animation des rues renvoyait le bruit de chariots à bras et de chaussures à talon. Mais la légèreté ambiante devint de plus en plus oppressante à mesure que nous approchâmes de mon domicile.

Après avoir remercié mon amie, je me retrouvai seule devant l'entrée d'une maison qui, semblait-il, était la mienne. Le même bois avec les mêmes veines creusées par les siècles, sous les mêmes encorbellements que deux mois auparavant, lorsque j'appréhendais mon retour parmi les miens. Depuis, tant de choses avaient changé. Étais-je toujours la même ou réduite au parfum évaporé de celle que j'aspirais à devenir ? Entre le moment où je tambourinai contre la porte et celui où la complainte de ses gonds retentit dans la rue, je me réfugiai dans le souvenir brûlant des jardins que nous venions de fouler, où les ancolies s'offraient en remparts aux bassesses du monde...

Lorsque je pénétrai dans l'obscurité du vestibule, la bonne me tendit un morceau de papier plié en deux, sans enveloppe :

Catherine,

Ne soyez pas surprise, je dois retourner précipitamment à Sein. Je vous prie de m'en excuser. Je vous donnerai des nouvelles dès que possible.

Charles

N'avais-je pas eu un pressentiment, en arrivant ? Que traduisait un tel empressement de sa part ? Mille scénarios affolants ternirent le reste de cette journée commencée sous les meilleurs auspices.

7

Le bout du monde

Lundi 12 mai 1902

Un peu de folie, après tout ! Qui donc s'était emparé de moi, à mon insu ? Rien de ce que j'avais fait ces derniers jours ne me ressemblait ; et pourtant, je n'avais pas honte !

Soudain, des pas retentirent à l'extérieur. Une vibration et la porte s'ouvrit en raclant le sol. Un cri, puis un soulagement :

— Ah ! C'est vous !

Je quittai la chaise et la table où je patientais depuis un long moment et me dirigeai vers Charles dont je sondai le regard. Il me serra dans ses bras. Quelle émotion !

— Vous ne m'en voulez pas ?

— De quoi ?

— D'être venue chez vous, à Sein, sans y avoir été conviée...

— Comment le pourrais-je ?

Il me dévisagea à son tour, les yeux remplis de larmes, puis s'assit et se releva aussitôt.

— Je vais faire du feu, vous devez grelotter. Au printemps, les matinées sont fraîches et les murs humides...

Je l'observai s'affairer pour rendre son intérieur habitable. Tandis qu'il allait du poêle à l'armoire et au réduit où il entreposait le goémon séché, je revoyais cette pièce, début mars, durant la tempête. Tout, en moi, avait changé depuis ; pourtant, je retrouvais une multitude de sensations qui me terrorisaient et, paradoxalement, me rassuraient. Avais-je pris goût au frisson ?

— Vous devez me trouver intrépide et effrontée d'être venue seule...

— Vous ne risquez rien chez moi, je ne vais pas vous l'apprendre ! Cela dit, je mentirais si je dissimulais mon bonheur et mon étonnement de vous savoir ici.

— Vos larmes, c'était de la joie ? lui demandai-je.

— Ah ! Vous les avez remarquées. Eh bien, oui ! Figurez-vous que la dernière fois que j'avais pleuré, c'était aux funérailles de ma mère, il y a deux décennies déjà ; j'avais quinze ans à peine...

— Désolée !

— C'est une histoire ancienne.

— Je suis touchée que ma présence vous émeuve, mais je vais aller droit au but, Charles : j'ai fait tout ce trajet parce que je ne parvenais plus à attendre.

— Attendre ?

— Oui, des nouvelles ! Le 1er mai, vous débarquez chez moi et me promettez de mener une enquête. Et cinq jours plus tard, je tombe sur des mots jetés sur un papier évoquant une urgence à Sein ! Puis-je savoir laquelle ?

— Ah ! Je vois...

— J'ai essayé de me raisonner, mais je ne trouvais plus le sommeil. Une nuit, soit ! Mais plusieurs d'affilée, ça vous mine le visage et l'humeur, au point de vous rendre méconnaissable. Je dois d'ailleurs être affreuse !

— Jamais vous ne le serez, Catherine !

— Vous cherchez à me consoler…

— Pas du tout, je suis sincère.

— Bon, je vous crois ! Mais alors, quelle était cette affaire si pressante ?

— L'enquête.

— Quelle enquête ?

— La vôtre, pardi ! Quelle autre voudriez-vous ?

— Éclairez-moi, je suis dans le brouillard !

— J'ai commencé par approcher de loin la famille de votre fiancé. Après m'être renseigné, j'ai observé les allées et venues aux abords de la propriété des Le Goff, très jolie au demeurant, face à l'Odet. Ensuite, j'ai attendu que Tristan soit seul pour frapper à sa porte, en me faisant passer pour un deuxième détective. Je me doutais que celui engagé par votre père l'avait déjà interrogé. Je n'ai pas eu besoin d'insister grandement pour qu'il accepte de me recevoir. Mais pour l'inciter à parler, ça a été une autre paire de manches !

— Que vous a-t-il révélé sur moi ?

— Là n'est pas l'essentiel, mais vous imaginez bien qu'il n'était pas ravi de la tournure des événements…

— Et vous ne lui avez pas dit la vérité ?

— Pensez-vous qu'il l'aurait crue, après votre prétendue séquestration à Douarnenez, vu qu'il a appris de source sûre votre présence sur une île, au même moment ?

— Comment ?

— Figurez-vous que sa sœur est dans les ordres. Le saviez-vous ?

— Nous n'avons quasiment jamais discuté en tête à tête, tant nos rencontres étaient rares et cadrées. Peut-être ai-je effectivement entendu quelque chose dans ce sens. En tout cas, ça ne m'a pas marquée, sinon vous imaginez bien que je vous en aurais parlé ! Cela dit, tout le monde, en Bretagne, a des proches dans les ordres. Mais quel rapport avec la rupture de mes fiançailles ?

— Avez-vous une idée d'où se trouve la congrégation de celle-ci ?

— Pas de devinettes, s'il vous plaît, allez droit au but ! Mais attendez... Non ! Vous n'allez pas me dire que...

— Si !

— Comment n'y ai-je pas songé ? Et papa non plus ! C'était là, devant nos yeux, et nous n'avons rien vu ! Mais qui ? Hélène ? Marguerite ? Ou Agathe ?

— Sœur Hélène.

— Hélène, bien sûr ! La plus affable. Pourquoi m'a-t-elle trahie ? Je n'aurais jamais cru ça d'elle ! Ne leur avez-vous pas demandé de garder le silence ?

— Ne vous emballez pas, Catherine, elle a respecté sa promesse.

Je dus prendre appui sur la table.

— Asseyez-vous.

— Que s'est-il passé ?

— Hélène vous a dénoncée sans le savoir. En fait, tout provient de votre bague...

— Je me souviens qu'elle l'a longtemps admirée, dans la chambre.

— Elle n'en avait jamais vu de si jolie.

— Juste un rubis un peu travaillé ; rien d'extraordinaire toutefois...

— Bien pour elle !

Charles m'apprit que sœur Hélène avait reçu une lettre de sa mère, datée du 16 mars, qui lui donnait d'étranges nouvelles de sa famille : la disparition inopinée de la fiancée de son frère, puis la réapparition de celle-ci, tout aussi mystérieuse, huit jours plus tard. Entre-temps, celle-ci avait été séquestrée dans les faubourgs de Douarnenez...

Bouleversée, Hélène s'empara d'un stylo-plume et répondit à sa mère, en lui promettant de remercier le Ciel pour cet heureux dénouement. Elle ajouta, pour se montrer rassurante, que des situations énigmatiques n'étaient malheureusement pas exceptionnelles. Pour preuve, elle raconta qu'elle et ses consœurs avaient récemment accueilli une Quimpéroise de vingt-trois ans qui s'était retrouvée sans souvenirs sur l'île de Sein, dans le lit d'un prêtre, durant l'absence de celui-ci. *Sans doute l'œuvre du Malin !* écrivit-elle. En verve, face à tant d'imprévus, elle décrivit avec moult détails la bague que cette personne portait à l'annulaire de sa main gauche, à son arrivée sur l'île ; un bijou qui l'avait émerveillée. La religieuse précisa qu'aucune d'elles n'avait ébruité sa présence, comme le père Le Bihan les en avait exhortées, craignant de nuire à la réputation de la jeune dame. Sœur Hélène pria en conséquence sa mère de demeurer discrète à son tour.

— La suite, Catherine, vous l'imaginez sans mal...

— En lisant la réponse d'Hélène, Mme Le Goff a compris qu'il s'agissait de la bague que Tristan m'avait offerte. Elle en a parlé à son mari qui, outré, a déclenché les hostilités !

— C'est un excellent résumé de ce que votre fiancé m'a appris.

Je demeurai les bras ballants, avant de me ressaisir.

— Comment se fait-il que le détective n'ait rien dit de tel à mon père ?

— Je me le suis également demandé, car il a dû interroger les Le Goff une quinzaine de jours avant moi. Mais en y repensant, j'ai réalisé que j'ai dû batailler comme un beau diable pour mettre votre ex-fiancé en confiance et qu'il en vienne à parler de sa sœur. Il devait chercher à la protéger...

— Comment vous y êtes-vous pris ?

— Disons que susciter les confessions, c'est un peu dans mes cordes ! répondit-il, un sourire malicieux aux lèvres. Et ce n'est pas tout : mon prédécesseur – si je peux l'appeler ainsi – n'avait pas eu affaire à Tristan seul, comme moi, mais à tous les Le Goff à la fois. De là à penser qu'aucun d'eux n'était enclin à livrer de détails sur l'origine du scandale, il n'y a qu'un pas que nous sommes en droit de franchir allègrement !

— Pourquoi ne m'avez-vous pas dit tout cela avant de quitter Quimper comme un voleur ?

— Parce que je tenais à m'en assurer personnellement, avant de vous l'apprendre. J'ai été mis au courant le matin du 6 mai, le mardi même où je vous ai adressé les mots vous informant de mon départ pour Sein.

— Qu'est-ce que vos vérifications ont donné ?

Le récit que Charles me fit de sa conversation avec sœur Hélène, à son retour sur l'île, le toucha autant que moi. À peine débarqué à Sein, le 8 mai, il se dirigea vers la maison de la communauté religieuse où sœur Agathe le fit patienter jusqu'à ce qu'Hélène revienne d'un soutien scolaire prodigué à des enfants en difficulté. Quand elle franchit la porte, elle le salua avec une joie qui confirma d'emblée qu'elle avait la conscience tranquille. Le curé l'informa qu'il arrivait du continent où il avait rencontré Tristan. Surprise, puis bouleversée de crainte qu'il soit arrivé malheur à son frère, elle chercha ses repères. Il la rassura, mais elle pressentit qu'elle avait commis une bévue. Et lorsque le prêtre évoqua mon prénom, puis lui apprit la rupture inopinée des fiançailles de Tristan par une missive incendiaire de son père, elle comprit qu'elle était responsable d'un cataclysme familial ! Mais comment aurait-elle pu prévoir que la confiance qu'elle avait en sa mère se heurterait à une affaire de sang ? Et si même elle l'avait imaginé, qu'aurait-elle fait ?

Hélène s'étonna de ne pas avoir été recontactée par sa mère, lorsque celle-ci avait découvert le pot aux roses. Charles lui répondit qu'elle avait sans doute voulu éviter de la culpabiliser inutilement.

Le prêtre reçut aussitôt la religieuse en confession : elle ne pouvait demeurer une minute de plus responsable d'un drame. Pardon accordé, sans contrepartie. Mais la pauvre Hélène ne parvint pas à se remettre...

— Tristan n'est donc pas seul à l'initiative de la rupture ! m'exclamai-je, en me demandant si cela me rassurait ou m'embarrassait.

— C'est son père qui a décidé. Votre ex-fiancé ne sait pas comment il aurait réagi, sans une position paternelle aussi forte et radicale.

Faiblesse du jeune homme qui eut tendance à m'attendrir.

— Voulez-vous que nous prenions l'air, Catherine ?

— Volontiers.

J'ignore qui de nous cette pirouette sauva le plus.

Face à une succession de rouleaux, mon cœur balança. La lumière s'était installée sur la mer et sur les circonstances de l'interruption de mes fiançailles, mais pas sur celles de mon arrivée à Sein...

— Je crois savoir à quoi vous pensez, Catherine...

— À quoi donc ?

— Avant de mettre pied à terre, vous n'étiez pas au courant de cela. Et maintenant, vous ressentez plus que jamais le besoin d'élucider le reste de votre histoire.

Bien qu'il n'eût pas fallu être devin pour tenir de tels propos, je ne pus m'empêcher de repasser en boucle ce qu'il venait de m'apprendre. Chaque mot, chaque intonation sonnait juste. Cet homme me comprenait comme personne auparavant.

— Dites-moi, Charles, vous n'aviez pas l'intention de m'écrire pour m'informer de votre découverte ?

— Bien sûr que si ! Je m'y suis d'ailleurs appliqué dès le lendemain de mon arrivée, mais vous avez été plus rapide que ma lettre. Vous la trouverez à votre retour.

— Je vous crois sur parole.

Les vagues prolongèrent sa réponse en lui donnant une résonance démesurée.

— Vous contemplez les flots ? demanda-t-il.

— Oui.

— Que vous inspirent-ils ?

— Ils m'effrayent autant qu'ils me rassurent et me fascinent. Je me souviens de la tempête où ils ont failli me rayer de la carte. Pourtant, j'ai l'impression d'en avoir besoin...

— Bienvenue à Sein, Catherine !

— Pourquoi dites-vous cela ?

— Par je ne sais quel prodige, l'île fait toujours son petit effet : on la déteste ou on découvre, tôt ou tard, qu'elle nous a envoûtés...

— Et en ce qui me concerne ?

— Pensez-vous qu'il soit utile que je réponde ?

Les vagues et la houle investirent les lieux. Non pas ceux qui nous entouraient, mais qui nous séparaient. En elles, je pressentis l'intimité d'une respiration. La mer m'inquiétait mais m'attirait, j'avais contracté son virus !

Bercée par le sac et le ressac, je n'étais plus une étrangère échouée par les caprices du vent, mais une part de cette terre marine en constante mutation. Qui étais-je, auparavant, pour me croire immuable ? La vie, la ville, la société et ses convenances faisaient encore partie de mon être, mais allaient dorénavant être rythmées par le ballottement des flots. Devant l'immensité, je n'avais plus honte de celle que j'étais, ni de celle que je ne serais jamais. J'étais moi et cela me suffisait. À l'instar du phare qui, veilleur éternel, se dressait face à l'adversité, mon cœur s'érigerait en défenseur de l'indicible...

— Vos parents sont-ils au courant de votre présence ?

— Je leur ai laissé un message, pour ne pas les inquiéter. Vous voyez, j'ai été à bonne école !

— Leur avez-vous dit où vous alliez loger ?

— Pas que je sache...

— Je vous conduirai chez nos amies, avant la nuit.

* *
*

Que d'émotions chez sœurs Agathe, Marguerite et Hélène ! Dîner simple, mais festif, au cours duquel je mesurai la distance parcourue depuis mon départ de l'île. Qu'avais-je fait de la Catherine Jaouen avec laquelle il m'avait toujours fallu composer ? Je l'imaginais dérivant quelque part au royaume des apparences, en compagnie de ses anciennes connaissances. Ma famille, en cette soirée mémorable, venait de s'agrandir de trois sœurs et d'un frère, un confident.

Le lendemain matin, ce dernier passa me prendre chez les filles de l'Esprit saint et m'emmena à la découverte de la terre de son exil. Nous marchions face au vent depuis une quinzaine de minutes, lorsque, à force de fixer le phare, nous butâmes sur son soubassement ! Mon guide désira me faire découvrir la vue depuis le sommet de l'édifice en position d'étrave. Quand j'atteignis, essoufflée, ses lentilles de Fresnel aux reflets irisés, ma tête tournait au point que je dus sortir et m'appuyer sur la rambarde. Peu à peu, l'horizon se stabilisa. Charles m'indiqua la direction de la pointe du Raz, puis celle, à l'opposé, du phare d'Ar-Men, perdu dans le lointain. Je frissonnai en imaginant qu'au-delà des brisants de la chaussée de Sein flottait un rêve inaccessible : l'Amérique ! Je le remerciai de m'avoir fait prendre de la hauteur sur cette langue de terre que j'avais d'abord considérée comme la sinistre incarnation de l'épreuve. Les cheveux au vent, je mesurai l'ampleur de ma méprise. Le monde que je connaissais auparavant se limitait aux quartiers les mieux fréquentés de Quimper et, depuis peu, à la ligne ferroviaire reliant la préfecture du Finistère au port de Douarnenez et à son prolongement jusqu'à Audierne. Et voilà que les contours d'une carte bien plus vaste que mon imagination s'esquissaient sous mes yeux ébahis.

Des mouettes tournoyèrent, intriguées par une présence inhabituelle en altitude, puis nous saluèrent d'une inflexion de l'aile.

— Merci, Charles. Merci.

Pas de réponse. Il devait songer que ma gratitude ne s'adressait pas à lui, mais à ce qui nous dépassait.

Ensuite, la journée nous amena loin de là, vers le sud-est, à l'emplacement où il avait repéré la *Fierté d'Audierne*, le jour de mon retour à Quimper. Pour l'heure, il ne restait plus aucune trace du naufrage. La marée avait remodelé l'histoire.

Au retour, un crochet s'imposait par le point culminant de l'île où, à neuf mètres d'altitude, la récente église Saint-Guénolé jouxtait les deux mégalithes nourrissant les mythes de Sein depuis la nuit des temps. En ce lieu où la spiritualité côtoie la magie, j'admirai la ferveur des habitants ayant tiré de terre un sanctuaire chrétien en un peu plus d'un an à peine. Je demandai à Charles de m'indiquer les parties qu'il avait personnellement construites et fus saisie de ses réponses. Que faisaient les hommes et les femmes de mon quartier pendant ce temps ? Contre quoi s'échangeaient-ils, tandis que les pêcheurs sénans et leurs épouses extrayaient de l'estran des pierres qu'ils dressaient sur l'autel de leur foi ?

— Ne m'avez-vous pas dit que votre croyance vacillait ?

Je réalisai aussitôt l'indélicatesse de ma question.

— C'est exact.

— Est-ce toujours le cas, depuis la tempête ?

— Je le crains...

— Comment est-ce possible, face à un résultat aussi extraordinaire ?

J'ignore ce qui me conduisait à m'exprimer de la sorte, affranchie de retenue comme par enchantement !

— Tout cela est une œuvre collective, Catherine. Ma contribution est infime.

— Ne seriez-vous pas trop exigeant envers vous-même, en matière de foi ? Il est normal de connaître des hauts et des bas...

Je me surpris en croisade contre son défaitisme ! D'où me venait cette poussée de spiritualité ? N'était-ce point l'hôpital qui se moquait de la charité ? Il aurait désiré me répondre, mais des chaînes l'en empêchaient. Ses lèvres bougeaient, vibraient, puis s'effondraient en repentir. Qu'avait-il pu faire, pour avoir une si piètre opinion de lui ?

— Cherchez-vous à vous racheter ? demandai-je de but en blanc.

— Sans doute...

Un sursaut de clairvoyance m'évita de l'importuner davantage. Qui étais-je, pour lui faire la morale ?

Ainsi, les hasards de mon impertinence révélèrent mon rôle dans la destinée de cet homme singulier : j'étais tantôt sa mauvaise conscience, tantôt l'aiguillon de sa résurrection ! Bien sûr, j'exagérais. Je me mis à songer à mes parents. Comment avais-je pu m'éloigner si brutalement d'eux, après ce que je leur avais fait subir ? Que devaient-ils penser d'une fille si ingrate et inconséquente ? À peine sorti de la gueule du loup, le chaperon rouge courait à nouveau vers la forêt ! Les événements avaient-ils eu raison de sa raison ?

— Non ! Non ! Non ! Pas ça ! hurlai-je sans m'en rendre compte.

— Qu'y a-t-il, Catherine ? N'ayez pas peur, je suis à vos côtés. Regardez-moi ! C'est bien. Calmez-vous, ça va aller...

De quoi parlait-il ? Pourquoi étais-je là, sur une vague pétrifiée, face au néant ?

— Oui, le néant ! m'exclamai-je.

— Quel néant, Catherine ? Il fait beau et je suis près de vous.

— Qu'est-ce que je fais ici ? Le savez-vous ?

— J'en sais ce que vous m'en avez dit : vous vouliez comprendre les motifs de mon départ précipité de Quimper, si je ne m'abuse.

— J'en suis consciente...

— Qu'ignorez-vous, dans ce cas ?

— L'essentiel !

— C'est-à-dire ?

En pleine confusion, je me réfugiai dans le silence. Loin de me blâmer, il me prit par la main et m'invita à le suivre. Nous passâmes à proximité des fours à goémon. J'imaginai la fournaise dans laquelle les damnées de la Terre tiraient leur subsistance et ne pus m'empêcher de la comparer à la jalousie qui gangrenait les classes aisées...

Déambulant dans un lacis de ruelles, je compris que ma révolte éprouvait les souffrances d'un enfantement. J'étais née bourgeoise, je respirais la bourgeoisie et néanmoins je la haïssais. Quant à envier ces malheureuses dont les prières et la sueur recouvraient les pentes allant des fours à la grève, j'étais loin d'avoir la grandeur d'âme requise. Gâtée, stupide et capricieuse, qu'allais-je devenir ?

— Toute mue est douloureuse, Catherine...

Une fois encore, il avait tout deviné, celui-là auquel j'avais eu l'outrecuidance d'expliquer la vie !

— Voyez, nous arrivons chez les sœurs.

* *
*

Un bol de soupe brûlante et du pain : un véritable festin ! Peu à peu, le calme refluait en moi. La présence des religieuses m'aidait à retrouver mes repères. Le père Charles était parti prendre son quart.

Au moment de me coucher, des crissements d'ongles sur la porte de la chambre me firent sursauter.

— Entrez ! lançai-je, sans savoir si je m'adressais au vent ou à une hallucination.

— Désolée de vous déranger, Catherine !

— Je vous en prie, Hélène. Venez !

— Pardonnez mon indélicatesse, mais j'ai cru vous entendre pleurer. Je loge à côté, et les murs ne sont pas bien épais. Me suis-je trompée ?

— Non.

— Cela vous arrive souvent ?

— Ça dépend. Disons qu'en ce moment je connais des hauts et des bas...

— Vous en êtes-vous confiée au Seigneur ?

— Cent fois !

— Désolée... Et auprès du père Charles ?

— Avec lui, c'est plus compliqué...

— Je comprends.

Malgré ma détresse, je réalisai que quelque chose la taraudait.

— Hélène, est-ce le contenu de votre correspondance avec votre mère qui vous chagrine ?

— Ah ! Vous êtes au courant. Oui, je m'en veux énormément. J'ai tellement honte ! Dire que je croyais bien faire...

— Vous n'y êtes pour rien, Hélène. Vous ne pouviez pas savoir. Et puis vous m'avez évité une union que j'appréhendais ! Non pas que votre frère me déplaise, mais je ne le connaissais pour ainsi dire pas. Nos parents s'étaient entendus sur le sujet, sans que nous ayons voix au chapitre.

— Les usages, Catherine...

— Comment faites-vous pour tout admettre de la sorte ? Vous arrive-t-il de vous insurger ? De râler ? De dire non ? Bref, de vivre ?

Elle me regarda avec tant de tendresse et de compassion que je m'effondrai à ses pieds en la suppliant de pardonner mon emportement.

— Redressez-vous, Catherine ! Voilà, c'est bien. Glissez-vous dans votre lit et tâchez de trouver le repos dans la prière.

À nouveau seule, je repensai aux paroles de Charles : toute mue est douloureuse...

Le lendemain matin, il vint me chercher et m'emmena sur le quai où nous flânâmes devant la rade. J'avais l'impression d'évoluer au paradis. La digue, bercée par une houle sans malice, étalait une palette d'habitations colorées, remède souverain à la tristesse par temps maussade. Mon compagnon désigna du regard les dégâts de la tempête, parmi lesquels une muraille de la taille d'une maison balayée par les flots !

Assise sur une pierre, je m'abandonnai à la douceur d'une anse abritant des embarcations aux voiles prêtes à affronter le large. Avec ses notes azur, émeraude ou turquoise, l'eau dégageait une sérénité surprenante pour l'extrémité de la péninsule armoricaine. Le ciel était son allié ; il repoussait les nuées à l'horizon. Tout s'accordait à nous faire profiter du soleil. J'appréciai ses caresses dont il m'avait déjà gratifiée sur les berges fleuries de l'Odet, peu avant mon départ sur un coup de tête. L'Odet, Quimper et ma vie : je les avais presque oubliés ! Dire que, sous peu, mes pieds fouleraient à nouveau leurs sables mouvants...

— Il va me falloir enquêter à Audierne, déclarai-je, sans transition.

— Pourquoi ?

— La *Fierté d'Audierne...*

Pour l'heure, nous étions calmes et bien entourés. J'aurais voulu que le temps jette l'ancre : plus d'avenir, un passé apprivoisé et des interrogations remisées. Laisser le bonheur se réinventer dans les infinies déclinaisons de la beauté...

Un mot traversa mon esprit qui, à lui seul, expliquait l'inconcevable : celui de simplicité. Combien de nos contemporains couraient à leur perte, dans l'agitation de villes surpeuplées, pour avoir oublié le sens de ces quatre syllabes ? Pourquoi Jules Ferry, en rendant l'école obligatoire, n'avait-il pas imposé l'apprentissage de la simplicité, au même titre que la lecture et le calcul ? J'aurais pu m'en ouvrir à celui qui arpentait le mystère à mes côtés, mais je pressentis qu'il savait déjà ce que j'étais en train de découvrir. Je confiai donc au silence le soin d'élever à leur quintessence les prodiges de l'instant.

8

D'Audierne à Douarnenez

Vendredi 16 mai 1902

Une nouvelle journée radieuse pour notre arrivée à Audierne, heureux mouillage où la goélette remise de ses émotions tomba les voiles et goûta au repos mérité parmi ses congénères.

À peine débarqués, nous nous rendîmes à la capitainerie où nous consultâmes le registre d'enregistrement des bateaux. Un travail fastidieux que nous nous répartîmes, sous l'œil amusé d'un pêcheur à la barbe fournie. La fumée qui s'échappait de sa pipe, comme de la cheminée d'un navire, enveloppait une casquette qui avait dû en essuyer, des tempêtes !

— Si vous me disiez ce que vous cherchez, les jeunes ! marmonna-t-il, après nous avoir laissés patauger un moment dans des pages et des pages d'écriture à l'encre délavée.

— La *Fierté d'Audierne*, ce nom vous évoque-t-il quelque chose ? demanda Charles.

— Voyons, voyons... Oui, ça me parle...

— Avez-vous une idée du registre dans lequel ce bateau pourrait être mentionné ?

— Vous savez, les registres… Allez plutôt vous renseigner auprès de Gaston, dans l'entrepôt après la gare, avant le pont.

Aussitôt dit, aussitôt fait. Une marche agréable sous un soleil plein d'ardeur laissa l'occasion à ma toilette de faire sensation ! Un peu moins qu'à Sein, mais suffisamment pour écarquiller les yeux des passants de tous âges. Il faut dire que mon ombrelle et mes escarpins détonnaient dans ce port reculé de Cornouaille !

Dans le hangar désigné, point d'âme qui vive. Charles dépassa les carènes en réfection, pendant que je le suivais en me bouchant les narines, écœurée par des relents de varech et de poissons avariés. Soudain, un grognement suivi de mots incompréhensibles : un grand gars à la mine patibulaire barrait l'accès au bureau vers lequel nous nous dirigions. Charles prit la parole :

— Restez calme, monsieur ! Nous ne vous voulons aucun mal.

— Tu fiches quoi, là ?

— Nous cherchons les propriétaires d'une embarcation : la *Fierté d'Audierne*. Est-ce que ce nom vous dit quelque chose ?

— Tu lui veux quoi, au proprio ?

— Lui parler. Nos intentions sont louables.

— Fiche le camp avec ta bourge, avant qu'il vous arrive des bricoles !

Nous nous retrouvâmes à l'extérieur, en moins de temps qu'il nous fallut pour le réaliser. Manifestement, la *Fierté d'Audierne* n'était pas tombée dans l'oreille d'un sourd. Le début d'une piste ? Nous décidâmes de consacrer le reste de la journée à des approches moins frontales.

Pour un homme d'Église et une jeune femme bien éduquée, multiplier les mensonges et les ruses avait un goût transgressif qui n'était pas pour nous déplaire ! Pour la bonne cause, naturellement ! Tantôt nous nous fîmes passer pour un couple d'entrepreneurs en quête de main-d'œuvre et d'un moyen de transporter des marchandises, tantôt pour des voyageurs désireux de visiter la région en toute discrétion, à bord de la *Fierté d'Audierne* qui nous avait été recommandée. Cette dernière stratégie s'avéra payante : un marin de petite taille, le regard méfiant, nous donna rendez-vous à minuit, le long de la voie ferrée, en amont du pont métallique.

Un peu avant l'heure convenue, Charles y alla seul. Malgré mon insistance, il avait refusé que je coure le moindre risque et m'avait intimé l'ordre de l'attendre dans l'une des deux chambres d'hôtel que nous avions louées.

Les yeux rivés sur ma montre de col, j'observais avec angoisse la ronde des aiguilles. Je ne comptais plus le nombre de révolutions accomplies ni celui de scénarios envisagés. Avais-je bien fait de respecter ses consignes ou m'étais-je laissé éblouir par sa chevalerie ? À ses côtés, j'aurais pu intervenir, en cas de besoin. Qui savait à qui nous aurions affaire ? Avec des hommes ayant kidnappé une inconnue et l'ayant débarquée sur la plus inhospitalière des îles bretonnes, comment ne pas craindre le pire ?

La petite aiguille venait de dépasser le III. Morte d'inquiétude, je décidai d'aller le rejoindre. Mais avant, il me fallut chercher un moyen de me défendre, si nécessaire. Mon attention s'arrêta sur la tringle des rideaux que je décrochai à grand-peine, en équilibre sur la pointe des pieds, sur une chaise instable. L'objet, de belle taille et plus lourd qu'il ne paraissait, ferait l'affaire !

J'ouvris discrètement la porte, me glissai dans son entrebâillement, gagnai le milieu du couloir et descendis l'escalier. Par bonheur, il n'y avait personne à la réception.

Je sortis, traversai la rue, puis une place, longeai la gare en scrutant tout mouvement suspect. La voie était libre. Je m'élançai et atteignis le pont d'une traite. Des odeurs d'huile mécanique et de poisson me donnèrent à nouveau des haut-le-cœur. Je marchai sur des substances gluantes, heurtai des caisses abandonnées. Soudain, le bruit d'un objet métallique me fit tressaillir ! Une cage à oiseaux : plus de peur que de mal.

Je poursuivis dans un imbroglio de matériaux en vrac que la nuit ne permettait ni d'anticiper ni de distinguer, puis parvins dans un espace de plus en plus restreint le long du Goyen. Avec mes chaussures de ville, la moindre inattention m'aurait précipitée dans ses eaux noires et glaciales. Paniquée, en me rappelant ma presque noyade, je rebroussai chemin et fonçai au mépris du danger vers le halo lointain des réverbères. Soudain, mon pied accrocha un cordage. Déstabilisée, je fis un vol plané qui, fort heureusement, se termina sur la masse molle de filets de pêche ! Ma cheville tiraillait. Il me fallait d'urgence me calmer et considérer la situation avec lucidité : une chance pareille ne se reproduirait pas ; je devais me montrer plus prudente.

Je me levai et repris la direction de l'hôtel, sans idée précise de la distance qu'il me restait à parcourir. Un bras tendu, pour prévenir tout nouvel obstacle, l'autre serrant fermement la tringle à rideaux, j'avançai avec une lenteur telle que je m'affolai du temps qu'il me faudrait avant de retrouver un semblant de sécurité. Puis, au détour d'une cloison ébréchée, un gémissement ! Je sursautai. Et à nouveau une plainte et des bruits.

— Catherine ?

— Charles ? répondis-je, bouleversée.

Un rayon de lune sorti des nuages me dévoila la vision effrayante du visage tuméfié du prêtre ! Je m'approchai, me baissai et me mis à lui parler. Il était conscient, respirait, mais souffrait d'atroces douleurs au ventre. Impossible de le relever. Je m'assis à même le sol et me lançai dans un monologue visant à l'apaiser. Je craignis d'attirer l'attention des malfrats auxquels il avait eu affaire : ils ne se seraient pas privés d'achever le travail ! Et moi, là-dedans ? Ma première pensée alla vers ma chambre, à Quimper, dans la sécurité de la maison familiale où jamais de si sordides aventures ne me seraient arrivées. Je me mis à enchaîner les Pater noster et les Ave Maria en tremblant, jusqu'à ce qu'une main se pose sur la mienne. Je me tus. La lune laissa entrevoir ce que je pris pour un sourire. Mais bientôt, je réalisai qu'il s'agissait d'une expression de douleur !

— Vous sentez-vous capable d'une tentative ? lui demandai-je.

Il fit oui de la tête, sans doute pour ne pas me contrarier et éviter d'avoir à me répondre en agitant ses lèvres tuméfiées. Lorsqu'il se hissa sur moi, je crus que j'allais m'effondrer. Par miracle, nous tînmes debout. Cahin-caha, nous progressâmes en nous appuyant l'un sur l'autre jusqu'à la porte de l'hôtel. Un dernier effort dans l'escalier et la masse de tout son corps glissa d'entre mes bras et se répandit sur son lit ! Il dormait. Je le recouvris d'une couverture et débarbouillai son visage avec un gant de toilette imbibé d'eau fraîche, puis me retirai dans ma chambre où je fus incapable de trouver le repos.

Après moult hésitations, je retournai dans la sienne et me mis à le veiller, assise sur une chaise. N'avais-je pas déjà logé plusieurs nuits dans la même maison que lui ? Pourquoi avions-nous cherché à tromper les apparences, en louant des pièces séparées ? Ses habits civils ne pouvaient laisser imaginer sa fonction cléricale. Quant à moi, les passants m'avaient certainement prise pour son épouse ou une maîtresse endimanchée hasardée loin des villes pour éprouver quelque frisson, ou simplement afin d'avoir des choses à raconter, à l'heure du thé ! Et le réceptionniste, qu'avait-il pensé de nous ?

Dans les mailles d'une nuit refusant de tirer sa révérence, je réalisai combien ma position était ambiguë en matière de sentiments et de milieu social : si je combattais mon affect et ma condition dès qu'une occasion se présentait, chacune de mes réactions me ramenait à eux et me trahissait.

À son réveil, vers 11 heures, Charles eut la surprise de découvrir sur sa table de chevet un plateau avec du pain, du beurre et de la confiture ! Ses yeux devinrent immenses. Il me sourit ; un sourire sans équivoque, cette fois, mais qui s'avéra douloureux quand même !

— Ne bougez pas ! Je reviens avec une compresse humide.

— Ne vous donnez pas cette peine, ça va aller...

Il se redressa, mit une jambe hors du lit, puis une autre, s'appuya sur le matelas et poussa en grimaçant. Miracle : il tenait debout ! Soulagé, il me remercia.

— Il n'y a pas de quoi, Charles.

— Que serais-je devenu sans vous ? Vous vous êtes exposée à un bien grand péril pour me sauver. Aurais-je survécu sans votre bravoure ?

— N'exagérons rien ! Il ne faisait pas froid, et je n'ai fait qu'éponger le sang sur votre figure et renouveler les compresses sur les zones tuméfiées, de retour à l'hôtel.

— Un par tout, dans ce cas !

Après le petit déjeuner, je décelai dans son regard une plénitude que je n'avais encore jamais observée.

— C'est le beurre qui vous fait cet effet ?

— J'ignore depuis quand je n'en avais pas eu en bouche ! Et de la confiture !

Revenu sur terre, il me raconta l'embuscade dans laquelle il était tombé. Trois hommes contre un !

— Le plus dur, finalement, c'étaient les coups dans le ventre ! Au premier, je me suis retrouvé plié en deux. Puis deux gars m'ont redressé pendant que le troisième a recommencé, une fois, deux fois, puis je ne sais combien...

— Et votre visage ?

— Je ne me souviens pas qu'ils l'aient frappé. Je suppose que j'ai dû me blesser en tombant sur le sol et en me recroquevillant de douleur.

— Quoi qu'il en soit, nous avons compris l'avertissement ! Hors de question de poursuivre l'enquête avec de tels criminels. Si on insistait, ils pourraient être tentés d'aller plus loin...

— Vous ne pensez pas si bien dire, Catherine, le seul mot que j'ai entendu prononcer par eux est celui d'avertissement. L'un des gaillards était plus bavard que les autres, mais ses compères l'ont fait taire...

Charles savait que j'avais raison.

— Je regrette ! ajouta-t-il.

— Il ne le faut pas, c'est ma faute ! C'est moi qui vous ai entraîné dans cette folle aventure. Si je ne vous avais pas dévoilé mon intention de poursuivre l'enquête, seule, à Audierne, auriez-vous pris la mer avec moi ? Non, je suis l'unique responsable ! Ne me cherchez pas d'excuses, car, en vous disant cela, j'escomptais que vous me proposeriez de m'accompagner...

— Ne vous inquiétez pas, Catherine. J'étais heureux de vous rendre ce petit service. Comment aurais-je pu rester insensible à une telle détresse ? Surtout la vôtre !

— Que voulez-vous dire, Charles ?

— Que vous ne me laissez évidemment pas indifférent !

— Évidemment ?

— Ça crève les yeux ! Pardonnez l'expression...

Sur-le-champ, j'exagérai intentionnellement mon étonnement, pour dissimuler mon émotion. Je devais me protéger. Touchée, je l'étais au-delà de tout ce que j'avais envisagé. J'espérais secrètement une révélation qui aurait pu ne jamais venir, mais là, nous y étions ! Ce que je souhaitais et redoutais le plus au monde s'était produit ! Je me mis à compter les secondes avant de recevoir un coup de bâton ! Désir coupable. Qu'avais-je fait ? Était-il encore possible de faire marche arrière ? Mais jusqu'où remonter le fil des événements pour trouver une échappatoire ? Heureuse, mais désemparée, j'avais l'impression qu'en se retirant subitement de moi la marée avait vidé la mer tout entière ! Rien ne ressemblait à ce que j'avais secrètement souhaité. Et lui, si proche et lointain, allait-il communiquer ou se taire à jamais, après cette réponse lâchée par inadvertance ? Et si le drame imminent que je craignais était là : que rien de ce qu'il venait d'exprimer n'eût d'avenir en son esprit ! Comment réagirais-je lorsqu'il se remettrait à parler et alignerait des phrases alambiquées, remplies de mots redoutables tels raison, devoir, engagement, vœu ou serment ? Parviendrais-je à remonter le temps et à les dissimuler à sa vue, avant qu'il ne s'en empare et les prononce ?

Oui, j'étais folle ! Plus aucun doute. Folle de joie, folle de peur, folle d'amour ! Encore un mot qui m'avait échappé ! Me restait-il la moindre certitude ? Un trou immense s'ouvrait sous mes pieds...

— Vous rêvez, Catherine ?

— Oui ! Enfin, non...

— Vous ai-je choquée ? Si c'est le cas, je le regrette ! Mes paroles ont sans doute dépassé le domaine du dicible...

« Dépassé le domaine du dicible ! » Voilà exactement ce que je redoutais ! Il avait dérapé et le déplorait. Quelle sotte j'avais été de m'être emballée de la sorte ! Pire qu'une gamine de seize ans ! J'avais honte. L'Ankou m'avait tranché la tête d'un coup de faux !

Charles voulut s'expliquer, mais je m'enfuyais déjà dans le couloir, en direction de l'escalier.

* *
*

Samedi 17 mai 1902

Je voyais bien qu'il n'osait pas réaborder le sujet. Son visage grave suivait les ondulations du Goyen, à peine troublé par les secousses de la voie ferrée et la fumée de la motrice.

La campagne s'apaisait au fil des kilomètres et de nos silences. Quant à moi, le trajet me procurait l'effet inverse ! Pourquoi se taire ? Ou pourquoi parler ? L'essentiel n'avait-il pas été dit ? Depuis mon éclat du matin, nous n'avions échangé que le strict minimum, mais ce manège devenait oppressant. Première déclaration d'amour, aussitôt suivie d'une brouille !

— Que puis-je faire pour m'excuser ?

Avais-je bien entendu ? Je secouai la tête, quittai les prés et les étangs pour affronter un regard de chien battu.

Mon cœur se serra. Qu'avais-je fait ? Ou plutôt manqué ? En quoi avais-je failli ? Quelques mots avaient suffi pour inverser la vapeur ! Je n'avais pas fini de m'interroger que des paroles incompréhensibles m'échappèrent ! Je déchirai des pages entières de bonnes résolutions, balbutiant des propos insensés qui rendirent le sourire à mon partenaire. Ma raison en roue libre, sans freins ni objectif, j'observai l'accélération du décor devant mon guidon qui hésitait, vibrait, hoquetait. Quand allais-je perdre l'équilibre et me retrouver projetée hors de ma bicyclette imaginaire ? Voilà, c'était fait ! J'étais en vrac au bord de la route, tout étonnée de ne point ressentir de douleur ! Combien de temps allais-je attendre pour qu'elle se manifeste et mette le feu à tout mon être ? Toujours rien ! Pourtant, quelqu'un rôdait autour de moi, le regard circonspect.

— Catherine ? Êtes-vous parmi nous ?

— Ma foi, oui !

— Répondez-moi : me pardonnez-vous ?

De quoi voulait-il que je le pardonne ? Question à nouveau ridicule de ma part : un prêtre qui se laisse aller à de telles déclarations, il y avait effectivement matière à s'étonner ! Mais s'il désirait que je lui pardonne, c'était qu'il regrettait son moment d'égarement ! Étais-je prête à l'envisager ?

— Impossible ! criai-je.

— Je m'en doutais ! Vous avez raison, mademoiselle, je ne mérite pas votre indulgence. Encore moins votre pardon...

— Ce n'est pas ça ! Oui, je vous pardonne ! Évidemment ! Je ne sais pas pourquoi j'ai répondu de la sorte...

Hypocrite que j'étais ! Par chance, ce quiproquo avait remis les pendules à l'heure. Nous commençâmes par échanger des banalités sur le paysage, l'inconfort de la voie, la lenteur du train, puis nous en vînmes à l'essentiel. Pont-Croix, Beuzec et Poullan défilèrent sans que nous nous en aperçussions, cernés par trop de prés, de champs, de bosquets, d'allées et de chemins de traverse. Puis ce fut l'imperceptible descente vers Douarnenez qui scella un accord tacite où chacun reconnaissait être en proie à des sentiments inenvisageables...

— Nous devons nous concentrer exclusivement sur l'enquête ! conclut-il, avec un manque de conviction qui me flatta.

— Tout à fait, l'enquête et rien que l'enquête ! insistai-je, avant de réaliser que notre résolution du matin même nous avait conduits à y renoncer !

— Bon, d'accord, il faudra nous montrer plus prudents, mais à deux, nous devrions être capables de trouver des angles d'approche plus judicieux...

Je bus ses paroles dans lesquelles il m'associait à un projet qui me tenait de moins en moins à cœur, mais que j'étais déterminée à poursuivre coûte que coûte ! J'en vins même à me demander si je souhaitais démasquer les coupables de mon enlèvement ! Sans leur intercession, je me serais retrouvée devant le maire et le curé, puis dans les couloirs d'une institution dont l'air serait devenu irrespirable.

— Songez à vos parents, Catherine, ils doivent être morts d'inquiétude.

Mes parents ! Il avait raison : comment pouvais-je les oublier, eux que je n'avais jamais quittés auparavant ? Eux aussi par lesquels je pensais et appréhendais la vie. Eux enfin qui m'avaient légué une foi dont je combattais la vision hypocrite des unions conjugales. Conception que j'allais certainement transmettre et appliquer à mon tour, pour le bien de mes enfants, si l'avenir m'en donnait l'occasion ! Ingrate, je l'avais été et l'étais toujours, mais pour combien de temps encore ? Allais-je définitivement rentrer dans le rang, prêter allégeance aux valeurs qui avaient fait la prospérité des miens et oublier les yeux de Charles ? Même au fond du plus sordide des couvents, au terme d'une vie de renoncements, je n'en serais pas capable ! Alors, pourquoi lutter et faire semblant ?

— Oui, il nous faudra redoubler de vigilance...

* *
*

Soirée calme à l'auberge, le long du port de Douarnenez. Une table pour deux contre une petite fenêtre. L'éclairage aux chandelles faisait vaciller la silhouette des chaloupes. Ambiance feutrée, intimiste à souhait. Parfum d'interdit. Nous savions que nous nous faisions du mal, mais pourquoi se priver de la grâce, lorsque la grâce s'offre à soi ?

— Tout ça va se terminer, une fois à Quimper...

Le fait que je ne lui réponde pas en disait long sur ma pensée. Je changeai de sujet :

— Séjournerez-vous un moment en ville ?

— Le temps qu'il faudra. Ou qu'on me laissera. Avant de disparaître de votre vie, j'aimerais aller au bout de ce qu'il nous est permis de tenter.

— C'est-à-dire ?

— Vous aider à faire la lumière sur l'origine de votre malheur.

— C'est tout à votre honneur, mais croyez-vous cela possible ?

— Je l'ignore. Mais sans essayer, nous ne le saurons jamais. Envisagez-vous de vivre sereinement sans réponses à vos interrogations ?

— Je crains que nombre de mes questions demeurent sans lendemain, quoi qu'il arrive...

— Ne soyez pas défaitiste, Catherine, vous êtes trop jeune pour parler ainsi ! Le bonheur vous sourira, c'est évident. Vous avez tout pour vous. Et avec un peu de chance, votre réputation retrouvera sa blancheur.

— La réalité n'est pas toujours celle qu'on imagine...

— Vous êtes bien mystérieuse et mélancolique, ce soir.

— Ce soir est notre dernier soir, Charles. Demain, les convenances auront le dessus. Elles nous enfermeront dans nos donjons respectifs : vous, celui de la foi ; moi, le royaume des apparences et des obligations...

Mes yeux ruisselaient, bercés par les mâts des embarcations.

— Veuillez excuser mon émotion. Vous devez me trouver ridicule. Regardez, d'ailleurs j'essuie des larmes sans raison !

— Vos larmes sont bien plus que des larmes, Catherine, j'y vois des portes ouvertes.

— Sur quoi ?

— Sur l'infini...

— L'infini de la tristesse ! Pardon, à nouveau, comment puis-je me laisser aller de la sorte ? Demain, je retrouverai le confort d'une vie que je ne mérite pas. Mais vous, où logerez-vous ? En avez-vous la moindre idée ?

— Dieu y pourvoira !

— Quelle chance, votre foi ! Grâce à elle, rien ne peut vous arriver...

— Détrompez-vous, c'est le prêtre qui a répondu !

— Et l'homme, que pense-t-il ?

— Il est terrifié...

— Ne vous moquez pas de moi, Charles !

— Je n'ai jamais été aussi sérieux. À Sein, bien avant votre apparition, je m'interrogeais déjà sur les fondements de ma croyance.

Il avait été dépêché sur place pour faire le point, selon les dires de son évêque. Celui-ci escomptait que le recul le ramène dans le droit chemin, que ses sermons réintègrent la norme, et que ses yeux se concentrent sur les croisillons des confessionnaux et non sur la détresse qui s'exprimait sous leur couvert. Mais les seules voix qui traversaient les murs de son abri battu par les vents étaient celles de la solitude et du désespoir. Bien entendu, de telles pensées étaient en sommeil durant ses heures d'activité, au phare et sur le chantier de l'église. Mais dès qu'il reprenait le trajet de sa masure, il avait l'impression d'être délaissé de tous, y compris de Dieu.

— Je m'étais donné la durée de la construction et de la consécration de Saint-Guénolé, et l'avènement de l'été pour faire le point. Sans réelle conviction. Mille fois j'ai envisagé de jeter l'éponge, et mille fois je n'en ai pas eu le courage. Continuer était plus simple que d'affronter la vérité. Hier, Catherine, je cherchais la vérité. Aujourd'hui, je la fuis...

Entre-temps, elle s'est dédoublée : d'un côté, la foi ; de l'autre, votre regard ! Les deux m'échappent…

Ses paroles résonnèrent si intensément en moi que je me trouvai dans l'incapacité d'intervenir pour le consoler. Étais-je d'ailleurs la mieux placée pour le faire ? Mes mains tremblaient. Les siennes approchèrent et les couvrirent d'une chaleur si douce que je n'allais réaliser que bien plus tard que nous venions de franchir un cap périlleux sur l'océan des convenances…

— Je pense comme un prêtre, mais je m'interroge sur la sincérité de ma démarche. Quand je scelle des pierres, pour dresser un mur ou une colonne, je vois le résultat. Quand je recevais la douleur d'une confession et que je m'investissais pour lui apporter un éclairage divin, je ressentais une impression similaire : celle d'ajouter une brique à un édifie, pour le faire grandir ou le consolider.

Prêcher lui donnait un semblant d'utilité qui le portait du lundi au dimanche. Mais au fil de ses tempêtes intérieures, la touche personnelle qu'il glissait dans l'isoloir et dans la chaire de vérité n'avait plus de sens, n'aurait plus de sens…

— Je me sens effectivement coupable, mais pas des faits qui m'ont été reprochés ni des sentiments que j'éprouve à votre égard, mais de douter des bases de ma foi. Bien sûr, je ne détiens pas le monopole des états d'âme. Je m'en suis ouvert à des confrères, en sollicitant le sacrement de pénitence et de réconciliation, ou simplement en comptant sur leur amitié. Et toujours, je me suis entendu répondre que ces hésitations étaient normales et salutaires, dans une certaine mesure. Mais en matière de mesure, la mienne était pleine, voire largement dépassée ! Coupable, je l'étais et je le suis : de le savoir sans le reconnaître vraiment et en tirer les conséquences. Oserais-je aller plus loin, Catherine, et vous confier ce que je n'ai jamais dit à personne ? Ce que j'ai même demandé à la prière d'interpréter, sans avoir à l'exprimer ? Eh bien ! Oui, ma chère, j'ai pensé à quitter ce monde. Sans esclandre, avec humilité. Pour cela, Sein est idéale : une porte ouverte laissant la vague pénétrer à l'improviste, et le tour est joué ! Disparu en mer, aurait-on dit, avant de passer à autre chose. Quelle formule poétique pour évoquer mon bref séjour en mer d'Iroise ! Rassurez-vous, si je suis toujours là, c'est que je n'ai pas eu le courage d'entrebâiller cette porte...

9

Le temps des glycines

Dimanche 18 mai 1902

— Mais qu'est-ce qui t'a pris, ma fille ? Te rends-tu compte de la peur que tu nous as faite ? Nous n'imaginions pas que tu retournerais toi-même dans la gueule du loup ! Explique-toi, pour que je puisse préparer le terrain, avant que ton père rentre à la maison.

— Pourquoi ? Il préférerait que je ne revienne pas ?

— Mais non, voyons, il s'est fait un sang d'encre ! Ce n'est pas bien de nous avoir causé tant de mal ! Que t'avons-nous fait pour que tu te comportes ainsi ? Il faut que je lui amène doucement le sujet, sinon il pourrait s'emporter et ses mots dépasseraient ses pensées...

— Je n'ai pas besoin d'avocate ! Sache qu'à vingt-trois ans je ne suis plus la fillette à qui vous pouviez dicter la conduite. À mon âge – tu me l'as assez répété –, tu m'avais mise au monde ! Quant à ta sœur Rosalie, elle avait déjà trois enfants...

— Ce n'est pas pareil.

— Pourquoi donc ?

— De nos jours, les choses vont moins vite qu'auparavant...

— Balivernes !

— Réalises-tu comment tu t'adresses à ta mère ? Nous ne t'avons pas éduquée de cette manière. Qu'as-tu fait, pendant ton absence, sur cette île maudite ? Tu ne pouvais pas nous avertir de vive voix, au lieu de nous mettre devant le fait accompli, avec des mots laconiques jetés sur un bout de papier ?

— Sois honnête, maman : auriez-vous été capables de comprendre ma décision et de l'accepter ?

— Un coup de tête insensé ? Sûrement pas !

— Voilà pourquoi j'ai choisi de vous prévenir de cette façon !

— Tu aurais au moins pu écrire une lettre nous donnant des détails sur tes intentions, avec des explications...

— Est-ce que ça aurait changé quelque chose ? Auriez-vous été moins contrariés ?

Quelques minutes plus tôt, avant de franchir la porte d'entrée, encore remplie des vibrations du train, je ne m'attendais pas à un accueil triomphal, mais j'étais loin d'imaginer qu'il serait aussi rude ! Et lorsque mon père revint d'un conseil municipal, deux heures plus tard, j'eus droit à une séance du même acabit, en pire !

Le soir, comme je le redoutais, je fus dans l'incapacité de m'apaiser. Ballottée entre les reproches essuyés et la douleur d'avoir dit au revoir ou adieu à Charles, j'avais l'impression de me trouver seule en plein désert, sans eau ni moyen de locomotion. Que me restait-il, sinon l'espoir qu'un jour, peut-être, il me donne de ses nouvelles, ou de celles de l'enquête dont je me moquais désormais, pourvu qu'elle me permette de le revoir ? Mais cela se pourrait-il, avec des parents farouchement décidés à faire barrage ? Furieux, ils n'acceptaient pas de s'être laissé berner par les bonnes manières du prêtre. D'après eux, la mauvaise influence qu'il avait sur moi révélait sa véritable nature. Ils en vinrent même à douter qu'il se fût comporté en gentleman, à Sein, envers moi. Mon père remit pour la première fois en cause le motif politique de mon enlèvement, au profit d'une fugue de ma part, pour aller retrouver le manipulateur dans les filets duquel je serais tombée par une nuit fatale !

Pour revenir à Charles, il projetait de séjourner dans le presbytère de la paroisse Saint-Mathieu de Quimper. Jadis, il avait noué des liens fraternels avec un séminariste devenu, entre-temps, curé de cette importante église. Il pouvait compter sur sa discrétion.

* *
*

Le lendemain, dès mon réveil, le monde entier conspirait à nier ma récente absence ! La bonne faisait comme si de rien n'était et mes parents éludaient systématiquement le sujet. Je me souvins des paroles de mon père, la veille, lorsque je quittai le séjour pour aller dans ma chambre : « Maintenant que les choses sont claires, ta mère et moi considérons que l'affaire est close. À l'avenir, il va de soi que tu te comporteras en jeune femme sérieuse et responsable, et que nous n'aurons plus à te le rappeler ! » Propos sans appel ; la messe était dite…

En guise de réconfort, je rendis visite à Angélique, mais trouvai sa porte fermée. J'espérais qu'il ne lui fût rien arrivé et priai le Ciel pour pouvoir encore compter sur son amitié, ayant tant de sujets à lui confier et si hâte de bénéficier de son soutien.

En revenant à la maison, je fis un long détour par les rues commerçantes où je m'efforçai de regarder les boutiques, afin d'égayer mes pensées. Les dernières nouveautés exposées dans les vitrines me procurèrent l'effet inverse : aucune des créations en vogue ne trouva grâce à mes yeux. J'y voyais une déclinaison pathétique de fausses valeurs. Bien sûr, je restais attirée par les tenues sophistiquées et l'élégance des toilettes, mais davantage par réflexe que par désir. À quoi bon, désormais ? Pour l'estime de soi ! me répondis-je, en découvrant non pas la signature de ma pensée, mais de celle de ma mère...

Peu de temps après, dans le salon, celle-ci revint vers moi sur la pointe des pieds : quelque chose de grave la taraudait. Ses circonvolutions m'agacèrent. Je lui demandai d'être franche et de me dire ce qui la chagrinait.

— C'est cet homme, dit-elle enfin d'une voix effacée.

— Tu parles du prêtre ?

— Prêtre ? Je ne crois pas qu'on puisse appeler ainsi quelqu'un qui se comporte de la sorte !

— Que lui reproches-tu ? Ne t'avait-il pas inspiré confiance, quand il était assis dans ce canapé ?

— Eh bien, je m'étais trompée ! Oui, ça m'arrive, même à mon âge ! L'important, ma fille, est de s'en rendre compte, de le reconnaître et d'agir en conséquence.

— Que voulais-tu me demander à propos de lui ?

— Eh bien, je m'inquiète, en tant que mère. Tu es une femme, à présent, mais une femme sans statut social, depuis le coup de massue que nous avons reçu. La pente sera longue à remonter, ne nous voilons pas la face. S'il devait s'ébruiter que tu te trouves dans une situation, disons délicate, je ne pense pas que notre famille s'en remettrait...

— Je ne suis pas enceinte, maman !

— Mais qui t'a appris à parler aussi directement ?

— Ne crois-tu pas que ce serait plutôt à moi d'être choquée, après de telles insinuations ? Oui, j'étais avec lui durant tout ce temps ! Oui, j'y ai pris du plaisir – et même énormément, si tu veux tout savoir ! Et oui, je l'aime autant qu'il soit possible d'aimer ! Mais rassure-toi : rien de charnel n'a eu lieu entre nous, puisqu'il n'y a que cela qui t'importe !

— Allons, ma fille, assez de sornettes ! Tu ne vas me faire croire qu'avec ce que tu dis là, vous vous êtes regardés dans le blanc des yeux ! As-tu au moins apprécié tes vacances ? Vraiment, je me demande ce que nous ferons de toi...

Outrée, je me levai d'un bond et disparus dans ma chambre dont je fermai la porte à double tour. Une heure au moins à pleurer sans interruption. Au pire de l'horreur, début mars, je n'avais pas versé autant de larmes. Comme quoi la douleur ne provient pas toujours d'où l'on croit !

Lorsque mes yeux tarirent enfin, je poussai le nez dans le couloir : la voie était libre. Je descendis sur la pointe des pieds, enfilai mes chaussures et m'échappai à l'extérieur.

Par chance, l'affluence était telle que je fus happée par une marée de bruits et de sourires qui me fit le plus grand bien. Je me mis ensuite à déambuler. Qu'aurais-je donné pour ne pas rentrer à la maison ? Mais où aller ? Une idée me traversa l'esprit que je tâchai de repousser, mais qui se révéla tenace. Qu'à cela ne tienne ! Je me dirigeai d'un pas décidé vers la paroisse Saint-Mathieu, et ralentis à proximité de l'édifice religieux dont je fis discrètement le tour. Je n'eus point de mal à repérer le presbytère. Charles était-il en ses murs ? Je bouillais d'impatience ; il fallait que j'en aie le cœur net ! Je réalisai toutefois que ma présence hésitante attirait l'attention, aussi trouvai-je le salut dans la fuite ! Fuite qui me ramena devant le porche de l'église. Un bref regard alentour, et je poussai la porte rouge brique. Pas de messe. Je me précipitai à l'intérieur.

Vaste et solennelle, la nef figea mon élan. Seuls mes yeux se hasardèrent à d'imperceptibles mouvements. Le silence entra en scène, monolithique et écrasant. Je remontai le collatéral jusqu'au transept en observant les chapelles, puis m'assis pour prier.

Lorsque je relevai la tête, les ombres s'étaient étirées, et mon cœur apaisé. Je laissai mon regard vagabonder dans le volume de l'édifice sur lequel je comptais pour protéger Charles. Soudain, je remarquai un confessionnal, tout proche. Finement ciselé dans une essence sombre, je songeai que c'était dans un tel isoloir qu'avaient commencé les déboires de mon tendre ami. Combien de pestes y avaient déversé une partie du venin dont elles allaient se servir contre le pauvre directeur de conscience qui, inlassablement, les absolvait ? Comment avaient-elles pu s'en prendre au seul être qui œuvrait au secours de leur âme ? Dans un champ de bataille, pensai-je, le mal se voit : il porte des uniformes identifiables, arbore des armes effrayantes. Mais là, dans la pénombre des confidences, comment Charles aurait-il pu se méfier de la médisance ? Formé à écouter, à pardonner, il était tombé dans les filets de mégères en mal d'amour et de considération qui se forgeaient une vertu en blâmant les travers et manquements traqués sur leurs chemins étriqués. J'imaginai Charles, sincère et démuni, leur prodiguant des conseils empreints de compassion, tandis qu'elles n'attendaient qu'une liste fournie de prières à réciter en pénitence ou de passages entiers des Évangiles à méditer. Sans le savoir, il s'inoculait le poison qui lui serait fatal, au fil d'homélies rédigées avec soin, remuant à mots couverts la vase enfouie sous la bonne conscience...

Soudain, un bruit de pas. Je me raidis. Une ombre avançait au centre de la nef. Sans oser déplacer ne fût-ce qu'un sourcil, j'implorai le Ciel pour n'être point remarquée.

— Mademoiselle ?

— Bonsoir, mon père ! répondis-je, tétanisée.

— Puis-je faire quelque chose pour vous ?

— Non, merci, j'ai fini de me recueillir. J'allais justement m'en aller.

Le temps de le saluer d'une brève génuflexion et je me hâtai de sortir ! À peine à l'extérieur, sous les rayons d'une agréable fin de journée, je m'en voulus de ne pas avoir eu le courage de questionner le curé à propos du confrère qu'il hébergeait. Mais comment aurais-je pu le faire sans qu'il se méprenne sur mes intentions ? Décidément, je voyais le mal partout ! Pauvre idiote ! Et si j'y retournais ? Le temps d'hésiter, les deux battants de la porte s'étaient ouverts et des personnes endimanchées pénétraient de toutes parts dans l'édifice. Comment n'avais-je pas songé aux vêpres ?

Je pris mon salut dans la fuite, après avoir envisagé la possibilité que Charles assiste à la cérémonie. Aurait-il pensé que je le harcelais ?

Mes pas ralentirent à l'approche de ma maison. Dans le feu de l'action, comment n'avais-je pas imaginé que Charles n'aurait pas risqué de s'exposer en public dans une paroisse située à une vingtaine de minutes de marche seulement de celle dont il avait été banni ? Une idée m'effleura : faire demi-tour et me mêler aux fidèles, afin de retarder d'autant l'inquisition de mes parents, mais une voix m'appelait : la bonne m'avait reconnue, à son retour d'emplettes de dernière minute. Comme une écolière, je réintégrai le rang, la nuque inclinée, une boule au ventre...

* *
*

Mercredi 21 mai 1902

À l'heure du dîner, je ne cessai de m'étonner de l'humeur légère de mon père. Que nous valaient de si plaisantes dispositions ?

— Papa, puis-je te demander ce qui te réjouit ? hasardai-je, entre le potage et le plat principal.

— Bien sûr, ma chérie ! Vois-tu, nos affaires sont en passe de s'améliorer : le conseil municipal de cet après-midi est revenu sur ton enlèvement et en a longtemps débattu. Il a condamné avec la plus grande fermeté la lâcheté de nos opposants n'ayant pas hésité à s'en prendre au modèle de vertu que tu es, afin de nuire à ma carrière et aux projets de notre formation politique. Les allégations du père Le Goff quant à ta présence sur l'île de Sein en fâcheuse compagnie ont été considérées comme montées de toutes pièces, dans l'urgence, par nos adversaires qui réalisaient, fin mars, que leur machination n'avait pas fonctionné ! On parle d'une dénonciation par lettre anonyme glissée sous la porte de Théodore Le Goff… Mes confrères m'ont assuré de leur soutien inconditionnel jusqu'aux élections de 1904 !

— Eh bien ! Catherine, cette nouvelle ne te met pas en joie ? demanda ma mère.

— Si, bien entendu ! Quelle chance pour toi, papa !

— Pour toi aussi ! répondit-il. Mes amis vont en discuter chez eux. Leurs épouses répéteront à leurs connaissances la calomnie dont tu as été victime, et tout rentrera dans l'ordre ! Ta maman et moi pourrons même envisager de nouveaux partis pour toi.

À ce mot, je manquai de m'étrangler !

— Ça ne va pas, ma petite ? demanda ma mère.

— Si, tout est parfait ! Parfaitement parfait !

— Heureuse de te l'entendre dire ! Les choses reprennent une direction dont nous pouvons nous réjouir.

Papa ajouta :

— Et comme une bonne nouvelle n'arrive jamais seule, j'ai appris que Tristan Le Goff projette de se fiancer à nouveau. Cela implique que les relations entre nos familles pourront se normaliser, ce qui sera excellent pour notre réputation...

— Quoi ? lâchai-je en me levant, comme si une gâchette venait de libérer les ressorts qui me retenaient sur ma chaise !

* *
*

Nouvelle nuit blanche. Comment allais-je tenir, à ce rythme et sans nouvelles de Charles qui était pourtant si proche physiquement ? Manquait-il de temps pour m'écrire, ou l'élan de sa lettre s'était-il fracassé sur les barrages érigés par mes parents ? Son silence était louche. Une piste, peut-être ? J'écartai précipitamment la couverture et m'installai devant mon secrétaire avec un stylo-plume et une feuille de papier :

Jeudi 22 mai 1902, 2 heures du matin

Charles,

Désolée de mon empressement, mais ce que j'ai à vous dire ne peut attendre ! Figurez-vous que je viens d'apprendre que Tristan va à nouveau se fiancer !

Je suppose que, comme moi, vous ne croyez pas à une telle coïncidence ! Nous nous trouvions dépourvus de pistes ; que pensez-vous de celle-ci ?

Après mon récent coup de folie pour aller vous retrouver à Sein, vous comprendrez que vous n'êtes plus en odeur de sainteté auprès de mes parents ! Comme nous le redoutions, il ne vous sera plus possible de m'envoyer de courrier. Vous souvenez-vous de ce pot de fleurs devant lequel nous nous sommes dit au revoir, dimanche dernier ? Eh bien, juste derrière, vous remarquerez un mur aux pierres à peine jointoyées : de quoi glisser discrètement une lettre ! À compter de demain, je m'y rendrai chaque jour, dans l'espoir d'y découvrir de vos nouvelles...

Soyez assuré, Charles, de la sincérité de mes sentiments.

Catherine

Après avoir relu mon pli, je le trouvai déplacé, incorrect, effronté. Quant à sa formule de politesse, comment allait-il l'interpréter ? Ne remuerait-elle pas le couteau dans la plaie ? Devais-je la modifier, en insistant plutôt sur notre amitié ? Non ! Comment aurait-il traduit la manière avec laquelle je réduisais les liens qui nous unissaient à une simple amitié ? Il aurait pu prendre mes propos au pied de la lettre et considérer que je désirais m'éloigner de lui ! Ou parviendrait-il à lire entre les lignes ?

Impossible d'entrevoir une parcelle de clarté dans l'hostilité nocturne. J'aurais voulu crier, hurler, mais quoi, et à qui ? La prière comme secours ? Un, deux, trois Notre-Père... sept, huit, neuf ! N'étaient-ils pas censés m'apaiser ? « Charles, viens à mon aide ! » Quoi ? Je me mettais à l'implorer, en lieu et place du Seigneur ! Et cette lettre, sur le panneau mobile du secrétaire, qui me tourmentait ! Excédée, je la déchirai en mille morceaux que je m'empressai de disperser par la fenêtre !

* *
*

L'après-midi du 22 mai mit ma patience à rude épreuve. Ayant décidé d'informer Charles de vive voix de ce que je venais d'apprendre, je me rendis à nouveau aux abords du presbytère de Saint-Mathieu dont j'épiai les allées et venues. En début de soirée, je dus reconnaître mon échec, mais je me félicitai des ruses déployées des heures durant pour éviter d'attirer l'attention des badauds et du voisinage.

Éreintée, je repris la direction de mon domicile. Chemin faisant, je me demandai si la maison curiale ne possédait pas un accès par l'arrière. Demi-tour immédiat ! Sur place, j'empruntai une ruelle adjacente dans laquelle je ne m'étais pas encore aventurée. Je longeai un mur qui délimitait un jardin, probablement celui du presbytère. À son extrémité, je découvris une grille rouillée envahie par le lierre. Discrètement, je la poussai et constatai qu'elle n'offrait qu'une faible résistance. Malgré les apparences, elle devait servir régulièrement.

Je me glissai dans l'enceinte de la propriété, puis avançai sous une allée de glycines au parfum enivrant. Un banc semblait m'attendre. Je m'y assis et sortis de mon sac un bout de papier et un stylo-plume. Quelle formule allais-je trouver pour que Charles comprenne, s'il le découvrait, que je cherchais à entrer en contact avec lui, sans que personne d'autre puisse m'identifier ? Mais le remarquerait-il avant que la pluie le rende illisible ?

— Quelle surprise, Catherine !

Je sursautai et me retournai. Il se tenait debout, derrière moi, et me dévisageait. Je tâchai de me remettre de mes émotions.

— Vous devez vous demander ce que je fais là...

— Certes, mais vous m'en voyez ravi !

— J'avais à vous parler. Je bénis le Ciel que vous soyez dans le jardin ; le hasard fait bien les choses.

— J'y passe de longs moments. J'apprécie le calme du matin et les fins de journée ensoleillées. Observez cette sérénité ! Mais, dites-moi, que faites-vous avec ce papier ?

— Je m'apprêtais à vous proposer un rendez-vous à l'abri des regards...

— Ne vous inquiétez pas. Ici, seuls les chats et les oiseaux remarqueront notre présence.

Il s'étonna de ma nervosité :

— Vous m'avez l'air fatiguée...

— Plusieurs nuits sans sommeil. Je dois être hideuse !

Un long monologue s'ensuivit. À peine eus-je terminé de lui exposer les faits survenus depuis notre descente du train que je décelai les prémices d'un sourire sur ses lèvres.

— Qu'y a-t-il ? Ce n'est pas drôle ! Comment Tristan peut-il envisager de s'engager aussi rapidement après la rupture de nos fiançailles ? Vous ne trouvez pas ça louche ?

— Si, bien sûr !

— Pourquoi ne réagissez-vous pas, dans ce cas ?

— Disons que j'étais un peu au courant...

— Comment est-ce possible ?

— Que croyez-vous, Catherine ? Ne vous ai-je pas promis de poursuivre les recherches ?

— Certes ! Mais, sans nouvelles de votre part, je me figurais que vous n'aviez pas progressé ou que vous aviez baissé les bras. Pourquoi ne m'avez-vous pas informée de cette découverte ?

— Catherine, je vous ai signalé mon intention de demeurer à Quimper le temps nécessaire...

— Pourquoi faites-vous cela ?

— Ça aussi, je vous l'ai dit : pour vous ! Sans explication rationnelle, vous dépérirez à petit feu. Je refuse qu'il en soit ainsi !

— Que doit-on se dire de votre absence, sur l'île ?

— Avant que nous la quittions, j'ai prévenu les pêcheurs avec qui je partage les gardes au phare, ils se sont organisés en conséquence. Et pour la construction de l'église, les finitions n'ont plus besoin d'un maçon. Je suis donc libre comme l'air !

— L'évêché va penser à un abandon de poste, une désertion. Il vous le reprochera...

— Je ne suis plus à cela près ! Mes heures sont comptées depuis longtemps. En attendant que le couperet tombe, j'en profite !

— Comment ?

— J'ai toujours ma soutane et je ne suis pas encore officiellement démis de mes fonctions. Cela me laisse quelque avantage pour inspirer la confiance ou délier les langues... Là, par exemple, je reviens d'une journée complète à rôder dans le milieu du parti conservateur, où mon statut de prêtre m'a facilité la tâche. J'ai identifié les personnalités susceptibles de gravir rapidement les échelons et de devenir éligibles au prochain scrutin municipal. Ma priorité, désormais, sera de me renseigner sur elles...

— Combien y en a-t-il ?

— Deux : Victor Kerlech et Armel Le Henanff.

— Jamais entendu. Comment vous y prendrez-vous ?

— Vous me faites toujours confiance, Catherine ?

— Naturellement.

— Eh bien, vous verrez ! Je vous tiendrai informée.

— Comment ?

— Comme aujourd'hui ! Qu'en dites-vous ? Tous les soirs, à la même heure, je viendrai à cet emplacement du jardin. Lorsque vous aurez envie d'avoir des nouvelles de l'enquête, vous m'y trouverez. Sauf si vous décidez que nous pouvons cesser de nous cacher comme des voleurs ou des enfants en maraude !

— Voyons, Charles, vous imaginez bien ce que mes parents pensent de nos rencontres, depuis mon escapade à Sein ! Figurez-vous que c'est pire encore que ce que nous redoutions : ils refusent que je vous fréquente et ont passé des consignes strictes auprès de la bonne, pour intercepter tout courrier qui me serait destiné. Vous êtes dans leur collimateur ! Et si nous sommes surpris ensemble, je vous laisse deviner la vitesse à laquelle cela s'ébruitera en ville, et le retour de bâton auquel j'aurai droit !

— Vous marquez un point. Le temps presse : lorsque je serai officiellement démis et rejeté de l'Église, je n'aurai plus le moindre crédit en société. Vous revoir deviendra plus difficile encore, sans ternir davantage votre réputation.

Nous continuâmes à échanger en oubliant l'heure, comme si nous devions nous dire tout ce que nous avions secrètement gardé depuis notre départ de l'île. Nous envisageâmes aussi la piste d'Éva Dussart, la nouvelle prétendante de Tristan. Charles s'engagea, selon mon souhait, à creuser de ce côté.

Plus tard, mes pas se firent lourds sur le chemin de ma maison. Une fois de plus, il avait raison. Notre relation sans lendemain venait cependant d'obtenir un sursis ; je m'en réjouis, faute de mieux. Soudain, je réalisai que je n'avais pas pris de ses nouvelles. Honte à moi ! Je brûlais pourtant d'être rassurée en le sachant correctement nourri et hébergé.

Rue du Sallé, j'approchai de la porte de ma maison qui s'ouvrit dès que je l'effleurai du bout des ongles. Ma mère se tenait derrière ; elle guettait mon retour.

— Ma fille, te voilà enfin ! Où étais-tu ?

— En ville. Je me baladais...

— Quelle idée saugrenue, seule, à une heure si tardive !

— Nous n'avons pas encore dîné, maman, et c'est la belle saison. Regarde, il fait grand jour !

— Pardonne-moi, ma chérie. Depuis tes deux disparitions, chaque fois que tu sors, je ne peux m'empêcher de m'inquiéter. D'accord, tu es majeure, nous ne pouvons pas t'attacher...

Et rebelote ! Elle allait de nouveau se plaindre de mon comportement, s'interroger sur ce qu'ils feraient d'une fille au tempérament aussi imprévisible…

À table, je restai à distance de leur conversation. Mon regard allait et venait de mon verre à mon assiette, arpentait le contour des fenêtres, les courbes du buffet et de l'armoire à porcelaines. Il questionnait les bibelots, les moulures du plafond, les tentures, le parquet, les chaises hautes et rembourrées. À quoi bon ce luxe, quand l'essentiel était ailleurs ?

Je me mordis les lèvres à plusieurs reprises, pour éviter de prononcer l'identité des personnages qui hantaient mon esprit : Victor Kerlech et Armel Le Henanff. J'aurais voulu connaître l'avis de mon père à leur sujet. Finalement, une ruse se présenta :

— Dis, papa, à propos de l'enquête du détective, es-tu certain qu'il a analysé la piste des plus ambitieux des conservateurs ?

— Naturellement, ma fille, pour qui me prends-tu ? J'avais mandaté le privé pour mener des recherches aussi bien dans l'opposition qu'au sein de l'ARD. La seule différence, c'est que j'avais exigé plus de finesse chez les républicains, afin de ne pas m'attirer les foudres du parti. Je considère qu'il a parfaitement rempli sa mission, puisque je reste le favori pour les prochaines élections.

Je tâchai de sonder mes parents sur le nouvel engagement de mon ex-promis, mais ils n'y voyaient qu'une évolution logique des choses.

— Que crois-tu, Catherine ? répondit mon père. Tu ne pensais pas qu'un jeune homme de sa condition allait demeurer longtemps célibataire ?

Ma mère se sentit le devoir de me rappeler que mes fiançailles avec Tristan avaient été organisées par leurs soins et nullement à ma demande ; je n'avais donc pas à considérer leur interruption comme une affaire personnelle ou sentimentale…

— Et, si je ne m'abuse, tu n'étais guère enthousiaste à la perspective de t'unir à cet homme ! Pourquoi t'émouvoir à présent qu'une autre soit en lice ? Peut-être se connaissaient-ils de longue date et les événements ont-ils poussé Tristan à changer de stratégie ?

— Maman, je parle de fiançailles, d'engagement et de mariage, et toi de stratégie !

— Justement ! Les deux vont de pair dans nos milieux.

— Nos milieux ? Lesquels ?

— La bourgeoisie et la noblesse, voyons !

— Nous n'avons pas le sang bleu, que je sache…

— Certes, mais les affaires de ton père sont suffisamment florissantes pour nous octroyer des privilèges communs.

— Lesquels ?

— Fréquenter le beau monde, pardi ! Penses-tu qu'il soit donné à toute la population d'être invitée au bal de la préfecture ou à celui d'un négociant comme Plouhinec, pour ne citer que les derniers auxquels tu as participé et dont tu as profité ?

— Profité ! Parlons-en : as-tu oublié que j'ai été enlevée dans l'un de ces paniers de crabes ?

Je continuai de ressasser cette énième discussion stérile tout au long de la nuit. Dialogue de sourds ! Avaient-ils toujours été si obtus sans que je m'en aperçoive, ou leur attitude s'était-elle aggravée à la suite des événements récents ? Nouvelle question qui ne fit qu'assombrir ma vision déjà bien terne de la société, de mon avenir et de ce qu'ils appelaient mon milieu, avec tant d'admiration.

Je songeai aux Sénans et mesurai le gouffre qui les séparait de cette cour déportée que ma mère n'avait de cesse de vanter. Je me souvins des paroles de Charles, durant la tempête, à propos des îliens : de braves gens, mais pas des saints ! Lui, qui avait également fréquenté les sphères aisées de Quimper et la misère des ouvrières du goémon et de leurs maris pêcheurs, m'avait mise en garde contre les jugements hâtifs. Il arguait que l'esprit humain diffère peu, selon que les mains qui le servent sont couvertes de gants de soie ou de callosités...

* *
*

Les journées suivantes, mes parents se liguèrent pour contrarier l'ensemble de mes projets. Le premier soir, ils m'emmenèrent à un dîner soporifique chez un client de mon père. Le lendemain, à la même heure, à une réunion paroissiale. Bien qu'usant de subterfuges, je ne parvins pas à me soustraire à ces obligations familiales. Que devait penser Charles qui m'attendait sous les glycines ? Une seule avancée durant ces heures perdues : j'avais pu m'entretenir brièvement avec mon amie. Elle me reçut fort aimablement chez ses parents. Une demeure décorée avec un raffinement exquis.

— J'irai droit au but, Angélique : j'ai une faveur à te demander.

— Une faveur ! Voilà qui est mystérieux...

— C'est à propos de Tristan.

— Tristan ?

— Mon ex-fiancé.

— Ah ! Où avais-je la tête ? Je croyais que la page était tournée entre vous et que tu allais me parler d'un autre Tristan... Qu'attends-tu de moi ?

Je m'approchai de son oreille :

— Figure-toi qu'il va à nouveau se fiancer !

— Quoi ?

Elle s'étrangla !

— C'est pas possible ! Si vite ? Oh ! En es-tu certaine ? Désolée, je suis choquée...

— Moi aussi !

— Mais encore ?

— Je me suis laissé dire qu'il s'agissait d'une jeune femme se prénommant Éva, Éva Dussart. Peut-être te souviens-tu d'elle ? Elle nous a été présentée par Mme Monseret, au bal de la préfecture.

— Maintenant que tu en parles, ce prénom peu fréquent me revient, ainsi que son visage et sa toilette. J'avais trouvé cette fille plutôt jolie et je m'étais fait la réflexion qu'elle avait l'air de savoir en jouer ! Mais qu'ai-je à voir là-dedans, ma chère ?

— Eh bien, j'aimerais que tu te renseignes discrètement sur elle et sur Tristan. Tu comprends, mes parents et moi sommes discrédités. Je t'en prie, Angélique, accepte ; je ne peux compter que sur toi !

— Que souhaites-tu découvrir ?

— Je l'ignore, mais il est évident que c'est trop rapide pour être un hasard ! Je suspecte un lien avec mon enlèvement...

— Ah, ça ! Il n'a effectivement pas tardé à trouver chaussure à son pied ! Ton intuition est sensée, c'est très suspect...

— Alors c'est oui, Angélique ?

— Je tâcherai de ne pas te décevoir...

— Mille fois merci, ma chère !

— Ne nous emballons pas, je m'engage juste à faire de mon mieux...

Le bref trajet de sa maison à la mienne me vit profondément soulagée. Certes, j'avais effectué la même demande à Charles, deux jours auparavant, mais il s'agissait d'un homme, prêtre de surcroît. Consciente de l'enjeu, je préférais miser sur plusieurs cavaliers !

L'enjeu, c'était précisément ce qui m'interpella tout au long de la soirée, à la paroisse, où je m'ennuyai encore plus que la veille. Mais pourquoi accordais-je tant d'importance au devenir de ce goujat de Tristan ? Aurais-je éprouvé des sentiments à son égard que mon esprit rebelle aurait dissimulés ? Ou étais-je simplement jalouse ?

* *
*

Dimanche 25 mai 1902

Je pus enfin me libérer à l'heure convenue avec Charles, trois jours auparavant. Chemin faisant, j'avais tellement hâte d'arriver dans le jardin du presbytère que je trébuchai et faillis me fouler la cheville à plusieurs reprises. Passé le charmant pont fleuri enjambant le Steïr, à l'extrémité de la rue Kéréon, mon cœur n'obéissait plus qu'à mon impatience. L'angoisse s'invita pourtant le long du mur du parc : Charles allait-il m'en vouloir de ne pas être venue les soirées précédentes ?

Quelques instants pour reprendre mon souffle, me recoiffer sommairement et jeter un coup d'œil afin de m'assurer que la voie était libre, et je poussai la grille. Après avoir contourné des arbustes, j'aperçus le banc au bout de l'allée aux glycines. Mais un banc vide que j'approchai, toute haletante. En m'asseyant, je n'eus que la compagnie d'un fantôme. Peut-être étais-je arrivée trop tôt ou avait-il un contretemps ?

Dix minutes déjà sans le moindre bruissement. Soudain, j'entendis des cloches imaginaires. Mon regard se réveilla, timide et étourdi. Il quitta le sol, s'agrippa au fer forgé du banc, se hissa jusqu'à ses lattes en bois, puis les arpenta en direction d'une pierre plate posée à leur extrémité. Je me penchai pour la remettre à terre et découvris qu'elle dissimulait un billet que j'ouvris aussitôt :

Retour à Sein pour quelques jours. Affaire pressante.

Abasourdie, je dus m'accrocher pour ne pas défaillir. Était-ce le contenu du papier qui me faisait cet effet ou son style télégraphique, dépourvu de formule sinon affectueuse, un tant soit peu aimable ? La présence de mon prénom aurait suffi ! Mais quelle sotte j'étais ! Il ne pouvait se permettre d'écrire la moindre connotation familière à mon égard. Son message épuré jusqu'à la trame s'en tenait à l'essentiel.

Telle une marionnette, je repartis, la démarche saccadée. Avec qui aurais-je pu partager cela ? Mes parents ? Inutile d'y songer, ils n'auraient jamais toléré que je continue de fréquenter ce personnage toxique dont je m'étais éprise. Pourtant, ils ne le considéraient pas comme responsable de mon enlèvement, malgré sa sympathie présumée pour le camp des conservateurs. Ils veillaient juste à ce que personne ne nous voie ensemble. Il ne me restait donc que la pauvre Angélique avec laquelle je m'étais entretenue la veille. Mais, là encore, je devais me méfier, étant donné ses nombreuses relations et celles de sa famille. Je ne pouvais courir le risque qu'elle ébruite par inadvertance mes entrevues répétées avec un prêtre. Pourtant, comment nier l'agrément que j'avais ressenti à ses côtés, tout au long de la promenade que nous avions faite en début de mois ? Notre proximité physique avait alors déteint sur celle du cœur. Malgré le secret que j'avais entretenu sur l'essentiel, le long des berges et des rues moyenâgeuses, j'avais l'impression qu'elle me comprenait. En souvenir de cette heureuse parenthèse, j'éprouvai le souhait de renouveler l'expérience. Promis : dès le lendemain, j'irais chez elle, pour convenir d'un nouveau rendez-vous, le plus vite possible.

Je n'eus point à attendre longuement : par chance, le jour suivant, Angélique put se soustraire à ses engagements de l'après-midi. C'est ainsi que nous nous retrouvâmes à déambuler dans Quimper, selon un tracé presque identique au précédent. J'appréciai son écoute, sa réserve, son empathie. Affable et de plaisante compagnie, elle évitait de se valoriser, malgré la finesse de son éducation, la qualité de ses toilettes et l'excellence de ses goûts. Elle aurait pu m'entretenir longuement de ses projets sentimentaux avec le jeune Concarnois dont elle m'avait brièvement parlé, mais il n'en fut rien. Elle se contenta de me rassurer en m'apprenant qu'ils se fianceraient au début de l'automne, puis recentra la conversation sur ce qui me préoccupait : le fruit de ses investigations sur l'engagement futur de Tristan et d'Éva Dussart.

— Quelle efficacité, Angélique ! Nous sommes lundi et tu t'es déjà attelée au service que je t'ai demandé samedi dernier...

— C'est tout naturel, Catherine. Pour moi, l'amitié n'est pas un vain mot.

Elle me conta avec moult détails ce qu'elle avait découvert en jouant de ses relations. À l'issue d'une carrière d'officier dans la cavalerie, principalement en Charente-Maritime, le père de la jeune femme s'était installé avec elle à Quimper, en octobre 1901. Éva était la cadette d'une fratrie de trois. Ses frères – des jumeaux – étaient mariés. Brillants saint-cyriens, ils faisaient la fierté de leur père en servant la nation, comme lui, dans la cavalerie.

— Tu l'as vue ? Comment est-elle ? Je n'en ai que de vagues souvenirs...

— Mince, grande et soignée. Mais les traits du visage un peu durs, à seulement vingt et un ans. Je ne suis pas certaine qu'elle demeurera longtemps appétissante aux yeux des hommes !

— Tu dis cela pour me consoler !

— Non, Catherine. Je n'ai pas pu l'approcher de près – discrétion oblige –, juste suffisamment pour constater que l'éclat de sa personne est loin d'égaler celui de ses tenues ! D'ailleurs, si tu ne t'en souviens pas davantage, après l'avoir vue à deux reprises, c'est bien qu'elle n'est pas si exceptionnelle !

— Il est vrai qu'elle ne m'a pas marquée au bal de la préfecture, mais je ne crois pas l'avoir rencontrée à une autre occasion. Pourquoi dis-tu que je l'ai croisée deux fois ?

— J'ai appris qu'elle faisait également partie des invités du négociant, lors du bal au cours duquel tu as été... Pardon ! Je ne voulais pas remuer le couteau dans la plaie.

— Pas d'inquiétude, Angélique. Honnêtement, non, je n'ai aucun souvenir de l'y avoir aperçue ! Il faut reconnaître que je ne sais même pas ce qu'il m'est arrivé... En tout cas, je te remercie du fond du cœur pour tout ce que tu as fait pour moi. Il faut à présent que je me fasse une raison : ses futures fiançailles avec Tristan ne sont que le fruit du hasard. L'hypothèse de mon père reste la seule plausible.

— Tu as du mal à l'accepter ?

— C'est vrai, même si je sais que j'ai tort. Avec le temps, je suppose que ça passera...

10

Le mont Frugy

Dimanche 7 septembre 1902

Pourquoi tant de mystère, en cette journée où les frondaisons de la ville disséminaient la sérénité à tout vent ? Les hésitations de la belle saison se lisaient sur le feuillage des ormes et des châtaigniers, entre la tendresse vert absinthe des premiers jours et l'or annonciateur de la fin d'un règne.

Mes pas m'amenèrent sur un pont de l'Odet d'où je contemplai un tableau dont la poésie suspendit mon souffle. L'eau immobile se faisait miroir de passerelles fleuries et d'un nuancier de teintes prêtes à chavirer. Partout, des pierres séculaires et d'audacieuses toitures défiaient le ciel azuré.

Mystère encore que celui pour lequel Charles m'avait donné rendez-vous aux abords du kiosque à musique. J'avais hâte de le revoir, tant nos rencontres depuis son retour de Sizun avaient relevé du hasard. Qu'il était loin, le temps, trop bref, où j'espérais le retrouver au gré de mes envies, sous les glycines ! J'ignorais qu'elles fussent si fragiles...

Tout avait basculé avec le billet dissimulé sur le banc. Combien de jours étais-je restée dans l'incertitude, avant de savoir Charles de retour à Quimper et de le croiser à des occasions rarissimes, à cause de travaux engagés par l'évêché dans le jardin du presbytère ? Nos rencontres à haut risque s'étaient transformées en pierres précieuses. La première eut lieu près de chez moi, à l'emplacement où la rue du Sallé débouche sur la place au Beurre. Il m'attendait, assis sur un muret, feignant de lire le journal. À ma vue, il se leva, fit quelques pas à mes côtés, en me priant de ne pas ralentir ni détourner la tête, et m'informa qu'il poursuivait les recherches, mais que la piste d'Éva Dussart – la fille d'un officier – ne semblait guère prometteuse. Il ajouta qu'il s'arrangerait, à l'avenir, pour me croiser furtivement en ville, car les glycines n'étaient plus fréquentables ! Puis il s'éloigna dans la foule suspicieuse. Je m'arrêtai pour me remettre de mes émotions. Moi qui avais douté de le revoir, non seulement il m'avait assuré qu'il ne m'avait pas oubliée, mais également qu'il continuait de veiller sur moi ! Aux anges, j'ignorais s'il avait réellement progressé, et où et quand il m'en dirait davantage, mais j'eus l'impression que nous ne serions plus jamais séparés...

Les semaines s'envolèrent ensuite à une allure dépourvue de la gravité d'antan, ponctuées de rencontres aussi brèves et intenses que celle de la place au Beurre. Chacune ne m'apprit rien de neuf, mais me conforta sur l'essentiel. Cela dit, Charles m'apparaissait de plus en plus mesuré dans ses prises de parole. Je subodorais l'existence d'une raison plus impérieuse que la méfiance à l'égard du rôle de police des mœurs que la bonne société s'était attribué...

Mais voilà que le tableau idyllique qui se déployait devant le pont me laissait entendre que cette journée me réserverait des surprises...

Je me remis en marche, longeai le fleuve sur le champ de Bataille et m'approchai du kiosque à musique. Une silhouette à l'énigmatique prestance se dégagea de la foule et vint à ma rencontre, munie du plus désarmant des sourires.

— Vous voyez, là-bas, le petit monument cubique en pierre, avec des arcades sur les côtés ? Allez m'y attendre, je vous y rejoins dans quelques minutes.

Tandis qu'il s'éloignait, je me dirigeai vers cette construction à laquelle je n'avais jamais prêté attention. J'y patientai, sous un chêne, au pied de la colline, étonnée par un écriteau indiquant *Promenade du Mont-Frugy*.

Mon prénom résonna dans mon dos.

— Suivez-moi sur ce sentier, je vous prie.

J'emboîtai ses pas. Nous avançâmes à flanc de coteau jusqu'à une sorte de fronton visible de l'esplanade, en contrebas, puis nous nous enfonçâmes dans une allée boisée qui s'élevait dans la végétation.

— Continuons. Nous nous arrêterons sur les hauteurs...

Face à tant de secrets, j'obéis en brûlant d'impatience de le questionner. Bien que modeste et facilitée par un vaste détour, la montée sous les hêtres me coupa le souffle. Je mis un long moment à recouvrer mes esprits, lorsque nous nous assîmes sur un banc posé sur le dos rond de la colline. Une trouée dans la végétation ménageait une perspective singulière sur la cité qui m'avait vue naître.

— Vous avez l'air surprise, Catherine. Êtes-vous déjà venue ?

— Jamais.

En proie à d'exquises sensations, je m'émerveillai d'un spectacle que j'aurais dû connaître par cœur, mais dont je découvrais l'ampleur et la magnificence. La ville entière s'étalait à nos pieds. Nous surplombions une canopée d'ardoises, de lucarnes et de cheminées. Mais, surtout, altières et incontournables, les deux flèches de la cathédrale Saint-Corentin m'apparurent extraordinairement hautes et effilées.

Charles se pencha et m'observa. À moins d'un demi-mètre, ce regard qui m'avait transpercée jadis me considérait avec tendresse et retenue. Malgré le millier de questions qu'il me tardait de lui poser, une seule sortit de mes lèvres :

— Et vous ?

— Moi ?

— Êtes-vous déjà venu ici ?

— Souvent. J'aime à m'y ressourcer, en prenant de la hauteur sur l'agitation de la ville. Chaque fois que je redescends, je me sens régénéré...

— Je suis ravie de découvrir ce point de vue, mais pourquoi m'y avez-vous amenée ?

— Pour m'entretenir avec vous, Catherine. Ne pensez-vous pas que nos dernières rencontres ont été pour le moins insuffisantes ?

— Trois ou quatre mots échangés au plus, peut-on parler de rencontres ?

— Nous sommes d'accord ! Mais nous n'avions pas le choix, j'espère que vous l'avez compris.

— Bien sûr ! Mais ce n'était pas facile à gérer. J'étais profondément inquiète...

Je pâlis, réalisant la portée de mes sous-entendus. J'anticipai avec effroi la question qu'ils susciteraient : inquiète de quoi ?

— Je vous prie de m'excuser, Catherine. Tant de choses se sont passées, ces derniers mois, que je ne sais par où commencer...

— Avons-nous le temps ?

— Ici, oui. Les promeneurs se font rares. Les dames redoutent de salir leur toilette et les messieurs trouvent peu d'intérêt à gravir une colline qu'il leur faudra redescendre aussitôt ! Pour une fois, nous ne sommes pas pressés, ma chère...

Ma chère ! Avais-je bien entendu ? Mais qu'est-ce que cela signifiait ? Troublée, je ne réalisai qu'avec un retard impardonnable qu'il m'avait demandé comment j'allais.

Quelqu'un s'était-il déjà enquis de mes sentiments ? Écarlate, j'ânonnai. Il devait s'étonner de mon manque de repartie. J'avais l'impression de m'être liquéfiée à ses pieds !

— Je vous dois des excuses, Catherine : si mon silence vous a tracassée, sachez combien il a été éprouvant pour moi aussi. J'aurais souhaité vous informer au jour le jour des progrès de votre affaire, mais cela m'était doublement impossible.

— Doublement ?

— En plus de la nécessité de rester discrets, rien n'était acquis. Je naviguais en eaux troubles, voulant à la fois vous satisfaire et vous protéger.

— Me protéger ?

— De nombreuses pistes s'ouvraient à moi qui ne menaient nulle part. Si je vous en avais parlé, elles auraient suscité une succession éprouvante de faux espoirs et de déconvenues...

— Mais j'aurais pu participer ! Vous ne pensiez pas que j'étais légèrement concernée ? Insinuez-vous que je suis incapable de raisonner et de vous aider ? C'est parce que je suis une femme ? Vous, les curés, que connaissez-vous des femmes ? Sachez qu'il ne s'agit pas d'une espèce inférieure ! Dire que je vous croyais différent des relations de mon père !

Quoi ? Moi qui tremblais comme une feuille quelques instants auparavant, ne venais-je pas de m'emporter contre le dernier être avec lequel j'aurais voulu me brouiller ? Quelle écervelée ! Pétrie de remords, j'eus du mal à entendre les excuses qu'il me présenta, tant ses propos devinrent confus et mon esprit troublé !

Après un long silence, je me surpris à rire ! Non pas aux éclats, mais si discrètement que je crus qu'il ne l'avait pas remarqué. Pourtant, il s'amusa à son tour de nos comportements infantiles, puis fixa si intensément mes iris que je compris à quel point je ne savais rien ! Me taire fut la plus sensée des réactions de ma journée. Quoi qu'il s'apprêtât à dire, je boirais ses paroles ! Macho ou gauche, qu'importait ? Il était là, face à moi, et le temps suspendu.

— Catherine, j'ai appris des choses...

— Des choses ?

— Oui, en ce qui concerne ce qu'il s'est passé.

— Ce qu'il s'est passé ?

— Votre enlèvement...

— Ah, mon enlèvement !

Où étais-je, pour avoir oublié ce qui tourmentait chaque seconde de mon existence depuis près de six mois ?

— D'abord, je vous demande pardon, car je vous ai menti : sur le mot laissé sur le banc, dans le jardin du presbytère, j'ai écrit que je retournais à Sein. Il n'en était rien, j'allais à Audierne.

— Audierne ? Mais...

— Oui, Catherine ! C'est justement pour ne pas vous inquiéter que je ne vous ai pas fait part de mes intentions véritables. Nous tenions à Audierne une piste sérieuse avec Gaston et ses compères. Il n'était pas question d'en rester là ! Après la correction qu'ils m'avaient infligée, j'étais prévenu des risques, mais il le fallait...

— Il le fallait ?

— C'était notre dernière chance ; la piste que vous m'aviez indiquée – celle d'Éva Dussart – n'avait rien révélé de probant. D'accord, votre ex-fiancé n'avait pas mis longtemps à se consoler de votre rupture, mais vous savez pertinemment que l'union vers laquelle vous cheminiez ne reposait pas sur des bases affectives. Sans vouloir me montrer désobligeant, il en était autrement de cette jeune femme et de Tristan ! Figurez-vous que cela faisait un moment qu'elle était tombée sous son charme.

— Quand ?

— Au bal de la préfecture. Mais elle y avait immédiatement appris qu'il était engagé. Qu'à cela ne tienne, elle s'était débrouillée pour être invitée à la réception du négociant, dès qu'elle avait découvert qu'il y participerait.

— Angélique m'a effectivement dit qu'elle y était présente, mais je pensais que c'était une coïncidence ! C'est donc cette femme qui se cacherait derrière toute mon histoire ? Elle aurait planifié mon enlèvement pour avoir le champ libre ?

— Non, Catherine ! Vous vous emportez, ce que je peux comprendre. Une telle coïncidence m'a également étonné, mais j'ai eu vent, de source sûre, qu'Éva ignorait que c'était avec vous qu'il était fiancé avant la soirée du grossiste influent. Dans ces conditions, comment aurait-elle pu organiser au moment même votre ravissement ? Aussi étrange que cela paraisse, ses sentiments à l'égard de Tristan étaient sincères : cette petite ne ferait pas de mal à une mouche ! Je vous avoue qu'avant d'arriver à cette conclusion j'ai sérieusement cru à cette possibilité, surtout en vertu du passif du père d'Éva durant la guerre franco-prussienne, mais j'y reviendrai...

— Je me souviens que vous aviez effectivement émis quelque réserve quant à l'implication d'Éva dans mes déboires...

Je réfléchis. Soudain, je me ressaisis :

— Comment êtes-vous certain qu'elle n'était pas au courant que Tristan était fiancé avec moi avant le jour de mon enlèvement ?

— Pour une simple raison : c'est le père Le Goff qui l'a appris à l'officier, au bal du négociant.

— L'officier ?

— Oui. Éva ne s'était pas rendue seule à la réception : cela n'aurait pas été convenable pour une jeune fille célibataire.

Son père y était invité, de même que les parents de votre fiancé et les vôtres, selon les usages, avant le mariage.

— Quoi d'autre ?

— En début de soirée, vu l'intérêt que présentait Tristan pour sa fille, le militaire s'est adressé à M. Le Goff dans le but de faire connaissance. Bien sûr, il n'avait pas l'intention d'aborder lors d'une première rencontre un sujet aussi sensible que celui de l'avenir de leurs enfants, mais il avançait un premier pion.

— Et c'est là que Théodore Le Goff l'a informé que Tristan était fiancé avec moi...

— Tout à fait !

— Comment l'avez-vous su ?

— Parce que M. Le Goff me l'a dit.

— Vous lui avez donc parlé ? Je croyais que vous n'aviez pu contacter que Tristan...

— C'était effectivement le cas le 6 mai, lorsque je marchais dans les pas du détective engagé par votre père. Ensuite, le temps a passé, et c'est le 24 mai que j'ai découvert ce que je viens de vous apprendre, un peu après que vous m'avez demandé de me renseigner sur Éva et son entourage.

Charles était entré en contact avec le père de Tristan, pour confirmer les propos de mon père, à savoir que son fils allait se fiancer avec une certaine Éva Dussart. Il ajouta :

— Le lendemain matin, je suis parti pour Audierne, après vous avoir laissé le billet sur le banc. Comme la piste d'Éva s'arrêtait là, il ne restait plus que celle de Gaston...

— Vous avez une sacrée mémoire des dates, Charles ! Moi, je dois tout noter dans un carnet...

— Elle n'est pas meilleure que la vôtre ; simplement, j'ai associé la date du délicieux moment que nous avons passé ensemble dans le jardin du presbytère – le 22 mai – à la

Saint-Émile. C'est un saint que j'affectionne pour son humanité : après avoir faibli sous la torture, il s'est repenti, puis est mort sur le bûcher...

— Pas très drôle, votre histoire ! Je préfère notre conversation sous les glycines.

Je lui avouai que cela aurait facilité les choses, si Éva Dussart avait été responsable de mes mésaventures.

— Ce n'est pas très chrétien, mais je l'assume ! Et à Audierne, que s'est-il passé ?

— Ça n'a pas été simple ! Il était impossible de me renseigner auprès de la population ou aux environs du hangar de Gaston. Je ne pouvais pas non plus retourner à la capitainerie. Dans le port et sur les quais, tout le monde se connaît... Alors je me suis posté à distance, dans des endroits discrets, jusqu'à reconnaître un ou plusieurs individus que nous avions rencontrés avant mon agression.

— Ça a été long ?

— Pas trop. À la fin de la première journée, j'ai repéré un gaillard à la stature similaire à celle de Gaston. Il déplaçait des colis d'un entrepôt à un autre. Je l'ai observé jusqu'à ce qu'il quitte les lieux, puis je l'ai suivi. J'ai découvert où il logeait : une maison proche du centre-ville. Je me suis dissimulé à proximité. Il devait en louer une partie, car il y avait du passage : des enfants, des personnes âgées, deux couples et lui. De derrière un chariot, je l'ai reconnu sans l'ombre d'un doute. En tendant l'oreille, j'ai appris qu'il s'appelait Gaston Guillou et avait participé à la guerre franco-prussienne.

— Comment avez-vous fait ?

— De la chance ! J'étais à la bonne place, au moment où il sortait de chez lui et où le facteur l'a apostrophé : « M'sieur Guillou ! » a lancé ce dernier, avant de le rejoindre et de lui remettre un courrier. Ensuite, ils ont entamé une discussion à voix haute et avaient l'air de s'entendre comme larrons en foire !

* *
*

Sur les hauteurs de Quimper, Charles m'apprit qu'il avait repéré les gaillards qui l'avaient agressé à Audierne : Yann Benet et Loïc Le Gall. Il avait aussi remarqué que Gaston Guillou possédait deux chaloupes : l'une pour la pêche, l'autre servant au transport de caisses, de meubles ou de matériaux en vrac. Il vivait d'activités variées, dont certaines à la légalité douteuse.

— Les trois compères se trouvaient souvent ensemble, sur le quai ou sur l'eau. Ils faisaient de sérieux candidats pour les naufragés ayant quitté Sein, en même temps que vous, Catherine !

— Vous avez appris autre chose ?

— Non. Après cinq jours à Audierne, j'ai repris la direction de Quimper...

— Où avez-vous logé, sur place ? Et comment vous nourrissiez-vous ?

— Dans une ferme des environs. On m'offrait le gîte et le couvert en contrepartie de petits services à l'étable ou dans la basse-cour. Les propriétaires étaient de braves gens qui présentaient l'avantage de ne pas se montrer curieux...

— Vous avez voyagé en train ?

— Non, à pied.

— Mais c'est très loin ! m'exclamai-je.

— Une journée de marche ; rien d'insurmontable...

— Pourquoi à pied ?

— Le prix des billets...

— Pourquoi ne m'avez-vous pas demandé ?

— Ce n'est rien, Catherine. Comme vous le voyez, je suis toujours vivant. Le Seigneur a pourvu à mes besoins.

Pétrie de scrupules, je n'osai chercher à savoir ce qu'il avait fait ensuite. S'il était parti de Quimper le 25 mai, c'est-à-dire le jour où j'avais découvert son message dans le jardin du presbytère, et s'il avait marché jusqu'au soir, puis avait séjourné cinq jours à Audierne, avant de reprendre la route en sens inverse, il avait dû rentrer à Quimper le 1er juin. Que s'était-il passé durant les trois mois écoulés depuis ?

Il sortit une bouteille d'eau d'une besace et me la tendit. Je bus quelques gorgées.

— Ça fait du bien !

Il se désaltéra à son tour et poursuivit :

— Durant mon retour, je n'ai eu de cesse de songer à la guerre franco-prussienne : il s'agissait d'un point commun entre Gaston, ses acolytes et le père d'Éva qui avait servi dans les dragons, lors du dernier conflit. Je me suis mis à douter de l'innocence de la famille de l'officier. L'explication la plus simple était peut-être finalement la bonne !

À peine de retour en ville, il consulta les archives, afin de se renseigner sur Gaston Guillou.

— Je l'ai trouvé sans trop de mal. Un registre mentionnait sa présence, en 1870, dans les rangs de l'armée française, mais dans l'artillerie...

— Et alors ?

— S'il servait dans l'artillerie et le père d'Éva chez les dragons, c'est-à-dire dans la cavalerie, ils n'ont pas pu se rencontrer.

— Effectivement...

— Avant de quitter les archives, j'ai consulté les répertoires à la recherche de Victor Kerlech et d'Armel Le Henanff, nos suspects chez les conservateurs. Tous deux sont également consignés dans les registres, mais aucun dans l'artillerie : l'un en tant que carabinier, l'autre comme chasseur. Nouvelle déconvenue. Dur métier que limier autodidacte !

Le soleil manifestait quelques signes de fatigue. L'ombre des flèches de la cathédrale dépassait maintenant la nef de l'édifice et débordait sur une vaste portion du quartier.

— Vos parents ne risquent-ils pas de s'inquiéter ? Ne vaudrait-il pas mieux remettre à plus tard la suite de notre conversation ?

— Oui, c'est vrai... Enfin, non ! Poursuivez, Charles, j'ai tellement attendu !

— D'accord. Quelques jours après mon retour à Quimper, j'ai appris une nouvelle qui m'a profondément surpris : Tristan et Éva ont annulé leur projet de fiançailles ! Je suppose que vous en avez également eu vent et que vous vous en êtes étonnée...

— J'ai effectivement entendu la même chose, ce qui m'a bien sûr frappée ! Vous souvenez-vous de la date à laquelle vous en avez eu connaissance ?

— Je dirais le 5, 6 ou 7 juin...

— Pour ma part, c'était un peu avant. Attendez que je vérifie.

Je consultai mon calepin qui ne me quittait jamais.

— Ah, voilà ! Le 1er juin, le jour de votre retour en ville.

— Cela signifie qu'ils ont dû prendre leur décision fin mai. Leur projet n'aura vraiment pas duré longtemps ! Avez-vous aussi noté le jour où votre père vous a informée que Tristan allait se fiancer avec Éva ?

— Attendez...

Je feuilletai à nouveau.

— Le 21 mai. Quand vous dites que ça n'a pas duré, c'est un euphémisme ! Mais pourquoi ont-ils rompu ?

— Je n'ai pas pu le découvrir, mais il y avait manifestement anguille sous roche !

Charles avait questionné les intéressés eux-mêmes ; séparément, bien entendu. Rien n'avait transpiré. Mais il avait acquis la certitude qu'ils cachaient quelque chose...

— Qui vous avait mis au courant de leur revirement ? lui demandai-je.

— Des contacts que j'ai gardés de la période où j'étais curé de la paroisse de la Sainte-Trinité.

— Comme quoi tout le monde ne vous a pas désavoué !

— On peut le voir ainsi.

Il m'observa avec l'intention de m'interroger, mais sembla y renoncer.

— Vous hésitez à me poser une question, Charles ?

— Je voulais savoir comment vous avez appris la mésaventure des tourtereaux.

— À nouveau par mon père. J'ignore si ses sources proviennent de ses affaires ou de la sphère politique, mais il est systématiquement au courant des potins avant maman et moi !

— Et il vous reste une amie...

— Oui, Angélique. Et c'est moi qui l'ai informée que Tristan et Éva mettaient un terme à leurs fiançailles.

Je consultai encore mon calepin.

— C'était le mercredi 4 juin.

— Toujours pas de contact avec les autres ?

— Aucune nouvelle de celles qui m'étaient les plus proches. Je pense à Joséphine qui me manque tellement, ainsi qu'à Marie-Rose et Marie-Adélie...

— Avez-vous tenté de renouer le dialogue ?

— Non.

— Pourquoi ?

— Tellement elles doivent m'en vouloir de m'être conduite comme le père Le Goff l'a clamé à tout-va. Je n'oserais plus les regarder en face. Et je devine qu'elles n'ont aucune envie qu'on dise en ville qu'elles me fréquentent à nouveau...

— Mais vous n'êtes responsable de rien !

— Pas pour elles. Elles ont dû rester sur la version du père de Tristan. À leurs yeux, je suis une garce ! Tenter une réconciliation constituerait une injure et une provocation.

— Que faites-vous du pardon, Catherine ?

— Quel pardon ? Croyez-vous qu'elles sont femmes à pardonner des conduites de cette nature ?

— Pourtant, vous étiez proches...

— Autant que rien ne pouvait ternir leur réputation !

— Et vous, Catherine, leur avez-vous pardonné ?

— Pourquoi leur aurais-je pardonné de m'avoir rejetée à tort, sans la moindre preuve ?

— Elles se sont certes comportées de manière inamicale, mais qu'auriez-vous fait à leur place ? Vous êtes-vous posé la question ?

— Non, et je ne pense pas en avoir envie ! C'est le monde à l'envers ! D'ailleurs, je croyais apprendre de nouveaux éléments en vous écoutant, et je constate que vous cherchez juste à me culpabiliser ! Ou à me confesser !

Je me tus, le temps d'essuyer mes yeux.

— Pardonnez-moi, Charles, je suis troublée. Je préférerais que nous en restions là pour aujourd'hui. Vous aviez raison : mes parents doivent s'inquiéter. Redescendons, je vous prie.

L'allure à laquelle je marchai sur un sol pentu, en soulevant ma robe pour ne pas trébucher, ne me permit guère de poursuivre la conversation ni même de penser ! Et lorsque nous regagnâmes le plancher des vaches, le nombre toujours conséquent de promeneurs nous contraignit à nous séparer hâtivement, après nous être donné rendez-vous le lendemain, près du monument cubique à arcades, aux deux coups des cloches de Saint-Corentin.

* *
*

Les insinuations de Charles cheminèrent en moi. Résultat : une nuit complète à culpabiliser à propos de mes amies. Avec le temps, j'avais appris à mettre de la distance entre mon enlèvement et le présent, à la faveur d'un désir prégnant : celui de le revoir. Si brèves que fussent nos rencontres précédentes, je vivais comme autant de blessures les jours et les semaines qui les séparaient, et comme des océans celles dépourvues de visibilité. Et voilà qu'à la première occasion où nous pûmes converser sans crainte, j'avais tout gâché en m'emportant contre lui à deux reprises ! Savais-je au moins ce que je voulais ? À l'évidence, non ! Mais comment aurait-il pu en être autrement ? Notre relation n'en avait que le nom. Qu'aurait-il pu y avoir entre nous, sinon une chaste amitié ? J'étais prête à m'en contenter. Il fallait que je me ressaisisse, dompte mes sautes d'humeur et garde la tête froide. Facile à dire, au terme d'une nuit blanche !

À l'heure convenue, le même manège que la veille nous ramena sur le banc surplombant la ville, face aux flèches de la cathédrale. Le temps non plus n'avait pas changé : soleil radieux, couleurs préludant à l'automne et un air chargé de promesses à faire pâlir les damnés de la Terre que nous étions ! Pourtant, ni le silence ni la proximité de celui qui mettait mon cœur sens dessus dessous ne parvinrent à détourner mon regard des tours graciles de l'édifice millénaire. Je les voyais unir le sol au ciel, loin des bassesses que j'exécrais, mais auxquelles je participais... « Seigneur, aidez-moi à trouver les mots, à prendre de la hauteur, à ne plus me méprendre.

Ouvrez mes yeux, comme vous les avez ouverts à l'aveugle et à tant d'autres encore... » Ma prière se réfugia entre les tours de Saint-Corentin et leurs clochetons ajourés. Un instant, je la crus en sécurité, perchée à mi-chemin entre mon égoïsme et les astres, mais l'air commença à vibrer.

— Je ne sais plus très bien où j'en étais, Catherine. J'espère que notre conversation d'hier ne vous a pas indisposée.

— Indisposée ?

— Vous avez vivement réagi à mes propos. Je m'en suis repenti une bonne partie de la nuit.

— Vous n'avez pas dormi non plus ?

— Pas une minute ! Malheureusement, vous confirmez mes craintes : mes paroles vous ont chagrinée ! Pourrez-vous m'en excuser ? Surtout, mon insistance à propos du pardon, car j'imagine que c'est elle qui a fait déborder le vase ! L'ex-curé a resurgi : ce n'était plus l'homme qui s'exprimait par ma bouche, mais...

— Celui que l'Église aurait voulu qu'il soit ?

— Exactement ! Je vois que vous me comprenez. Cela me console. Si je vous ai offensée, sachez que ce n'était nullement mon intention.

— Et quelle était-elle ?

— Vous la connaissez, Catherine : vous rendre le sourire, vous aider à découvrir ce qu'il vous est arrivé en mars...

J'aurais désiré qu'il aille plus loin, mais jusqu'où pouvait-il aller ? Une fois encore, je m'égarais.

— Nous sommes tous les deux dans le cirage : un partout ! Essayons d'avancer...

Était-ce bien moi qui venais de mettre un point final à nos tergiversations ? Il fallait le croire, car il opina de la tête et chercha où il s'était interrompu la veille.

— Je ne vous embêterai plus avec vos anciennes amies.

— Heureusement, il me reste Angélique. J'ai pu apprécier son dévouement au moment où j'en avais le plus besoin. Un jour, figurez-vous que je l'ai suppliée de se joindre à moi, pour une promenade au cœur de la cité. Au plus bas, il me fallait renouer avec la légèreté…

— Au plus bas ?

— Je n'avais plus le moral, et personne à qui me confier. C'était dur ! Vous, les prêtres, vous avez une chance inouïe : une proximité directe avec Dieu, le Christ, Marie et tous les saints…

— Ils ne nous appartiennent pas plus qu'aux fidèles ! Leur secours est universel pour qui s'en remet à eux.

— Vous pensez que je ne l'ai pas fait ? J'ai essayé, naturellement, mais je ne dois pas être suffisamment vertueuse pour qu'ils prêtent attention aux états d'âme d'une petite bourgeoise ayant tout pour être heureuse.

— La condition sociale n'a cours qu'auprès des hommes, Catherine. Je vous en supplie, ne soyez pas trop dure envers vous-même ! Vous êtes une personne de valeur, une femme admirable, une perle inestimable !

— En quoi serais-je tout cela ?

— Derrière ce que vous considérez comme de la faiblesse, je vois une droiture prodigieuse : vous êtes exceptionnelle.

— Aux yeux de qui, à part du Tout-Puissant ?

— Aux miens, Catherine…

— Aux vôtres ?

— Évidemment ! Que croyez-vous ?

— Mais je pensais que vous faisiez tout ça pour sauver une âme en détresse, une brebis égarée…

— Certes, mais l'un n'empêche pas l'autre. Vous m'êtes chère, Catherine. Extrêmement chère. Plus chère que personne ne l'a jamais été pour moi, sur Terre.

— Mais alors ?

— Alors, je ne sais pas ! Je suis perdu, comme vous l'êtes sans doute. Nous sommes conscients que ce qui nous arrive est complexe, déroutant, peu banal, et choquant selon l'Église et les bonnes manières, mais comment renier la pureté des sentiments qui nous animent ? Depuis que je suis à la recherche d'indices sur le mystère qui vous accable, je n'ai plus connu de tristesse profonde. Dans ces conditions, vous comprenez bien que mes nuits dans une étable, à Audierne, et les heures de marche pour m'y rendre et en revenir, étaient insignifiantes à côté de la joie que me procurait le service commandé par mon cœur. Jusqu'alors, mes satisfactions étaient d'une autre nature, prétendument plus élevée. Je ne les renie pas, mais reconnais que leurs bienfaits ne se rient pas de la même manière de l'inconfort que votre présence au fond de mon cœur. Oui, Catherine, j'ignore ce que nous faisons et où nous allons, mais je suis convaincu que là-haut on connaît la sincérité de nos sentiments.

Le silence qui prolongea sa déclaration fut extraordinairement habité ; jamais des larmes n'avaient trouvé en moi de signification plus aboutie. Sur mon nuage, j'aurais voulu épingler le temps. Mais au terme de la grâce, mon esprit se remit en marche :

— Pour revenir à Angélique, nos rencontres se sont espacées au fil du temps. La vie a continué pour elle. Je l'imagine tout occupée aux préparatifs de ses fiançailles avec son prince charmant concarnois. Elles devraient avoir lieu début octobre. J'évite de la solliciter outre mesure, pour ne pas ternir sa joie avec ma langueur récurrente. Je la trouvais si épanouie durant nos derniers échanges que je l'enviais, ou plutôt je la jalousais ! Je me consolais en sachant combien elle méritait son bonheur, elle qui n'était qu'empathie.

Le silence qui suivit laissa mon tourbillon émotionnel décanter.

— Je vous comprends, Catherine…

— Comment faites-vous ?

— Je l'ignore, mais ça fonctionne ; du moins de moi vers vous, répliqua-t-il, avec une intonation en points de suspension.

Devais-je réagir ? Je m'effrayai à l'idée d'ouvrir les portes de mon cœur à deux battants. Sans transition, une vision me glaça le sang : celle de deux vieillards assis côte à côte, au crépuscule d'une union sans affinités. Les paroles de ma mère me revinrent, quant à la perspective de voir germer des sentiments avec le temps. Comme elles sonnaient faux ! Je frissonnai à la perspective d'une vie sacrifiée sur l'autel du confort et de la facilité.

Charles attendait-il encore une réponse à la perche qu'il m'avait tendue ? Quand bien même une éducation puritaine réfrénait l'expression de mes émotions, je découvrais qu'une proximité était possible entre des êtres que tout oppose, bien plus intense qu'une existence à deux, en chiens de faïence…

Quelques mots banals me confirmèrent qu'il comprenait mon trouble et mon secret, après sa révélation. Sans appréhension ni arrière-pensées, cette fois, mon regard se mit à vagabonder parmi les ombres et les lumières de la cité. J'éprouvai une sensation singulière, un appel de l'océan. Plus je contemplais ma ville natale, moins j'en discernais les détails et les complaintes, au profit d'une sérénité qui n'était ni d'elle ni de moi, mais du lien sacré qui la reliait à la mer originelle, à l'eau de tous les baptêmes. Chaque parcelle de la fourmilière urbaine se révélait fragment de vague ou d'embrun, chant mélancolique plongeant ses racines dans le commencement des temps. Soudain, des mots étrangers à mon vocabulaire surgirent de profondeurs insoupçonnées : reconnaissance, plénitude, abandon… Je les observai sous leurs multiples facettes. Comment avais-je pu passer à côté ?

Et celui-là qui, tout à coup, poussa sa tête ronde : l'amour ! S'il avait hanté chacune de mes nuits, il était toujours resté hors de portée de mes mains, et n'avait jamais fait brûler des lèvres aussi près des miennes ! Je n'avais plus vingt-trois ans et Charles douze de plus, mais quelques secondes à l'échelle de l'éternité...

La confidence que mon compagnon venait de me faire refluait en moi telle une marée. On n'arrête pas une marée. Nul besoin de le regarder pour le voir, de l'entendre pour le comprendre. Mon cœur fondait, des pleurs brouillaient les contours de ma destinée. Avais-je déjà connu des larmes de joie ? Une à une, elles s'écoulaient le long de mes joues qui reprenaient vie dans leur sillage.

Mais qu'allait-il se passer ensuite ? Ensuite : un mot soudain vidé de sens ! Plus rien ne devait prévaloir en dehors d'une évidence. D'autres mots, tels désormais, dorénavant, plus tard, devinrent synonymes de présence, de complicité. Pourquoi chercher ailleurs ce que je possédais enfin ?

Tout à coup, des bruits étranges montèrent des arbres et des allées. Un songe au sein d'un rêve ?

— Des marcheurs, Catherine ! Regardez comme ils sont nombreux !

Indifférente à la foule qui apparut à l'extrémité de l'esplanade, j'oubliai la menace d'être reconnue. Pourquoi Charles agitait-il mon avant-bras ?

— Ne restons pas ici, Catherine, ce n'est guère prudent. Redescendons par l'autre côté.

Toujours ailleurs, j'avançai près de lui, guidée par une main que jamais plus je ne lâcherais.

— Un groupe de promeneurs vient profiter du panorama. Avez-vous vu leurs paniers ? Ils doivent projeter de passer la fin de la journée au point de vue. Ils ont emporté leur pique-nique pour dîner face au couchant. Notre place n'est plus sur cette colline. J'en suis désolé, Catherine. J'avais encore tellement de choses à vous dire…

Longues et pentues, les allées effleurèrent à peine ma conscience. J'évoluais dans un conte de fées, sans que mes pieds eussent à fouler le sol…

Les derniers moments passés en sa compagnie auraient dû me faire frissonner ; pourtant, ils avaient glissé sur ma félicité comme les gouttes d'eau sur les plumes des canards que j'apercevais, seule, en traversant l'Odet.

Ce ne fut qu'à l'approche de ma maison que je mesurai l'implication de ce qu'il m'avait demandé au pied du mont Frugy, avant de prendre congé de moi. Le lendemain, il quitterait Quimper de bonne heure, un ticket de train dans la main, à destination de Douarnenez, d'Audierne, puis de Sein. Comment se faisait-il que je lui eusse répondu d'accord, sans hésitation, lorsqu'il me pria de le rejoindre dès que possible sur son île ?

La tête remplie de certitudes, je m'endormis avec le projet d'écrire une lettre à mes parents. Une conversation eût été plus adaptée pour leur annoncer mon prochain départ vers une terre honnie de la modernité, ceinte de tempêtes et de récifs, mais j'anticipai leurs objections au nom des convenances, de la raison, des habitudes. Je refusai de prendre le risque d'affronter leurs regards et leur jugement. J'étais plus forte qu'avant, certes, mais pas à ce point ! Non, un courrier, simple, direct et rassurant serait plus commode. Lorsqu'ils le découvriraient, je serais suffisamment loin pour qu'ils ne puissent plus me dissuader de vivre !

Trois jours plus tard, le 11 septembre, une seule pensée accompagnait les prés, les champs et les bosquets menant à Audierne : la déclaration de Charles sur le dos du mont Frugy. Comment aurais-je pu imaginer, en gravissant cette colline, qu'il ressentait cela pour moi ? Depuis qu'il s'était jeté à l'eau, je ne lui avais rien livré en retour. Avait-il compris, comme il semblait le laisser entendre, ou m'étais-je fourvoyée ? Une question s'agitait dans ma valise : comment allais-je lui exprimer ce que j'éprouvais, par-delà les murailles de l'interdit ?

Le 14 septembre, pour éviter d'être submergée par l'émotion lors de mon débarquement sur l'île, je me concentrai à nouveau sur le mont Frugy devenu synonyme de révélation, de libération. Ce fut donc le long de ses flancs boisés que je rejoignis en pensées la maison des filles de l'Esprit saint.

11

Face à la mer

Quel bonheur de retrouver les trois sœurs ! Le dîner qu'elles improvisèrent pour fêter mon retour me fit l'effet d'une immense chaleur fraternelle. Mes parents m'aimaient, mais nos relations restaient distantes, régies par une déférence de rigueur envers les générations devancières. Cette règle ne semblait guère prévaloir chez les religieuses. Point de hiérarchie dans leur humble demeure, sinon à l'occasion de la visite d'un prêtre ou face à un crucifix. Celles qui auraient été le plus à même de me juger s'en gardaient bien, et jamais ne défaillirent. La parole de Charles et la mienne leur avaient suffi, appuyées par la culpabilité d'Hélène qui ne pouvait se pardonner de m'avoir dénoncée auprès de sa mère.

— Que ferez-vous demain ? demanda sœur Agathe.

— Il faut que je voie le père Le Bihan. J'irai chez lui au petit jour où je l'attendrai, s'il est au phare.

Après une nuit de qualité et un petit déjeuner revigorant, j'empruntai – vent debout – le chemin traversant l'île. Pincement de cœur à l'emplacement où j'avais failli me noyer...

Déjà, la silhouette fantomatique de la masure se dégagea des rouleaux qui accouraient de l'ouest. Je frappai à la porte :

rien ! Je la poussai, passai la tête, puis entrai. Des bruits sourds provenaient de la cuisine.

— Charles ?

— Catherine ! Quel bonheur ! Merci, mon Dieu ! dit-il en bondissant vers moi.

Il me serra dans ses bras.

— Vous pleurez ? demanda-t-il en essuyant le coin de son œil.

— L'émotion...

— Comment pourrais-je vous remercier d'être venue ?

— En m'offrant une boisson chaude, peut-être ?

Les minutes durant lesquelles il s'affaira pour me satisfaire véhiculèrent une sensation étrange qu'il me fallut clarifier :

— Vous ne vous attendiez pas à me voir ?

Son hésitation confirma ma première impression. Il se ravisa :

— Je l'espérais de tout cœur ; quant à y croire, c'était une autre paire de manches !

Il m'expliqua qu'il s'était mordu les doigts d'avoir précipité son départ, depuis les hauteurs de Quimper. Avec le recul, les promeneurs du mont Frugy lui étaient apparus davantage comme un prétexte que comme une menace...

— J'ai paniqué, Catherine !

— Paniqué ? À cause de ce que vous veniez de me dire ? Le regrettiez-vous ? Le regrettez-vous encore ?

— Absolument pas ! Ce sont sans doute les paroles les plus sensées que j'aie prononcées ces dernières années. Mais j'étais affolé à la perspective que tout se termine entre nous...

— Pourquoi aurait-ce été le cas ?

— Mes heures étaient comptées sur le continent, avec mon obligation de repartir en train le lendemain matin.

Il ajouta que ce qu'il lui tardait de m'apprendre nécessitait beaucoup plus de temps que le court répit accordé par le soleil déclinant.

— J'ai réalisé que je n'y parviendrais pas et que je n'aurais plus d'autre occasion de m'entretenir avec vous. Alors j'ai jeté cette idée folle de vous demander de me rejoindre à Sein, dès que vous en auriez la possibilité...

— Pas si folle, ça n'aurait pas été ma première fugue ! J'aurais presque pu faire le trajet les yeux fermés.

— Je suis heureux que vous ayez fait le déplacement.

Après avoir chauffé une casserole d'eau puisée la veille, il relança la conversation en évoquant les conditions atmosphériques exceptionnellement clémentes depuis son retour, cinq jours auparavant. J'abondai dans son sens :

— Cette météo ferait presque oublier l'hiver dernier !

— C'était la saison des tempêtes. À présent, l'île a encore quelques belles semaines devant elle. Les habitants savent apprécier ses moments de répit...

— Que faisiez-vous, dans la cuisine, lorsque j'ai frappé ? J'entendais un sacré raffut !

— Je rangeais.

— Je ne me souviens pas d'un désordre particulier. D'ailleurs, il n'y avait pas énormément...

Je réalisai ma maladresse, eu égard au dépouillement du logis.

— Vous avez raison, Catherine. Il faut néanmoins que je rende l'intérieur présentable.

— Pour ma venue ?

— Pas uniquement...

Quel goujat ! songeai-je, avant qu'il précise sa pensée :

— Je fais mes valises.

— Vos valises ? Mais où comptez-vous aller ? Et pourquoi ?

— Je suis, comme on dit, un locataire en fin de bail…

— L'évêché ?

— Oui…

— Vous avez donc eu l'entrevue que vous redoutiez avec l'évêque ?

— Oui, la veille de notre première conversation au mont Frugy.

— Vous ne me l'avez pas dit.

— Je n'en ai pas eu le temps.

— Et alors ?

— Un échange long et finalement apaisant.

— Mais qui se solde par un déménagement !

— Peu importe…

— Racontez-moi, Charles.

— Je me suis présenté à l'heure du rendez-vous que j'avais sollicité.

— Vous n'avez pas été convoqué ?

— Non, je voulais m'entretenir spontanément avec mon supérieur. Contre toute attente, il ne m'a rien reproché, malgré ce que je lui ai avoué ; et Dieu sait s'il y avait matière ! Il m'a même confié avoir été informé de nombre de libertés que j'avais prises, sur l'île, ainsi que durant mes passages sur le continent…

— Il vous en a tenu rigueur ?

— Oui et non… Disons que l'homme et le confesseur les comprenaient, mais le représentant de l'Église se devait de réagir.

— Qu'a-t-il décidé ? De nouvelles sanctions ?

— Je lui ai épargné cette peine, en lui signifiant mon choix mûrement réfléchi de renoncer à mes vœux.

— Ah ! Vous l'avez fait ? Mais vous rendez-vous compte de ce que cela implique pour vous ? Et pour Dieu ?

— Dieu n'est pas dupe ! Et l'évêque non plus. Je lui ai retiré une épine du pied. Cela dit, j'ai apprécié le temps qu'il m'a consacré. Ma décision était prise ; je n'étais plus sur la défensive. Et lui n'était qu'écoute et entendement : « Détrompez-vous, Charles, chaque homme a ses zones d'ombre. Et les prêtres sont des hommes... S'il m'incombe d'agir en tant qu'évêque, sachez que l'homme que je suis vous comprend et est loin de porter de jugement sur votre personne, sur votre âme et sur votre choix. Et encore moins de les condamner... Allez votre chemin, mon fils, en restant dans la foi : tel est l'essentiel ! »

Il pria ensuite son assistant de donner à M. Le Bihan un billet de train et de quoi payer sa traversée jusqu'à Sein, où il restituerait aux sœurs de l'Esprit saint et au recteur les effets mis à sa disposition. Charles poursuivit :

— Trois jours plus tard, en me dirigeant vers la gare, je me suis demandé comment ce dignitaire pouvait gérer un si grand écart entre ses convictions personnelles et les règles dont il était le garant. Un métier pour lequel je n'étais assurément pas fait !

Quant à moi, je ne sus quelle sensation allait l'emporter en mon for intérieur : l'euphorie de savoir mon tendre ami libéré de ses vœux ou la frayeur d'anticiper ce que cela impliquait ? Le monde venait de prendre un virage auquel je n'étais pas préparée. Rêver, se fréquenter, espérer des occasions nouvelles était une chose ; se retrouver face à un gouffre réclamant le grand saut, une autre, bien différente ! Allais-je me jeter dans l'inconnu ou me cabrer, refuser l'obstacle et m'enfuir à toutes jambes ?

— Quels sont vos projets ?

— Je commence par mettre de l'ordre, puis je rendrai aux sœurs et au curé les effets qu'ils m'ont prêtés. Ensuite, je resterai un moment sur l'île, quelque part, au nord, où je trouverai un point de chute. Je pense à une petite construction où un ami pêcheur entrepose du matériel.

— Et après ?

— Je ne sais pas encore.

— Et dans vos rêves ?

J'eus aussitôt honte de le pousser dans ses retranchements.

— Mes rêves sont doux et humbles, Catherine, et vous y tenez une place centrale !

Je fondis en larmes.

Lorsque je revins à moi et que je levai les yeux vers l'élu de mon cœur, je me sentis absorbée par le regard qui m'avait fait chavirer par une nuit à jamais gravée dans ma mémoire. Je trouvai celui-ci néanmoins différent, apaisé. Mes doutes, mes craintes et mes failles disparurent dans une étreinte visuelle qui alla crescendo, jusqu'à ce que mes paupières capitulent dans l'union de nos lèvres...

* *
*

— Ça ne va pas être simple ! m'exclamai-je, lorsque mes pieds retouchèrent le sol.

— Au contraire, Catherine, tout va le devenir !

Ses paroles résonnèrent en moi comme une promesse. Jamais le mot complémentarité ne m'avait semblé si léger et lourd de signification. L'instant se parait de reflets d'éternité. Et lorsque le dialogue réinvestit notre complicité, il opta naturellement pour la deuxième personne du singulier. Des échanges d'une extraordinaire fluidité libérant des ressentis tabous. Un baiser avait aboli les frontières de l'impossible. Affranchi, Charles l'était autant que moi. L'avenir se présentait à nous tel un compagnon de route.

— Tu entends ? me demanda-t-il.

— Quoi ?

— La mer, les vagues, le vent...

— Oui.

Nous sortîmes et marchâmes jusqu'à la côte. Face à nous, l'immensité. Et, en nous, une démesure tout aussi vaste et fascinante. Le nez dans les embruns, son bras autour de ma taille, nous demeurâmes immobiles jusqu'à ce que des rafales nous déstabilisent. Ex-voto de chair appuyés l'un contre l'autre, nous tînmes dans un équilibre défiant les convenances. Il me regarda. Je lui souris. Deux actes anodins qui redéfinirent notre conception du bonheur.

Quelle merveilleuse idée Charles avait eue de me demander de le rejoindre sur son île, pour m'annoncer la rupture de ses engagements envers l'Église !

— C'est incroyable, mon chéri ! Je n'éprouve même plus le besoin de connaître les détails de mon enlèvement ! J'en viendrais presque à en remercier les responsables...

Que m'importaient leurs noms, puisque l'ambition – leur instigatrice – avait été démasquée ? L'absence de nouvelles tentatives de s'en prendre à moi confirmait qu'ils étaient parvenus à leurs fins, par le discrédit jeté sur mon père et moi. Quel avantage aurais-je eu à mettre un visage sur les commanditaires ? Leur demander réparation ? De quoi ? De m'avoir ouverte à l'amour ?

— Moi aussi, j'ai perdu mes repères ! me confia-t-il. Ou, plutôt, j'ai troqué mes anciennes balises pour de nouvelles, plus évidentes. La Providence t'a placée sur ma route. Tout est fort et beau, depuis ! Peut-on se promettre de ne jamais se séparer ?

— C'est mon vœu le plus cher...

— Bien sûr, ce ne sera pas toujours si facile et naturel qu'en ce moment, mais ensemble nous y parviendrons.

— Tiens, j'y pense : les sœurs sont-elles au courant de ta situation, par rapport à l'Église ?

— Je les en ai informées dès mon retour.

— Elles ne m'ont pourtant rien dit !

— Je leur ai demandé de rester discrètes, au cas où tu me rejoindrais et où tu t'arrêterais chez elles.

— Et maintenant, que va-t-on faire ?

— Je propose d'aller casser la croûte. Ça creuse, le grand air ! Ensuite, si tu es d'accord, je terminerai les rangements pour que tout soit le plus propre possible : je n'aime pas laisser de traces de mon passage.

— Nous reprendrons les rangements, j'insiste !

L'après-midi effleura si délicatement notre petit nuage qu'au crépuscule nous avions fini le nettoyage et l'empaquetage des objets à restituer et des quelques effets personnels de Charles, sans nous en être vraiment aperçus.

Soirée délicieuse, les yeux rivés sur un avenir qui sortait de l'ombre. Avec la jeunesse et la motivation, les obstacles s'aplaniraient sur notre passage. Nous refîmes le monde, enfin convaincus d'y avoir notre place. Nous levâmes aussi le voile sur notre enfance et sur les secrets de nos familles. Charles m'apprit que les doutes et prises de distance envers sa foi s'étaient transformés à mon contact.

— Bien sûr, une fois rentrée chez tes parents, tu étais loin, mais tes paroles demeuraient en moi où elles cheminaient. Tu m'as rassuré sur mes hésitations, et tu avais raison. J'ai longtemps médité sur ma relation au Tout-Puissant, à l'Église et à mes frères, avant de comprendre ce que tu avais suggéré : qu'il n'est pas une, mais une multitude de façons de servir le Père ! J'ai également admis que ma foi n'était pas aussi bancale que je l'estimais. Lorsque, déçu, je lui tournais le dos, je perdais la saveur des choses anodines. J'errais sous un ciel de plomb. Et dès que je me remettais à envisager la possibilité d'être aimé de Lui, je retrouvais mes repères. Je me suis profondément interrogé sur la diversité des cultes, pour finalement n'y trouver aucune dissemblance fondamentale, aucun gouffre qui ne pouvait être comblé. Si les voies diffèrent, ainsi que les images véhiculées, l'élan est similaire. Les détracteurs de la foi brandissent l'absurdité des guerres de Religion, à juste titre. J'ai ramé à leur côté tout au long de mon sacerdoce, pour comprendre en définitive que les croisades et autres folies meurtrières n'étaient que prétextes visant à rejeter l'altérité, à servir des ambitions personnelles ou politiques, et à parquer la masse populaire dans des jardins clos de certitudes. Malgré les crimes commis en son nom, Dieu a pardonné aux hommes et leur pardonnera encore.

Je buvais son sermon comme du petit-lait, non seulement parce que j'adhérais aux valeurs qu'il véhiculait, mais surtout parce qu'il constituait la preuve éclatante que mon bien-aimé avait recouvré la foi !

— Oui, Catherine, cela semble paradoxal et choquant, mais c'est en renonçant à mon ministère que j'ai pleinement retrouvé la flamme qui m'y avait mené ! Et cette résurrection, c'est à toi que je la dois...

— J'en suis heureuse et émue, mais il ne faut pas surestimer mon rôle : je n'ai fait qu'exprimer ce que je ressentais, quoique étant moi-même une bien piètre croyante.

— Pourquoi dis-tu cela, ma chérie ?

— Je faisais ce qu'il fallait en matière de culte, mais en façade seulement. Quand je me compare à d'autres filles de mon âge, je ne leur arrive pas à la cheville.

— Parles-tu des dévotes qui m'ont dénoncé ou de celles qui t'ont abandonnée, quand tu avais besoin d'elles ? Crois-moi : tu n'as rien à leur envier ! Ta foi est peut-être singulière, mais authentique. Il n'y a aucune tromperie en toi.

— Es-tu vraiment certain de me connaître ?

— Mon cœur me l'assure...

— Tu es juste amoureux !

J'avais lâché le mot ! Aussitôt, il se mit à résonner en moi au point de me procurer le tournis.

— Ça ne va pas, Catherine ?

— Si, si, c'est ce mot...

— Amoureux ?

J'acquiesçai, sans oser affronter son regard. Cette appréhension confirma mes craintes, j'étais encore loin de m'être pardonné de l'avoir écarté du droit chemin !

— Évidemment que je suis amoureux ! Aussi éperdument que cela soit possible. Il n'y a pas de honte à se laisser aller aux dons de Dieu.

Lorsqu'il se tut, je sentais qu'il attendait de ma part une révélation similaire, en retour. Qui étais-je pour tarder à la lui fournir ?

— Fichue éducation ! Zut à la fin !

Hébété, il me considéra en ne sachant sur quel pied danser.

— Tu sais bien que je t'aime, Charles ! Mais pourquoi est-ce si difficile pour moi de le dire haut et fort ? Sans doute parce que les filles de bonne famille ne sont pas élevées pour se montrer directes. J'ai beau avoir mille fois tourné les talons face à mon milieu social, je continue d'en ressentir le poids sur mes épaules, et à être encline à me comporter comme la bienséance le réclame. Je te prie de m'en excuser.

— Il ne le faut pas, tu n'as rien à renier ni à regretter...

Nuit chaste, chacun souhaitant rester fidèle à la tradition : lui sur la paillasse, moi dans son lit ! Seule différence : son matelas de fortune était accolé au sommier et non dans la cuisine, à même le sol.

L'aube nous offrit une journée entière dépourvue d'activités ! Un vide que nous nous empressâmes de combler dès le petit déjeuner, en reprenant le récit de nos vies respectives. La page des grands événements tournée, nous nous attelâmes aux anecdotes. Tout à coup, la réalité me rappela à l'ordre :

— Quand irons-nous chez les sœurs pour leur rendre ce qui leur appartient ?

— Je ne sais pas. Bien qu'il soit déjà 11 heures, j'apprécie tant ce que nous faisons que je n'ai pas envie que ça se termine...

— Et que faisons-nous ?

— Nous apprenons à nous connaître, n'est-ce pas l'essentiel ?

— Je suis également ravie de n'avoir aucun objectif. Quoique j'en verrais bien un...

Il remarqua mon air coquin et s'approcha, puis m'embrassa. Une étreinte merveilleuse, née de la spontanéité. Tout, alentour, s'y concentra, s'y oublia. Nos mains se hasardèrent à des voyages défendus, tandis que nos lèvres brûlantes n'envisageaient plus de séparation. Indicible sensation à côté de laquelle je serais passée, la nuque inclinée et la démarche hésitante, sans ma rébellion !

* *
*

— J'y pense, nous n'avons plus de raisons de nous cacher ! m'exclamai-je, triomphante.

— C'est exact, nous sommes tellement heureux que nous en oublions les aspects pratiques ! Tout Sein connaît ma situation...

— Comment les gens ont-ils réagi ?

— Comme tu peux l'imaginer, je n'ai pas clamé sur tous les toits ma décision de renoncer à mes vœux, mais les quelques personnes à qui je m'en suis ouvert se sont montrées plutôt compréhensives. Bien sûr, nos trois amies auraient préféré que je reste sur l'île pour aider la communauté, mais elles conçoivent que les exigences du sacerdoce puissent devenir insoutenables, à la longue.

Contrairement à ce que Charles avait cru, c'était auprès des plus âgés qu'il avait rencontré le plus d'indulgence : ils avaient réalisé que chacun faisait ce qu'il pouvait, loin du continent. Les années leur avaient donné plus d'occasions qu'aux jeunes de constater leurs propres faiblesses, et d'apprendre à moins sévèrement blâmer celles des autres.

Un long silence s'ensuivit, au cours duquel Charles m'observa sans en venir aux faits.

— Qu'y a-t-il ? Tu as l'air soucieux.

— Je voudrais être certain de ne pas te forcer la main, d'aucune manière. Tu as une famille aimante ; tes parents sont des gens bien. Ne risques-tu pas de regretter de t'être attardée avec moi ?

— M'attarder ? Ce n'est pas vraiment l'expression que j'aurais employée ! Je n'ai trompé personne. Maman connaît de longue date ma position quant aux mariages arrangés. Elle répond que je suis trop romantique et m'invite à assouvir mes penchants fleur bleue en lectures !

— Et ton père ?

— Le même ! Si je parle de ma mère, c'est parce que les échanges sont plus aisés avec elle. Papa a beau me porter dans son cœur, il ne voit pas la nécessité d'épiloguer sur une pratique en vigueur depuis toujours dans les milieux favorisés.

Le soleil déclinant éclairait la table sur laquelle nous étions accoudés. Soudain, ses rayons se chargèrent d'or. Je levai les yeux et découvris l'horizon à travers la vitre, semblable à un immense jet de lumière : un trait tiré d'hier à demain, entre l'existence à laquelle nous avions renoncé et celle qui s'ouvrait à nous...

— C'est magnifique et tellement poétique !

— J'ai une idée, Catherine.

— Laquelle ?

— Surprise ! Suis-moi, prends ces couvertures et ces morceaux de bois, s'il te plaît. Moi, je m'occupe du reste.

Nous sortîmes, lourdement chargés, et marchâmes jusqu'au rivage.

— Installe-toi sur une couverture et mets l'autre sur tes épaules.

Je le vis s'affairer comme un enfant préparant un feu de camp.

— Ce bois de meubles cassés sera plus utile en nous réchauffant qu'emporté par les flots !

Bientôt, des flammes timides apparurent. Charles veilla sur leur premier souffle en les entourant de la même attention qu'un nouveau-né ! Il ferait assurément un bon père...

Il me rejoignit dès qu'il jugea la vigueur de la flambée suffisante. Assis à même le sol, je me serrai contre lui. Quel bonheur en cet instant qui nous élevait au-dessus de nous-mêmes et de nos mésaventures ! Seuls face à l'immensité, un avant-goût d'éternité. L'essentiel se limitait à ses bras, à la danse des flammes et aux messages que les vagues nous délivraient...

Les yeux perdus dans l'infini, le corps lové dans un cocon soyeux, je me laissais porter par la houle et sa succession de rouleaux dont l'interminable périple s'achevait à nos pieds. Je me délectais du soulèvement imperceptible des eaux. À l'approche de la côte, leurs ondulations gagnaient en amplitude et donnaient vie à une écume blanche et vorace qui coiffait un mur liquide de plus en plus élevé. Bientôt, il se fracassait et mordait le rivage où il répandait une bave bouillonnante. Mais déjà, la surface brisée du miroir se lissait. L'eau, hésitante, répondait aux appels du grand large, abandonnant des milliers d'étoiles dont certaines, gobées par le sol, n'atteindraient jamais leur destination. En observant ce spectacle sans cesse renouvelé, j'attendais un prodige :

l'instant en balance qui précède la débâcle de ces astres éphémères. Solidaire de leurs destinées, je me demandais comment le paradis, si paisible à cette heure, pouvait devenir le théâtre de l'effroi et de la démesure, à la moindre humeur océane. La mer qui avait failli m'engloutir et celle dont les violons nous jouaient une symphonie enivrante marquaient mon cœur à l'encre indélébile. Quoi que l'avenir nous réservât, je sus que je ne pourrais jamais vivre loin des senteurs marines.

Mais déjà le soleil avait tiré sa révérence, laissant derrière lui un vide incommensurable. Je me blottis contre Charles. Nos regards succombèrent à la tentation du feu. À quand remontait le dernier mot prononcé ? La beauté environnante ne pouvait souffrir la superficialité d'un langage.

— Nous sommes tellement bien, mon amour !

Il me répondit d'une voix affectée qu'il n'avait jamais rien connu de tel.

— Pardonne-moi, Catherine, c'est l'émotion...

— La magie du lieu ?

— Du lieu et des circonstances, mais pas uniquement...

— Que veux-tu dire ?

— Une seule chose me manque, pour que tout soit aussi parfait, pour moi, que ce qui nous entoure et que ce que nous sommes en train de vivre...

Je le regardai : ses yeux brillaient.

— Que se passe-t-il ? Ne sommes-nous pas heureux ?

— Merveilleusement heureux ! Mais ma conscience me joue des tours...

— Tu t'interroges sur la décision que tu as prise ? Tu la regrettes ? Parle ! Il faut que je sache ! Et ça te libérera.

— Je ne suis pas fier de moi...

— Tu as consacré ta vie au service des autres. Tu as le droit de penser à toi, maintenant. À nous...

— Il ne s'agit pas de ça...

Mon impatience allait-elle tout gâcher ? Je plantai mon regard dans les flammes assagies. Le silence se mit à œuvrer, de loin en loin troublé par le crépitement des braises et des roulements de galets.

— J'ai transgressé les lois de l'Église, à Quimper, le mois dernier.

— Je t'écoute, ça ne doit pas être bien méchant !

— Je savais que c'était mal. J'ai énormément hésité, mais il fallait que je le fasse. Alors je l'ai fait...

— Quoi ?

— Tout s'est passé au presbytère, avec mon ami Étienne, le curé de Saint-Mathieu...

Je le regardai, les yeux ébahis.

— J'ai abusé de lui. Je l'ai trompé...

— Explique-toi.

— Avec la confession.

— La confession ?

— Depuis un moment, lorsque nous dînions en tête à tête, il me confiait qu'il était débordé par le nombre de demandes de confesse. Je ne lui proposais pas mon aide, car je ne m'en estimais ni digne ni légitime. Mais, le 19 août, j'ai brusquement changé d'avis. Je lui ai même suggéré de le remplacer, le vendredi, de manière à lui libérer du temps pour qu'il reprenne son souffle...

— Tu étais toujours prêtre, à ce moment-là, tu n'as donc rien fait de mal.

— C'est plus compliqué, Catherine : ma démarche n'était pas désintéressée, loin de là ! Si j'ai choisi le vendredi, ce n'était pas sans raison. Étienne me parlait souvent de ses paroissiennes, en particulier de celles qu'il recevait fréquemment en confession. Bien sûr, il respectait le secret du sacrement et ne me faisait aucunement part de ce qu'il s'y disait.

— Où est le souci, dans ce cas ?

— C'est qu'un jour j'ai délibérément cherché à le remplacer, pour entendre quelqu'un de particulier : une personne que je suspectais de ne pas être étrangère à ton enlèvement ! Si tu savais comme je suis malheureux d'avoir mis la confesse au service de l'enquête ! J'ai beau me répéter que ma décision de renoncer à mes vœux était prise, cela ne suffit pas à alléger ma culpabilité. Alors je pense à toi, conscient qu'il n'y avait aucune autre façon de te libérer de ton fardeau...

— Qui ?

— Un peu de patience, ce n'est pas si facile ! Il me faut du temps... D'ores et déjà, sache que c'est l'amour qui est responsable de ce que tu as vécu !

— L'amour ? Voyons, Charles, mes fiançailles ont été rompues !

— Non pas l'amour entre Tristan et toi, mais celui d'une personne différente envers lui...

— Je ne comprends pas !

— J'y viens... Si je ne t'ai pas révélé cela plus tôt, c'était pour te ménager, en attendant d'avoir réuni avec certitude toutes les pièces du puzzle. J'avais prévu de te mettre au courant au sommet du mont Frugy, mais les promeneurs ont contrarié mes projets.

Médusée, je demeurai dans l'expectative. Je repensai au banc où j'avais confondu les toits et les cheminées de la ville avec des vagues chargées d'écume. L'appel de la mer : un signe déjà...

— Qui ?

— Ton amie.

— Laquelle ?

— Angélique.

— Non ! Sérieusement ? Ne te moque pas de moi, ce n'est pas drôle !

— Je ne me le permettrais pas.

— Quoi ? Mais c'est impossible ! Pas elle, la seule à ne pas m'avoir rejetée après le scandale !

— Justement...

* *
*

Je me levai et fis les cent pas autour du feu. Seuls des rougeoiements lointains distinguaient encore le ciel de l'eau. Où étaient mes certitudes ? Comment n'avais-je rien vu venir ? Charles approcha.

— Pourquoi ? lui demandai-je.

— Elle est tombée éperdument amoureuse de lui...

— C'est impossible ! Tu fais erreur : ils ne s'étaient jamais rencontrés avant un concert au kiosque à musique, en octobre dernier. Et elle n'a été en sa présence que le temps des présentations.

— Détrompe-toi !

— Quand et où, alors ?

— Lors du concert du 14 Juillet précédent, au même kiosque à musique...

— À Quimper ? Je ne m'en souviens pas.

— Et pour cause, tu n'y étais pas !

— C'est vrai. J'étais chez ma tante, à Brest.

— Ils ne m'en ont jamais parlé. Ni l'un ni l'autre...

— Tristan l'ignorait, et Angélique s'est gardée de se manifester auprès de lui tant qu'il était engagé avec toi. Elle manigançait quelque chose qui devait changer la donne...

— Quelle garce ! Quand je pense à l'estime que je lui portais ! Et ses fiançailles avec Édouard Le Roux n'étaient qu'invention ! Comment as-tu deviné ?

— Grâce à toi, à force de ressasser les éléments dont nous disposions. Le lendemain de l'Assomption, au moment où je me croyais dans une impasse, je me suis souvenu d'un détail que tu m'avais appris, sous les glycines, à propos de ton amie. Ou plutôt de son père : il avait combattu durant la guerre franco-prussienne.

— Ah bon ? Elle avait dû me le dire, mais ça m'était sorti de la tête...

— Je suis aussitôt retourné aux archives où j'ai trouvé un certain Armand Arthus ayant servi dans l'artillerie. Enfin un point commun avec Gaston ! Bref, un suspect. Je me suis renseigné discrètement, mais je n'ai découvert aucun indice compromettant.

— Alors ?

— Rien, j'étais à nouveau bloqué jusqu'à une conversation à bâtons rompus avec mon ami Étienne. Nous évoquions la médisance exprimée sous le couvert de la confession. Je l'ai mis en garde en lui relatant la manière dont j'avais été victime de dénonciations. Il a répondu que cela ne se serait pas produit si mes accusatrices avaient été des adeptes assidues du sacrement de pénitence et de réconciliation, comme certaines croyantes de son église. Il a cité une certaine Marguerite, une Berthe et une Angélique. Pour lui, les faits qui m'ont été reprochés auraient pu être abordés sous le secret de la confession, avant d'en arriver à de telles extrémités. Plutôt que d'argumenter, j'ai rebondi sur le prénom peu fréquent d'Angélique. Je lui ai demandé le patronyme et l'âge approximatif de cette dame. « Angélique Arthus, la petite vingtaine » : c'était elle ! Il a ajouté qu'elle était aussi régulière qu'un métronome, en matière de confession. Il la recevait invariablement tous les vendredis après-midi, au début du créneau horaire dédié au repentir.

— De là ton choix des vendredis pour le remplacer...

— Précisément !

— Que s'est-il passé ?

— Il a fallu du temps, trois confessions au total ! Accueillir ce qu'elle disait était une chose ; la questionner, une autre ! Je ne pouvais la brusquer, même si l'envie me démangeait quelquefois ! Au début, je ne disposais d'aucun indice concret : combien d'hommes avaient combattu dans l'artillerie durant le dernier conflit ?

Charles m'expliqua qu'il lui avait fallu écouter encore et encore Angélique, avant de récolter les prémices d'éléments dignes d'intérêt. L'interrompre, pour la recentrer sur ce qu'elle n'abordait que sous la forme de périphrases, lui aurait paru suspect de la part d'un prêtre venu en soutien du titulaire de la paroisse.

— Elle ne t'avait jamais vu à l'église ?

— Non, pour une bonne raison : je n'y allais qu'en dehors des offices et des moments de fréquentation.

— Pourquoi ? Tu n'étais pas un bandit !

— Pour ne pas choquer les éventuelles personnes qui m'auraient reconnu. D'accord, il ne s'agissait pas de la Sainte-Trinité de Kerfeunteun, mais les deux édifices n'étaient pas suffisamment éloignés pour me sentir à l'abri d'une rencontre inopportune...

— Que craignais-tu ? Quand bien même tu projetais de renoncer à tes vœux, tu étais toujours prêtre. Il n'y avait pas de quoi te cacher comme un malpropre !

— Je m'interdisais de ternir la réputation de mon confrère. Si l'on m'avait reconnu dans ses locaux, peut-être aurait-on fait l'amalgame entre nous...

Charles ajouta qu'après avoir commencé à remplacer le père Étienne, il lui avait fallu redoubler de vigilance pour qu'Angélique ne se méfie pas.

— Sans le faire exprès, j'ai joué finement : le fait de demander pardon à un curé qui ne la connaissait pas avait plutôt tendance à la désinhiber...

— Comment t'y es-tu pris ?

— J'étais déjà dans l'isoloir au moment où elle entrait dans l'église, de sorte qu'elle ne voyait pas mon visage, sinon dans la pénombre, à travers le treillage. Je lui ai demandé son prénom, puis je me suis présenté comme un prêtre remplaçant, venu soulager le père Étienne. J'ai parlé juste assez de moi pour la mettre en confiance, puis je l'ai laissée s'exprimer.

Plus il l'écoutait sans l'interrompre, plus la langue d'Angélique se déliait. Mais, au terme de la première séance avec lui, elle avait l'impression de n'avoir qu'effleuré ce qui malmenait sa conscience.

— Je lui ai demandé de m'apprendre les circonstances qui la poussaient à demander pardon. Elle n'a pas rechigné à revenir en arrière sur des sujets qu'elle avait dû aborder avec le père Étienne. Cela lui semblait nécessaire pour que je puisse l'absoudre en connaissance de cause.

— Qu'as-tu découvert ?

— Rien qui te concerne, après sa première confession. Et je ne pouvais ni prolonger le temps imparti ni l'inciter à en dire davantage.

Charles avait appris que le père d'Angélique était un chemisier tailleur ayant réussi dans les affaires. Les vêtements masculins qu'il confectionnait et vendait dans ses boutiques bénéficiaient d'une excellente réputation dans toute la ville. On venait même des campagnes pour s'offrir sous son enseigne un produit de qualité, à utiliser aux grandes occasions. Je l'interrompis :

— Elle m'en avait touché quelques mots lors de nos retrouvailles. Nous avions plaisanté, du fait que nos pères étaient concurrents, vu que le mien habillait aussi les messieurs de Quimper ! Mais sa clientèle ne pouvait rivaliser avec celle du sien.

— Son père détient effectivement une bonne soixantaine de pour cent du chiffre d'affaires de la ville, sur ce segment de marché.

— Tu es mieux renseigné que moi ! Comment as-tu fait ?

— Elle me l'a dit. Ensuite, je n'ai eu qu'à vérifier, ce qui n'a posé aucune difficulté.

— Pourquoi t'a-t-elle donné tant de détails ?

— Tu comprendras bientôt…

— Finalement, après la première confession, tu ne savais pas grand-chose !

— C'est exact. Elle avait dévoilé quelques péchés aptes à susciter une demande de pardon, mais son attitude suggérait qu'il y en avait de bien plus sérieux ! Là non plus, il ne fallait pas que je précipite les choses.

— Et les autres fois ?

— Elle s'est progressivement libérée.

— Elle t'a parlé de mon enlèvement ?

— Ce n'est pas de cette manière que j'ai eu la preuve de son implication dans ton affaire, mais par le biais d'Éva.

— Éva ? Celle qui devait se fiancer avec Tristan ?

— Absolument ! À mon retour d'Audierne, début juin, quand j'ai appris que les deux tourtereaux avaient annulé leur projet marital, j'ai trouvé cela suspect. Je me suis mis à fouiner et j'ai rapidement obtenu la confirmation de l'information. Impossible, toutefois, d'en connaître la raison. Rappelle-toi : en enquêtant sur Éva en mai dernier, à ta demande, j'avais découvert qu'elle avait été séduite par ce fringant jeune homme lors du bal de la préfecture.

— C'est juste…

— Eh bien, accroche-toi : ce qu'Angélique venait confesser, c'était sa responsabilité dans le revirement de position d'Éva et de Tristan !

— Quoi ? C'est pire que tout ce à quoi je m'attendais ! Après avoir brisé mes fiançailles, elle s'en est prise à celles d'Éva ! Dans ce cas, c'est forcément le père Le Goff qui a décidé d'interrompre leurs fiançailles, comme il l'avait fait avec les miennes ! Je me demande bien ce qu'Angélique a pu inventer pour dénigrer Éva et pousser cet homme à mettre à nouveau son holà. Car je suppose que le fin mot de l'histoire, c'est qu'Angélique veut Tristan pour elle ! Sinon, à quoi bon s'être donné tant de mal, à deux reprises ?

— C'est Éva qui a annoncé à Tristan sa décision de ne pas poursuivre avec lui ! ajouta-t-il.

— Quoi ? Mais c'est absurde !

J'en perdis la voix.

— As-tu appris ce qu'elle a manigancé ?

— Oui ! Et comme tu le verras, elle n'a pas fait dans la dentelle !

Elle avait envoyé une lettre anonyme à Éva, dans laquelle elle se faisait passer pour une prostituée que Tristan aurait fréquentée dans une maison close de Quimper ! S'étant épris de celle-ci, il lui aurait promis de la sortir de sa condition, en l'installant dans une garçonnière. Il se serait ensuite engagé à lui construire une réputation honorable, en jouant de ses relations, puis à l'épouser. Or Tristan avait renié sa parole, dès que la femme de petite vertu l'avait informé qu'elle avait été diagnostiquée positive à la grande vérole, par le médecin effectuant les visites médicales hebdomadaires obligatoires, afin de limiter la propagation de ce fléau de santé publique. Le courrier anonyme permettait donc à cette pauvrette de se venger de la rudesse avec laquelle il l'avait manipulée, puis abandonnée, en la traitant comme la plus vile des créatures !

Charles poursuivit :

— Et pour conclure sa lettre, la fille des rues imaginaire a révélé à Éva qu'elle avait sans doute contaminé Tristan durant leurs dernières relations intimes, lorsqu'elle ignorait la terrible nouvelle...

— Et Éva a coupé les ponts avec Tristan, après avoir découvert la véritable nature du personnage, et par crainte pour sa santé !

— C'est cela. Mais où Angélique a été forte – il faut le reconnaître –, c'est en prévoyant qu'Éva mettrait un terme à leur projet par écrit et non oralement, et qu'elle éviterait soigneusement de mentionner le rôle de la syphilis dans sa décision...

Angélique se doutait qu'Éva aurait du mal à aborder de vive voix un sujet si délicat. De même, ma soi-disant amie avait anticipé l'absence de réaction de Tristan, blessé dans son amour-propre et suffisamment fier pour considérer que cette jeune écervelée d'Éva n'était pas digne de lui.

— Si Tristan et Éva s'étaient parlé, ils auraient vite démasqué la supercherie de la lettre anonyme.

— Et ça s'est passé comme ça ?

— Tout à fait ! Mais ce qu'Angélique ignorait – et que j'ai découvert en me renseignant dans la foulée –, c'est le prétexte évoqué par Éva pour justifier son renoncement.

Dans son courrier, la fille de l'officier indiquait à Tristan qu'elle avait réalisé que les choses allaient beaucoup trop rapidement pour elle et qu'elle craignait de s'être trompée. D'où son besoin de prendre du recul, le temps de la réflexion. Elle termina en le priant de respecter sa décision, sans insister de quelque manière que ce soit.

— C'était donc bien ça : Angélique a brisé mon engagement et celui d'Éva pour avoir le champ libre !

— Effectivement... Tu vois, au fond, nous étions tous à côté de la plaque, il s'agissait simplement d'une histoire de cœur !

— Et que s'est-il passé après que le père Le Goff a torpillé mes fiançailles ? Tristan ne voulait pas d'Angélique ?

— Il ne savait pas qu'elle s'intéressait à lui. D'ailleurs, si cela se trouve, il l'ignore encore !

— Mais ça n'a aucun sens !

— Si, à cause du grain de sable qui s'est glissé dans le plan d'Angélique.

— Éva ?

— Tout à fait. Elle a dégainé plus rapidement qu'Angélique, si tu me permets l'expression.

— Comment est-ce possible ? Pourquoi Angélique ne s'est-elle pas manifestée plus tôt ?

— Par prudence. Et sa prudence s'est retournée contre elle ! Elle craignait d'attirer les soupçons, si elle s'était trop hâtivement rapprochée de ton ex-fiancé. Elle s'était donné un mois avant de l'aborder en douceur. Elle songeait qu'il faudrait au moins ce temps pour que personne ne s'émeuve de l'empressement de la nouvelle prétendante...

— C'est elle qui te l'a dit ?

— Oui. Les pièces manquantes sont sorties de sa bouche lors de sa deuxième confession. Et la troisième m'a permis de les mettre à leur juste place et de terminer le puzzle. Il m'a suffi de faire quelques vérifications et l'énigme était élucidée !

— Tu es trop fort ! En te demandant de m'aider en enquêtant, j'étais loin d'imaginer le formidable travail que tu allais accomplir...

— Formidable, n'exagérons pas ! Je ne suis pas fier de m'être servi de mon statut de directeur de conscience pour arracher des aveux. J'ignore si le Seigneur m'absoudra...

— Tu ne t'es pas confessé auprès du père Étienne ?

— Non ! Le courage m'a manqué, après l'avoir manipulé.

— Ce n'est pas grave : tu le feras auprès d'un autre curé. Et après avoir effectué ta pénitence, le Tout-Puissant t'accordera Son pardon, et tu pourras à nouveau te regarder dans la glace !

* *
*

De vagues lueurs prolongeaient le naufrage de l'horizon. Plus près, le feu rougeoyait en larguant de loin en loin de frêles étoiles, aussitôt happées par la nuit. Quel spectacle ! Quelle ambiance ! Quelle émotion ! Trop de nouveautés se bousculaient en moi pour garder intacte ma lucidité. Ma vision se troubla sous une poussée de larmes. Mille questions venaient de trouver des réponses que je n'avais pas encore assimilées. Je hoquetais. Charles me serra contre lui.

— Ce n'est pas dangereux, le feu, de nuit, pour la navigation ? lui demandai-je, dans l'urgence de me raccrocher à des choses tangibles.

— Non, ça va. Il est bien moins puissant que le phare. De plus, la visibilité est excellente : aucun bateau ne les confondra et n'approchera des récifs. Nous ne deviendrons pas ce soir des naufrageurs !

Malgré cette pointe d'humour, la voix de Charles chevrotait. À mon tour, j'aurais voulu le réconforter, mais tout mon être frissonnait.

— Tu as froid ? demanda-t-il.

— L'émotion...

— Ça fait beaucoup de choses à la fois. Désolé, ma chérie ! J'ai pourtant essayé de t'apprendre la vérité en douceur...

— Tu l'as fait. Non, c'est moi. Il va me falloir du temps. Mais je suis si heureuse d'être avec toi !

— Et moi, si tu savais ! Tu dois trouver ridicule qu'un grand gars de ma trempe soit si peu sûr de lui.

— La sensibilité, pour un homme, n'est ni un défaut ni une faiblesse. Au contraire ! D'ailleurs, tu me fais à nouveau pleurer, tant tu me touches ! L'avantage, avec l'obscurité, c'est que tu ne peux pas voir mon visage qui doit être hideux.

— Même défigurée, tu resterais magnifique !

Nous rîmes et sanglotâmes de plus belle. Il ajouta :

— J'étais loin d'imaginer ce qu'était l'amour, avant de te connaître. Même raté, un curé est un curé !

— Tu étais plein d'amour et tu l'es toujours. Seulement, ce n'est plus tout à fait le même, voilà tout !

— Je confirme qu'il y a une sacrée différence...

— N'essaye pas de les comparer, ça n'a aucun sens. Il est beaucoup trop tôt...

— Tu as raison. Espérons qu'avec le temps...

À présent, l'univers se limitait aux signaux lointains du phare et aux braises à nos pieds. Nos lèvres se cherchèrent et se fondirent dans un moment suspendu.

Bien plus tard, ma curiosité refit surface :

— Et mon enlèvement ? Sais-tu comment il s'est déroulé ?

— Te souviens-tu d'avoir bu une coupe de champagne ?

— Oui...

— Angélique y avait versé un puissant mélange de laxatif et de morphine.

— Ah, d'accord ! Voilà pourquoi je me vois encore me précipiter vers les commodités, puis le trou noir...

— Une femme était de mèche avec Gaston et ses compères. Elle se trouvait dans les toilettes des dames, en feignant de se refaire une beauté. Dès que tu as fermé la porte de la cabine, elle a attendu que tu t'évanouisses sur la cuvette, puis elle a verrouillé l'accès au local et a donné le signal à ses complices. Ils sont entrés par la fenêtre, ont crocheté la serrure et t'ont extraite par où ils étaient venus. Ils t'ont alors enfermée dans une malle en osier.

— Je n'ai rien remarqué ! Je comprends maintenant mes manques de repères et mes absences, à mon réveil et les jours suivants : j'avais été droguée...

— Oui, et ils n'ont pas dû lésiner sur la quantité, pour s'assurer que tu demeures inconsciente. Tu as voyagé endormie dans le coffre durant tout le trajet. Dès que tu manifestais des signes d'agitation, ils te donnaient une nouvelle dose.

— D'où mes courbatures, en émergeant...

Charles m'apprit que j'avais roulé toute la nuit sur une charrette tirée par des chevaux et qu'au petit matin, à Audierne, mes ravisseurs m'avaient cachée dans un entrepôt où j'étais restée jusqu'à la soirée. Ils installèrent alors la malle sur une goélette qui largua les amarres en direction de l'embouchure du Goyen, puis de Sein.

— Au fait, pourquoi cette île ?

— À cause de moi, Catherine !

— Quoi ?

— Pour comprendre, il faut revenir en arrière, au début même...

— Au début de quoi ?

— Lorsque Angélique a rencontré Tristan, au kiosque à musique, le jour de la fête nationale.

— Et alors ?

— Sur place, elle s'est discrètement renseignée sur ce jeune homme qui lui plaisait et auquel elle n'avait pas été présentée. Bienséance oblige, elle s'est gardée de l'aborder en public, mais n'a cessé de le dévisager du coin de l'œil.

— Tristan n'a rien vu ?

— Durant tout le concert, il était affairé avec des gens de son âge. Elle a appris que ce beau parti était fiancé à une certaine Catherine Jaouen ! Elle s'est aussitôt souvenue qu'une Catherine Jaouen avait fréquenté les bancs de l'école primaire à ses côtés. Vérification faite, le lendemain, elle a eu la confirmation qu'il s'agissait de toi !

— Et que s'est-il passé entre le 14 Juillet et le bal du négociant, début mars ?

— Elle a rongé son frein…

— C'est-à-dire ?

— Folle de jalousie, elle n'a pas supporté ce qu'elle considérait être une injustice.

— Une injustice ?

— Durant plusieurs semaines, elle a mené une enquête qui lui a révélé que tu ne manifestais aucun empressement à épouser ton fiancé. Elle en a conclu que tu ne le méritais pas. Pour elle, c'était un signe : il lui était destiné !

— Angélique, jalouse de moi ! J'étais bien loin d'imaginer cette possibilité, moi qui la voyais toujours si pimpante et parfaite en toutes circonstances !

— Sa jalousie ne datait pas d'hier, elle t'enviait déjà à l'école primaire…

— Tu exagères !

— Pas du tout ! Elle te trouvait plus jolie qu'elle et avait remarqué que les garçons n'avaient d'yeux que pour toi !

— Mais alors, nos retrouvailles ?

— Montées de toutes pièces !

— Pourquoi ?

— Pour apprendre un maximum de détails sur tout ce qui concernait Tristan !

— Dans quel but ?

— Découvrir un moyen d'agir…

Elle ne connaissait plus de repos. Son esprit en ébullition cherchait sans relâche une façon d'infléchir le cours des choses à son avantage.

— Elle tournait en rond et se sentait de plus en plus acculée, jusqu'au bal de la préfecture. Sans le savoir, tu lui as là-bas servi sur un plateau d'argent la manière d'entrer en scène. Ensuite, elle a échafaudé un plan certes machiavélique, mais viable !

— Qu'ai-je bien pu faire ?

— Tu as parlé de moi devant plusieurs dames, dont elle ! Tes propos les ont choquées.

— C'est-à-dire ?

— Lors d'une conversation à bâtons rompus, à propos des jeunes gens invités au bal de la préfecture, à un moment où Tristan était accaparé par ses amis, tu as dit à tes compagnes qu'aucun de ces beaux partis ne soutenait la comparaison avec un homme que tu avais brièvement aperçu un an auparavant. Leur curiosité éveillée, tu es passée aux aveux et as évoqué un curé dont le regard t'avait envoûtée en te donnant la communion, pendant la messe de Noël : le père Le Bihan, de la paroisse de Kerfeunteun...

Selon Angélique, le champagne, que j'appréciais visiblement, avait délié ma langue bien au-delà des convenances. Je compris pourquoi elle s'était démenée comme une diablesse, fin novembre 1901, pour se faire inviter au bal de la préfecture, mi-janvier, après que je lui eus dit que Tristan et moi allions y participer. Elle avait déjà manifesté un empressement similaire, en octobre, deux mois seulement après nos retrouvailles, lorsque je lui avais appris que j'assisterais à un concert au kiosque à musique avec mon fiancé, mes parents et les siens.

— Et ensuite ?

— Ayant décelé en toi une faiblesse, elle a joué de ses relations dès le lendemain du bal de la préfecture. Elle s'est renseignée sur ce prêtre pour lequel tu avais perdu ta réserve.

— Je ne vois pas comment elle s'y est prise.

— Rien n'échappe à une femme jalouse et déterminée !

Venant d'apprendre la mutation disciplinaire de Charles sur l'île de Sein, à la fin de l'été précédent, Angélique fit immédiatement le rapprochement avec la sœur de Tristan, également exilée sur ce caillou déshérité.

— Comment savait-elle, pour sœur Hélène ?

— Maintenant que tu commences à connaître Angélique, tu ne seras pas surprise d'entendre qu'elle s'était en premier lieu renseignée sur ton ex-fiancé et sur sa famille…

— Comment peut-elle être si débrouillarde ?

— Elle l'est, assurément, mais elle a aussi été aidée : son père ne peut rien lui refuser et il a des relations un peu partout en ville…

— Pourquoi m'avoir conduite sur l'île de Sein ? Il aurait été tellement plus simple de me séquestrer n'importe où, à Quimper ou dans la campagne ?

— Il ne fallait surtout pas que ta disparition passe pour un enlèvement. Sinon, au lieu d'être considérée comme coupable, tu aurais été prise pour une victime, et Tristan n'aurait pas eu de raison de renoncer à vos fiançailles ! Non, elle a joué finement, en cherchant un moyen de souffler aux oreilles de ton futur époux une rumeur scandaleuse à ton égard.

— Elle avait misé sur l'indiscrétion de sœur Hélène ?

— Précisément. Bien sûr, elle savait qu'une religieuse a un devoir de retenue. En toute logique, Hélène n'aurait pas dû colporter des ragots concernant la présence d'une jeune bourgeoise dans le lit d'un prêtre, si choquante qu'elle soit ! Cependant, Angélique était convaincue qu'en tant que sœur du fiancé, Hélène se ferait violence, pour protéger l'avenir de son frère et la réputation de ses parents…

— Mais pour que tout se passe comme cela, il aurait fallu qu'Hélène me reconnaisse, or nous ne nous étions jamais vues ! Son plan ne tenait donc pas debout ! Autrement dit, ce que tu dis est impossible...

— Si, Catherine ! Il y a une explication très simple. Mais je te retrouve bien là : même trahie et accusée, tu cherches encore à innocenter l'instigatrice de tes déboires ! C'est tout à ton honneur...

Je secouai la tête : les brumes s'y montraient décidément tenaces ! Mon regard se perdit dans les braises désormais sang-de-bœuf. Charles poursuivit :

— Tu mets le doigt sur la seule faille du plan d'Angélique : elle était persuadée qu'Hélène te connaissait. Elle croyait que vous vous étiez rencontrées lors de tes fiançailles, à Quimper. En effet, elle avait consulté la liste des invités sur le registre de la salle de réception que vos parents avaient louée à grands frais. Hélène y figurait en tant que sœur du fiancé. Ton amie s'imaginait que le père Le Goff avait organisé l'aller-retour de sa fille, entre Sein et Quimper, pour l'occasion. Mais voilà, celle-ci a décliné au dernier moment : elle se trouvait plus utile sur l'île et n'envisageait pas de laisser ses consœurs accomplir sur place, une semaine durant, le travail qui lui incombait.

— Et c'est finalement le rubis de ma bague qui m'a trahie, et non cette brave Hélène ! Angélique a eu une sacrée veine que ce soit le cas, sinon son projet aurait capoté !

— C'est vrai, mais nous avons aussi eu de la chance ! Comme quoi les voies du Seigneur sont impénétrables...

* *
*

Le temps n'existait plus dans les bras de mon bien-aimé : une trouée bienheureuse dans le plafond tourmenté de l'île et dans celui non moins agité de mon ignorance. Je goûtai aux mystères du firmament. Plus d'interrogations, mais autant d'évidences que de points scintillant dans l'ébène. Le silence de Charles prolongeait celui des flots immobiles. Mer étale sous l'astre d'argent. Lait de lune. Des mots épars fleurirent sur la respiration de l'onde, tels amour, résurrection, paradis, félicité. Autrefois synonymes d'espérance, il s'agissait désormais de vérités tangibles, rythmées par des cœurs battant à l'unisson.

Je revins lentement au fil des événements m'ayant amenée à Sein, dans le lit d'un inconnu :

— Comment a-t-elle fait ?

— Pardon ?

— Angélique, pour organiser mon enlèvement.

Charles dut lutter à contre-courant pour regagner la réalité et convoquer sa mémoire.

— À ce stade de ses confessions, elle avait esquissé les grandes lignes de son projet : s'arranger pour que tu sois découverte et reconnue sur l'île par la sœur de Tristan, dans les parages du prêtre sur la sellette pour lequel tu en pinçais. Plus facile à dire qu'à faire ! Par chance, elle a su convaincre son père influent qui s'est occupé de la mise en pratique.

— Comment a-t-elle pu le décider à se lancer dans une aventure aussi folle ?

— Elle a énormément insisté avant de parvenir à ses fins. Un homme de sa réputation, ayant réussi professionnellement à la force du poignet, n'était pas prêt à compromettre tout ce qu'il avait construit...

— Alors ?

— Il a commencé par rejeter les projets déraisonnables qu'elle lui soumettait, mais elle savait jouer avec les sentiments, tantôt minaudant, tantôt se montrant déprimée, laissant parfois même planer des pensées suicidaires... Le cœur de son père était ébranlé dès qu'il croisait son regard meurtri.

— Il a fini par craquer ?

— Oui, après avoir farouchement résisté, jusqu'à ce qu'elle abatte sa dernière carte, celle des affaires !

— Les affaires ? Quel rapport avec… ?

— Son père est le principal tailleur pour hommes de Quimper. Le tien aussi a bien réussi dans le domaine de la confection d'habits masculins. Et que fait Théodore Le Goff ?

— Il fabrique et vend des tenues féminines, et possède le quasi-monopole des corsets.

— Donc si les familles d'Angélique et de Tristan s'unissaient en mariant leurs enfants, elles détiendraient une part énorme du négoce vestimentaire de la ville !

— C'est Angélique qui a manigancé cela ?

— Oui, mais cela n'a toujours pas suffi à convaincre son père d'entrer dans la combine. Et c'est là qu'elle s'est révélée redoutable : elle lui a laissé deviner les conséquences commerciales du rapprochement qui se préparait entre ta famille et celle de ton fiancé. Non seulement vous alliez couvrir aussi bien l'habillement masculin que féminin, mais vous atteindriez ensemble un chiffre d'affaires qui détrônerait celui de son père et qui faisait sa fierté !

— Quelle manipulatrice !

— L'amour donne des ailes ! Mais pas toujours celles qu'il faudrait… Cela dit, Angélique n'est pas pour autant une mauvaise personne.

— C'est le curé qui parle ! Regarde comme elle a dupé tout le monde, y compris son propre père !

— Certes, elle était animée d'une jalousie rageuse et d'une détermination hors norme, ainsi que d'une imagination débordante et d'une grande finesse psychologique…

— Il y a un *mais*…

— Malgré tous ceux qu'elle a trompés – à commencer par toi, ma chérie –, j'ai ressenti en elle quelque chose de rare et de vrai, au fil de ses confessions. Une attitude qui m'a profondément touché, une réelle sincérité.

— Tu plaisantes ? As-tu oublié ce qu'elle a fait ?

— Je ne parle pas d'une sincérité envers les hommes, mais de l'authenticité de son repentir. Elle est arrivée à ses fins : elle a le champ libre pour convoler en justes noces avec Tristan. Nul doute qu'avec son physique flatteur, ses tenues distinguées et sa subtilité, elle fera chavirer son cœur, si ce n'est déjà fait ! Dans ces conditions, une personne foncièrement mauvaise n'éprouverait pas le besoin de reconnaître ses fautes jusque dans leurs moindres détails. Ou alors elle esquiverait les passages les plus compromettants. Ce n'était pas son cas.

— Comment peux-tu en être sûr, vu qu'elle n'a dû confesser que ce qu'elle considérait comme dicible ?

— L'habitude, Catherine ! J'ai beau avoir été un prêtre médiocre, je ne pense pas me tromper en affirmant que j'ai un don pour déceler la franchise en confession. C'est d'ailleurs l'une des causes de mes déboires, ayant trop clairement laissé entendre que le pardon de Dieu n'est pas un marchandage...

— Tu l'as donc trouvée sincère ?

— Suffisamment pour me toucher et m'empêcher de porter sur elle de jugements trop sévères.

— As-tu songé qu'elle a pu t'embobiner, comme moi, comme son père et Éva ?

— Naturellement, mais je ne peux apporter de preuves. Néanmoins, je ne pense pas me tromper, vu la teneur de ses déclarations et la manière dont elle les a formulées. Également en vertu de quelque chose de subtil et d'intime, dans l'intensité des silences qui séparaient ses aveux...

— Une actrice talentueuse !

— Pas dans ces circonstances, Catherine. Dans l'obscurité du confessionnal, pardonne-moi l'expression, mais elle se livrait nue à quelqu'un d'infiniment plus important qu'un prêtre ! Si elle agissait de la sorte, il n'y avait qu'une explication possible : une foi et un repentir sincères.

— Ne cherchait-elle pas à s'acheter une bonne conscience, en se manipulant elle-même, comme elle l'avait si brillamment fait avec les autres ?

— Ma chère, je suis incapable d'en dire davantage. Le reste est du ressort du Père...

— Tu as raison. Peut-être suis-je trop dure envers elle. Tu dois me trouver sombre et rancunière. Je te déçois ?

— Non. Tu es tout aussi sincère dans tes réactions que dans la vie. Mais chez toi, il n'y a aucun vice. Un peu impulsive, mais cela ne fait pas de toi une personne moins attachante que celle que j'ai découverte un matin dans mon lit, et dont je me suis éperdument épris...

— Je pense que tu es trop bon avec tout le monde !

— La suite coule de source, ajouta-t-il : le père d'Angélique s'est rapproché de Gaston, un ancien compagnon d'artillerie qui lui était redevable.

En effet, durant la guerre franco-prussienne, Armand Arthus n'avait pas hésité à faire demi-tour, au péril de sa vie, pour secourir le jeune Gaston tombé sur le champ de bataille et promis à une mort certaine. Ce dernier avait été blessé par un éclat d'obus percutant. Le père d'Angélique savait que Gaston vivait de petits travaux, à Audierne, où il possédait de modestes embarcations qui lui servaient à transporter toutes sortes de marchandises. Pour mener à bien la mission qui lui était confiée, Gaston s'était appuyé sur deux gaillards qui lui prêtaient main-forte dès qu'il s'agissait de porter de lourdes charges ou d'accomplir de sombres besognes.

— Sais-tu comment s'est passé le trajet ?

Charles m'apprit que la *Fierté d'Audierne* largua ses amarres vers 23 heures, pour une traversée qui devait durer trois heures environ, mais qui en réclama deux de plus, tant il fallut lutter contre un vent debout et une mer de plus en plus démontée. Par chance, le ciel était clair, et la lune d'une aide précieuse.

— Les retours qu'Angélique a eus de la navigation lui ont laissée entendre qu'elle a été épique...

Heureusement, nous pûmes atteindre la côte ouest de l'île, loin du regard d'éventuels insomniaques, au prix d'un détour par une zone criblée de récifs et sillonnée de courants belliqueux. L'arrivée fut plus dangereuse encore. Marin de souche, Gaston avait un sens aigu du pilotage en eaux sournoises. Malgré ses précautions, la carène heurta durement la roche, tandis que l'embarcation se trouvait à une vingtaine de mètres du rivage.

— Drossée par le vent, elle a pris l'eau. Ils ont dû l'abandonner en emportant à pied la malle, leurs effets personnels et ce qui aurait permis de les identifier.

— À quoi bon, puisque le nom du bateau était inscrit sur sa coque ?

— Cela fait partie des zones d'ombre qu'Angélique n'a pas abordées en confession...

Il était 2 ou 3 heures du matin, au début de la tempête. Mes ravisseurs s'abritèrent du vent et des vagues derrière un muret. J'étais avec eux, inconsciente, dans le coffre. Ils attendirent de voir le prêtre sortir de sa masure, pour aller prendre son quart au phare. Lorsque la voie fut libre, ils me conduisirent chez lui, de nuit, et m'installèrent dans son lit. Ensuite, ils disparurent avec la malle qu'ils détruisirent et jetèrent à la mer.

— Comment savaient-ils où tu vivais et quelles étaient tes habitudes ?

— Grâce à des repérages effectués sur place par Gaston et par le père Arthus en personne, une quinzaine de jours avant ton enlèvement. Ils nous ont observés secrètement,

Hélène et moi, les deux protagonistes de leur machination. Ils ont découvert nos routines et ont facilement trouvé le moyen de te mettre dans une position indélicate dont Hélène allait être témoin. Le fait qu'elle m'apportait un panier de nourriture tous les jours, peu après le lever du soleil, pour que j'en dispose à mon retour du phare, leur a offert une occasion en or !

— Et si ça n'avait pas été Hélène qui m'avait vue chez toi ?

— Un aléa qui aurait pu faire échouer le plan de l'instigatrice ! Heureusement pour elle, ta présence s'est ébruitée au sein de la petite communauté religieuse et je t'y ai conduite dès que j'en ai eu la possibilité. Et là, tu t'es retrouvée face à Hélène, comme Angélique l'avait escompté. Après, ton rubis est entré en scène et a remis la conspiration sur de bons rails...

— Comme quoi, il n'y a de veine que pour la canaille !

— Le plan d'Angélique était simple mais imparable. Il fallait juste qu'Hélène te reconnaisse, à Sein, dans les parages du prêtre dont tu t'étais éprise. Et, dans le cas où elle n'aurait pas informé ses parents ou son frère, Angélique aurait envoyé aux Le Goff une lettre anonyme dénonçant la présence de Catherine Jaouen sur l'île de Sein, à proximité du père Le Bihan. Ils auraient vérifié ces allégations auprès de leur fille, sur l'île, qui les aurait confirmées...

J'en demeurai immobile et interdite. Charles le remarqua et me sortit de l'ornière :

— Si tu me demandais comment Gaston et ses acolytes ont fait pour rester en vie, au plus fort de la tempête, je te répondrais qu'ils ont dû se trouver un abri, mais que je n'aurais voulu être à leur place pour rien au monde ! Heureusement, c'étaient des coriaces !

— Quelle horreur, ces conditions ! Et leur durée !

— Même après le retour d'une météo clémente, ils ont dû se cacher. Je ne sais pas comment ils se sont nourris, car ils n'avaient dû emporter que peu de vivres, pressés de reprendre la mer après t'avoir déposée et avant que la clarté permette aux habitants de les repérer du rivage…

* *
*

Le lendemain

— Mon chéri, tu as eu une merveilleuse idée de me proposer d'assister au lever du soleil !

— Je n'ai aucun mérite…

— Au contraire, figure-toi que je n'en avais encore jamais vu, en pleine nature.

— C'était ça ou ne pas fermer l'œil en t'entendant t'agiter comme une puce, dans le lit ! répondit-il, l'air taquin.

— C'est vrai, je suis tombée endormie comme une masse, mais vers 3 heures du matin, je me suis mise à penser à tout ce que tu m'as appris…

— Es-tu heureuse de connaître le fin mot de l'histoire ?

— Évidemment, même si je ne parviens pas à digérer l'attitude d'Angélique ! Je la croyais sincère. C'est difficile d'admettre avoir été manipulée de la sorte.

— Ne la juge pas trop vite. Prends le temps de considérer cela avec le recul nécessaire…

Assis côte à côte sur une couverture posée à même le sable sur la plus longue plage de l'île, je sentis une excitation puérile grandir en moi, à mesure que l'horizon rosissait et s'arrachait aux ténèbres.

— Tu frissonnes ? Mets cette autre couverture sur tes épaules.

Je me serrai contre lui, incapable de lui dire qu'il ne s'agissait pas de frissons de froid. Face à nous, un miracle des milliards de fois répété se préparait dans le secret des eaux fébriles. Comment avais-je pu ignorer un tel prodige ? Les nuages s'éclaircirent dans un silence souverain et prirent un à un leur indépendance. Le ciel fracturé laissa la lumière effacer les dernières parcelles d'obscurité. À la lisière de l'onde et du firmament, une frange en effervescence concentrait des teintes époustouflantes.

Mer étale, le monde retenait son souffle, tout comme moi. En cette aube prophétique, la Terre redéfinissait mes codes et nivelait mes certitudes, au profit d'une évidence. L'amour déployait des ailes que je découvrais immenses. Comment avais-je pu vivre en ignorant la nature profonde des jours ? Ce n'était pas sous l'éclat de midi qu'il fallait en chercher la signification, mais dans les braises du levant ou les centres du couchant.

Le compte à rebours s'accéléra sur l'horizon en ébullition. Tout à coup, celui-ci se déforma, enfla tant et si bien qu'il craqua, libérant un, puis deux, puis des milliers de rais aveuglants. Impossible de soutenir une vision si éblouissante ! Je venais d'assister à une naissance ; à peine aurais-je été surprise, si des cris et des pleurs avaient retenti ! Je versai des larmes d'un bonheur inextinguible. Aucune richesse ne m'aurait procuré une telle sensation de petitesse et de plénitude.

— Merci, Charles...

Mon pouls s'affola : une vague de lumière recouvrait toute l'île. Pourquoi avais-je cherché la beauté si loin de la simplicité ? Elle était là, à portée de ma main, au débouché de mes nuits. Mais aussi, comme hier, au creux des crépuscules. Quelques braises, un peu de fumée, des lambeaux de ciel : que demander de plus pour transformer en miracle une journée banale en apparence ? Comment pourrais-je en passer de mauvaises, à l'avenir, dont j'aurais assisté à l'éclosion ? Derrière l'infinie complexité du monde, une simplicité non moins considérable est apte à tout réconcilier...

— Comment pourrais-je en vouloir à Angélique ?

Sorties naturellement de mes lèvres, ces paroles trouvèrent en Charles un écho si profond qu'il n'eut point à acquiescer pour que nos âmes s'alignent sur l'essentiel.

— Tu penses comme moi ? demanda-t-il.

— J'en ai bien l'impression. N'inquiétons pas Angélique avec ce que nous savons...

Le silence avait tranché à notre place. Quand bien même nous aurions voulu réclamer justice, quels arguments aurions-nous pu avancer devant un tribunal humain ? Qu'auraient pesé les allégations d'un prêtre défroqué ayant bafoué jusqu'au secret de la confession ? Loin de nous de si tristes projets...

— La reverras-tu ?

— Si elle me le demande.

— Sans ressentiment ?

Si j'en sentais poindre, je n'aurais qu'à songer aux instants que Charles et moi venions de vivre sur les rives opposées de l'île et de la nuit...

— J'y pense, mon chou : n'as-tu pas eu peur qu'elle découvre ton identité, au confessionnal ? Des yeux comme les tiens se remarquent entre mille !

— Non, puisque nous ne nous étions jamais vus !

— Je lui avais décrit ton regard, et elle était bien placée pour s'en souvenir...

— À croire qu'elle avait la tête ailleurs ou que le treillage du confessionnal jouait correctement son rôle !

Au ton de la voix de Charles, je sentis à nouveau combien il regrettait d'avoir utilisé le sacrement de pénitence et de réconciliation pour dénouer l'énigme.

— Tu as fait ce que tu estimais nécessaire. Tu as agi par amour. L'amour ne te sera pas reproché...

— Qu'est-ce qui t'agitait tant, ce matin, dans l'abri ?

— Je me disais que, depuis l'instant où le père Le Goff a rompu mes fiançailles, Angélique est restée attentionnée à mon égard. Elle devait chercher à dissiper tout soupçon, lorsque j'apprendrais son rapprochement avec celui qui m'était destiné. Je pensais aussi qu'elle avait dû préparer une manière habile de me présenter la chose, le moment venu.

* *
*

Les jours suivants, je revisitai les événements survenus à mon insu. Des liens de plus en plus évidents s'établirent entre ce que j'avais vécu, pressenti et appris. Dès que je trébuchais, Charles me soutenait et m'éclairait. À deux, nous confinions à la vérité.

Angélique, que j'avais priée d'enquêter sur Éva, avait eu soin de me cacher l'existence d'une lettre anonyme ayant conduit la nouvelle prétendante à interrompre ses projets avec Tristan. Et pour cause ! Quelle comédienne ! J'aurais dû avoir la puce à l'oreille, lorsqu'elle me suggéra d'envisager – malgré l'absence d'indices – la possibilité qu'Éva pût être l'instigatrice du complot. Je l'entends encore me chuchoter qu'on ne connaît jamais vraiment les gens...

Le rôle joué par M. Arthus me tourmenta également. Pour éviter d'avoir à se salir les mains, il délégua les basses besognes à un être rustre mais loyal à qui il fit promettre de se porter garant des compères auxquels il ferait appel. Il ne fallait pas qu'ils commettent la moindre rapine ou brutalité sur ma personne, sans quoi l'étiquette libertine qu'il s'évertuait à agrafer sur ma poitrine se serait déchirée !

Je me penchai aussi sur l'entourage familial de sœur Hélène, à l'époque de mes fiançailles, et m'étonnai de ne pas m'être souvenue de son prénom ni de l'emplacement de sa congrégation, bien que sa présence dans les ordres eût été signalée.

Maintenant, les nuages voilaient le ciel. Au loin, des scintillements d'ailes accompagnaient des bateaux de pêche. Je songeai à mon père qui avait caché la vérité aux Le Goff, au profit d'une version crédible de ma disparition. S'il avait pu revenir en arrière, il l'aurait fait sans hésitation. Je le revis, le lendemain de mon retour, organiser le renvoi de la valise et des habits que les sœurs m'avaient prêtés, assorti d'un dédommagement substantiel.

Charles et moi foulions la grève depuis un long moment. Les flots qui nous faisaient face s'étaient creusés au fil de mes pensées : Sein redevenait Sein !

Je me glissai dans la peau de celle qui aurait dû être ma belle-mère depuis trois mois déjà : apprendre, par la plume de sa fille, que sa future bru s'était trouvée dans le lit d'un prêtre, loin de chez elle, comment aurais-je réagi ? N'aurais-je pas informé mon mari qu'il ne s'agissait pas d'un enlèvement politique, mais d'une attitude licencieuse, alarmante pour l'avenir de notre fils ? Avait-elle hésité avant d'allumer la mèche ? Comment aurait-elle pu opter pour le silence et exposer sa famille tout entière à d'insoupçonnables périls, en laissant son fils s'unir à une engeance de vipère ?

Ce qui se produisit ensuite coulait de source : vexé d'avoir été floué par la version fallacieuse de ma disparition, M. Le Goff mit un terme immédiat aux fiançailles de son fils avec une demi-mondaine au sage prénom de Catherine ! Bonhomme de prime abord, il n'en était pas moins fier et sanguin. Jouant de ses relations, il appliqua à la lettre le protocole de rupture d'engagement prévu en pareilles circonstances.

Et fin juin – le 30 précisément –, il répondit favorablement à une invitation du père d'Angélique. Début de rencontre classique parlant commerce, clients, parts de marché et stratégies d'expansion. Mais bientôt, leurs enfants s'immiscèrent dans des tractations professionnelles, tant et si bien qu'un rapprochement de leurs familles fut envisagé, puis s'imposa comme une opportunité à saisir, alliant le cœur et les affaires. Pourquoi le cœur, du point de vue des Le Goff ? Parce que Tristan ne s'était jamais montré insensible aux charmes féminins. L'élégance des tenues et des manières d'Angélique ne lui avait pas échappé durant les rares occasions où il l'avait croisée. Cette jeune personne avait suscité suffisamment d'intérêt pour qu'il évoque son sourire et sa distinction au cours d'un repas. Son père n'avait donc aucune raison de craindre que ce parti le laisse de marbre. Et après deux perspectives de mariage brisées en un temps record, il était de bon ton qu'un homme de son âge et de sa condition fonde sans tarder un foyer stable et prospère. De plus, un engagement aussi réfléchi qu'avec les Arthus dissiperait les bruits qui commençaient à circuler en ville, à propos du caractère un tantinet volage du futur héritier des fabriques et magasins Le Goff ! Bref, une occasion de mettre un terme honorable à ses turbulences affectives...

Je vis s'agiter au loin des voiles rouges, grises et blanches, basse-cour disputeuse dont l'effervescence me fit penser à Éva, lorsqu'elle dut apprendre la rupture de mes fiançailles avec Tristan. Je l'imaginai remontée comme un coucou, se renseignant sur l'origine du coup de théâtre. Puis son émotion, découvrant qu'elle résultait de mon inconduite : un trésor lui tendait les bras ! Avait-elle cherché à temporiser ses ardeurs ou s'était-elle précipitée, de crainte d'être évincée par une autre prétendante ?

Sur l'onde, l'agitation se doubla de nuées. Le soleil en sursis ne jetait plus de-ci de-là que de rares bouées de lumière auxquelles s'accrochaient autant d'ailes que de voiles. J'imaginai la détresse d'Éva rédigeant un prétexte policé mettant le holà à sa relation avec Tristan. Son cœur avait connu en quelques mois un formidable élan d'allégresse, suivi d'une chute vertigineuse à laquelle aucune fille de son âge n'aurait survécu, indemne.

Charles me sourit.

— Tu n'as pas faim, ma chérie ?

— Maintenant que tu le dis...

Tête contre tête, le vent mélangea nos cheveux. Et mon corps, abandonné à l'étrange tournure des événements, formait un trait d'union entre le sable et le ciel. J'étais enfin prête à tous les départs...

12

Entre hier et demain

Mercredi 24 octobre 1934

Trente-quatre Noëls déjà depuis notre première rencontre, et toujours le même éclat au fond du regard. Charles me fit découvrir l'amour humain. Son sacerdoce l'avait présenté comme incompatible avec celui du Tout-Puissant, mais, ensemble, nous apprîmes à ne plus opposer ni justifier nos sentiments. L'amour est démarche, l'amour est élan. Il ne peut être exclusif. Les Évangiles lui avaient enseigné que l'amour grandit à mesure qu'il se partage ; l'existence fit de ce prodige une réalité quotidienne, à mes côtés. L'amour ne se contrôle pas, il est vent qui soulève et emporte. Jamais il ne regretta où il l'avait mené. Nous n'étions pas faits pour nous rencontrer, mais pour nous aimer...

Maintes fois, sur l'oreiller, il me répéta que je lui avais fait découvrir l'amour. Lui avais-je suffisamment exprimé que lui aussi, au centuple même ? Sans lui, aurais-je connu un brasier intérieur ? D'un idéal abstrait, il fit une réalité tangible. Le regard qui m'avait troublée par une soirée auréolée me révéla celui qui lui donnait son éclat. Les roches et le sable battus par les vagues, l'obstination des embruns ou le goémon que la marée abandonne redéfinirent nos solitudes dans un monde de plus en plus peuplé d'hommes et de femmes sans cesse plus isolés...

Que ce soit en été, lorsque le temps s'accorde une pause, ou en hiver, quand il se déchaîne, l'île de Sein forge des caractères entiers, des fiertés et des droitures à la hauteur de l'âpreté qui l'habite, l'entoure et quelquefois la submerge.

En quittant le continent, il faut pénétrer dans le raz, en mer d'Iroise, à la manière d'un pénitent. Laisser la rencontre tumultueuse de l'Atlantique et de la Manche accomplir ou renouveler un sortilège ancestral. Ensemble, nous arpentâmes les rives opposées de l'amour. Avant de connaître Charles, ma foi en la divinité était sincère, mais commune, superficielle. Je contemplais la fuite des nuages à la surface d'une eau que j'imaginais miroir, mais dont j'ignorais la profondeur. Il m'apprit à y nager, à en percer le mystère. L'atroce sensation éprouvée sous la vague, par une nuit d'épouvante, devint clé de voûte d'un bonheur à deux, aux antipodes de celui auquel l'éducation m'avait destinée. Par son truchement, je découvris comment vivre pleinement.

Appuyés l'un contre l'autre, estropiés de la vie, nous ajustâmes nos pas, trouvâmes notre équilibre et courûmes à perdre haleine vers le soleil.

Sans jamais rien m'imposer ni m'inciter à renier, il m'affranchit des faux-semblants de mon milieu. Avant lui, j'étouffais de m'entendre dire qui j'étais et qui il me fallait devenir. Seule la dissidence pouvait révéler ma liberté. En retour, je le libérai des diktats de la religion. Il en vint à se sentir plus proche de Dieu en ma présence que solitaire dans son église. Il me remercia de lui avoir rendu la foi ! Le monde, bien sûr, vit les choses autrement, mais il nous oublia aussitôt la marée retirée...

* *
*

Nous nous mariâmes civilement le 12 septembre 1903 à la mairie de Quimper, face à la cathédrale. Une semaine plus tard, le recteur de Sein bénit notre union en l'église Saint-Guénolé, bâtie en partie par les mains de Charles, à quelques pas des Grands Causeurs.

J'avais passé l'année précédente chez mes parents, à préparer ma nouvelle vie. Il ne fallut pas moins de temps pour qu'ils acceptent ce qu'ils considéraient comme une folie d'abord, une provocation ensuite, une fatalité enfin. Mon père, qui avait tant bataillé pour imposer la version d'une rivalité politique, vit ses efforts anéantis par les caprices d'une fille ingrate et irresponsable. À force d'intercéder en ma faveur en plaidant l'imprévisibilité de l'amour, maman finit par assouplir la posture de son époux. Lorsque les esprits s'apaisèrent et que mon père put retourner aux conseils communaux sans crampes au ventre, il admit qu'il y avait plus grave que ce que je lui avais infligé ! Il en vint même à envisager la manière de m'aider, après mon départ du domicile familial.

Ma dernière année à Quimper me vit sollicitée à quelques occasions par Angélique ! Non sans mal, mais fidèle aux résolutions prises à Sein, j'acceptai ses invitations, à l'heure du goûter, chez ses parents. Lorsque l'envie me démangeait de lui tordre le cou et de lui cracher ses quatre vérités au visage, je me mordais les lèvres et m'efforçais de découvrir les raisons qui la poussaient à agir de la sorte. La réponse surgit de l'obscurité le 12 avril 1903, dans le confort ostentatoire de son salon. Après avoir multiplié les digressions spécieuses, elle me laissa entendre qu'elle s'était peu à peu éloignée du jeune Concarnois auquel elle était destinée, au profit d'une autre personne que je connaissais. Par malice, je feignis de ne pas deviner à qui elle faisait allusion. Je jouai tant et si bien l'innocente pour savourer son embarras qu'elle finit par me dire que j'allais sans doute lui en vouloir !

— T'en vouloir, Angélique ? Comment le pourrais-je, après tout ce que tu as fait pour moi ?

L'hypocrisie que je me découvrais me donnait des ailes !

— En fait, Catherine, j'ai appris qu'il n'était pas si vertueux qu'on me l'avait prétendu...

Elle s'attendait à ce que je réclame des explications qu'elle avait dû fourbir, mais je ne lui en offris pas l'occasion, la forçant à avancer à découvert.

— De fil en aiguille, en fréquentant diverses personnalités et en multipliant les rencontres mondaines, j'ai sympathisé avec un jeune Quimpérois.

— Et comment s'appelle l'oiseau rare ?

— Son prénom est commun pour un Breton.

— Mais encore ?

Elle baissa la tête et resta immobile un moment. Lorsqu'elle finit par relever les paupières, elle répondit :

— Tristan.

— Et aurait-il un nom de famille, ce Tristan ?

— Oui, naturellement ! Bien sûr qu'il a un nom de famille ! Comment pourrait-il en être autrement ?

Me délectant de son malaise, j'ajoutai :

— Qui sait, peut-être aurai-je entendu parler de son patronyme, si tu me l'indiques ? Pourquoi hésites-tu, ne sommes-nous pas amies ?

J'exultais !

— Bien entendu ! Il s'agit d'une famille portant un nom fréquent, par chez nous...

— Lequel ?

— Le Goff...

Feignant de ne pas faire le lien, je poussai le vice plus loin encore :

— Effectivement, il y a pléthore de Le Goff dans le Finistère !

— Oui, ils sont nombreux. Très nombreux, même...

— Un souci, ma chère ?

— Non, pourquoi ? Enfin, si. Peut-être un petit...

— Je t'écoute, Angélique, tu sais bien que tu peux tout me confier. Et que je peux tout entendre !

— Tout ?

— Bien entendu.

— Eh bien, il s'agit de Tristan, ton Tristan !

— Mon Tristan ? Quel Tristan ? Si tu penses au même que moi, j'ai tourné la page depuis longtemps...

Je la regardai droit dans les yeux.

— Tu piques un fard, Angélique ?

— Non, c'est déjà passé ! Mais il est vrai, Catherine, que tu as trouvé chaussure à ton pied, comme on dit... Oh ! Pardonne-moi l'expression qui n'est pas des plus heureuses...

— Effectivement.

Je ne pouvais bouder mon plaisir, satisfaite d'avoir gardé le contrôle, tout en déstabilisant la manipulatrice ! Elle ne me connaissait pas un tel tempérament. D'ailleurs, elle considérait sans doute que je n'en avais aucun ! J'enchaînai, afin qu'elle ne se doute de rien :

— Je suis très épanouie dans ma situation.

— Tu m'en vois bien aise, chère Catherine !

Hypocrite un jour, hypocrite toujours ! me dis-je, en songeant à l'adjectif qu'elle venait d'accoler à mon prénom. En me répondant, ses lèvres avaient à peine bougé. Non contente de m'avoir jetée dans la gueule du loup pour me ravir celui qui m'était destiné, elle jalousait mon bien-être actuel ! Comme si je n'avais pas le droit au bonheur, après tout ce qu'elle m'avait fait subir !

— Ça ne va pas, ma chère ? demanda-t-elle, ayant constaté que mon teint avait pâli.

Et encore ce « ma chère » !

— Si, si, tout va pour le mieux, très chère Angélique !

Je venais d'être à deux doigts de craquer en lui avouant tout ce que j'avais appris sur sa perfidie. Par chance, la perspective de dénoncer l'usage que Charles avait fait du sacrement de pénitence et de réconciliation m'avait retenue *in extremis* ! Je repris des couleurs.

— Je vous souhaite à tous les deux tout le bonheur que vous méritez, m'entendis-je ajouter, curieusement sans arrière-pensées.

— Tu ne m'en veux pas, Catherine ?

— Pourquoi ? Je le devrais ? Tu n'y es pour rien, à ce que je sache, dans la rupture de mes fiançailles avec Tristan, n'est-ce pas ?

— Comment ? s'offusqua-t-elle.

— Dans ce cas, il ne peut y avoir de soucis. Le hasard a décidé que tu tombes sur lui...

Ragaillardie, elle bascula sans transition sur les derniers potins mondains. Pour échapper à leur futilité, je songeai aux événements ayant permis à Charles de la démasquer. Il s'en était fallu de peu pour que tout capote, par ma faute : si, au cœur de l'incertitude, je l'avais mise au courant de la nature véritable des liens que j'entretenais avec le prêtre hébergé dans le presbytère de Saint-Mathieu, elle se serait méfiée de celui auquel elle allait confesser ses péchés dans la même paroisse. Si j'avais agi de la sorte avec la seule amie qui m'était restée fidèle, ce n'était pas par défiance, mais pour des raisons pratiques : d'abord, à cause des mots qui auraient pu lui échapper, en famille ou auprès de ses relations publiques, qui auraient ruiné les efforts déployés pour garder le contact avec Charles, malgré l'interdiction de mes parents. Et aussi, parce que je n'étais guère fière de mon attitude cachottière et peu chrétienne. Je craignais qu'elle la désapprouve, m'en veuille et prenne ses distances. Tant que je conservais une alliée, je n'étais pas rejetée de tous...

Angélique insista pour réitérer la promenade que nous avions tant appréciée au printemps 1902. Nous nous retrouvâmes ainsi, le 24 mai de l'année suivante, à déambuler dans les vieux quartiers de la cité médiévale. Je compris qu'elle s'assurait de l'absence de soupçons à son égard, depuis l'annonce de son rapprochement avec Tristan. De mon côté, entretenir une amitié de façade protégeait Charles des faits qui auraient pu lui être reprochés en matière de confession et qui n'auraient ni redoré son blason ni amélioré la future perception de notre union singulière. Il fallait juste que je tienne jusqu'à mon départ définitif de chez mes parents...

En confiance sur un pont fleuri d'où je venais d'apercevoir, tel un clin d'œil, le mont Frugy, Angélique m'annonça s'être fiancée avec Tristan la semaine précédente, dans la stricte intimité.

— Je vous souhaite tout le bonheur possible ! Et le mariage, c'est pour quand ?

— Le 27 juin.

Je fis mine de ne pas m'étonner de la proximité entre leurs noces et leurs fiançailles. Elle ajouta :

— Pour préserver Tristan de tout propos déplaisant, j'ai suggéré que nous gardions secrète notre promesse de mariage. C'est la raison pour laquelle nous avons limité la cérémonie à la stricte intimité de nos familles. La société n'est pas au courant. Mais toi, Catherine, c'est différent : j'ai tenu à ce que tu sois dans la confidence, comptant naturellement sur ta discrétion...

J'acquiesçai, n'en pensant pas moins ! Mais comment aurait-elle réagi si je lui avais objecté que leurs fiançailles avaient eu lieu le 30 août 1902 – le lendemain de sa deuxième confession à Charles –, et non le 16 mai 1903, comme elle le prétendait ?

— Bien entendu, je t'inviterai à notre mariage, Catherine.

Un silence.

— À moins que cela te mette, disons, mal à l'aise ?

— Mal à l'aise ?

Je ne pus m'empêcher de la provoquer à nouveau.

— Oui, au vu de votre passé, Tristan et toi… Tu vois ce que je veux dire ?

— Fais-tu allusion au fait qu'il m'a jetée comme une moins-que-rien ?

— Il ne faut pas exagérer, Catherine !

C'était l'hôpital qui se moquait de la charité ! Sortant tout à coup de sa réserve, elle eut l'insolence d'ajouter :

— Mets-toi à sa place, après tout ce qu'il a appris sur toi…

— Qu'insinues-tu, Angélique ?

— Voyons, à la petite escapade que tu as organisée sur l'île de Sein, pour retrouver le prêtre qui t'attirait tant et qui a fini par se défroquer pour tes beaux yeux !

À peine surprise par l'expression de mon visage, elle surenchérit :

— Tristan m'a tout expliqué : il a eu la confirmation que tu n'as pas été enlevée par des ennemis de ton père, mais que tu as bien été aperçue dans le lit d'un curé, sur une île au-delà de la pointe du Raz, comme la lettre de rupture de M. Le Goff le stipulait ! Et l'autre lettre – celle du prêtre que tu m'as laissée lire –, elle attestait aussi de ta présence chez lui, sur ce caillou perdu dans l'océan ! Rassure-toi, je ne t'en veux pas, Catherine. Tu as agi par amour. Et ne dit-on pas que l'amour excuse tout ?

C'était une experte qui parlait ! Elle était loin d'imaginer à quel point ses propos résonnaient en moi et me confirmaient l'ampleur de sa toxicité.

En me signalant qu'elle connaissait la vérité sur mes intentions déguisées en enlèvement, elle me laissait entendre qu'elle pourrait la divulguer sur la place publique, si d'aventure je cherchais à nuire à son projet marital avec Tristan. L'attaque, pour elle, restait décidément la meilleure des défenses !

Impossible de savoir, en revanche, si Tristan l'avait mise au courant de ma présence à Sein, comme elle le prétendait, ou si les occasions qu'ils avaient eues d'échanger ensemble avaient été aussi rares et encadrées que les miennes, à l'époque où je me trouvais dans le rôle de la future épouse. Autrement dit, j'ignorais si elle ne disposait que de la version officielle du courrier de rupture, ou si elle avait eu vent de la dénonciation involontaire de sœur Hélène.

Quelle redoutable stratège ! Elle venait d'ajouter le chantage à son tableau de chasse et à la liste déjà bien fournie de ses dons de manipulatrice ! Avertissement reçu : je cessai sur-le-champ de la taquiner et même de la fréquenter.

— Alors, Catherine, seras-tu des nôtres à notre mariage ?

— Je pense qu'il est préférable que je m'abstienne...

— Comme tu le voudras, ma chère. Je peux comprendre ta position...

Je me mordis une dernière fois les lèvres pour m'empêcher de répliquer, mais si fortement cette fois que je saignai ! Je saisis ce prétexte pour écourter notre promenade et rentrer au pas de course chez mes parents ! Nous ne nous revîmes plus jamais.

* *
*

Charles et moi nous installâmes sur l'île de Sein le lendemain de la bénédiction de notre union en l'église Saint-Guénolé. L'idée de poser nos valises sur cette vague éminence rocheuse avait longtemps cheminé en nous. Pour ma part, le double choc émotionnel de mon apparition dans le lit d'un prêtre et de mon sauvetage de la noyade avait transformé la fureur océane en une nostalgie grandissante, puis dévastatrice, tandis que j'étouffais, emmurée, dans les fortifications de ma ville natale.

La journée, à Sein, la mer est impressionnante. La nuit, elle se révèle souveraine. Loin de ses mystères, mais reliée à eux par l'Odet, j'admis qu'ils m'avaient envoûtée et que j'attendais une raison de retourner sur place. En marge des sentiments que j'éprouvais pour un coup de cœur inaccessible, je ne cherchais plus à dissimuler ma fascination pour la mer. Dès que mes paupières s'alourdissaient, le soleil se réfugiait au creux des vagues qu'il parait de reflets émeraude ou turquoise aptes à tout réconcilier...

Grâce à l'aide financière de mes parents, nous acquîmes une maison en piètre état et le matériel nécessaire à sa restauration. Les talents d'homme à tout faire que Charles avait développés sur le chantier de l'église vinrent à bout en trois années de ce qui menaçait la sécurité de notre demeure et la transformèrent en un nid douillet où nous vécûmes profondément heureux.

Les travaux achevés, Charles acheta une embarcation qu'il rénova et qui lui permit de se lancer dans l'activité reine de l'île : la pêche. Après avoir été pêcheur d'hommes, il eut l'humilité de se reconvertir en pêcheur de poissons, remontant ainsi le cours habituel d'un sacerdoce ! Les maigres revenus de sa nouvelle profession assurèrent l'essentiel de notre subsistance, le reste provenant de ses compétences de maçon.

Quant à moi, Sénane adoptive, je partageais mon temps entre la récolte et le fumage du goémon, et le soutien aux familles démunies. L'éducation des enfants en difficulté m'occupa également des mois durant. Les sœurs de l'Esprit saint apprécièrent mon aide, lorsqu'elles se trouvaient débordées, c'est-à-dire quotidiennement !

Charles et moi aurions souhaité que notre union conjugale fût consacrée par le sacrement du mariage, mais cela fut impossible : un prêtre défroqué ne pouvait se marier à l'église qu'après avoir été rétrogradé par Rome, dans les formes, au statut de laïque, ce qui demeurait exceptionnel.

L'année 1909 vit mon ventre une première fois s'arrondir. Le fruit de notre amour dépassa nos espérances et portait le prénom de Jeanne. Quant à celui de Geneviève, il nous combla de joie deux ans plus tard, aux premiers frissons de l'automne. Notre vie se centra ainsi sur de nouveaux sourires. Nous élevâmes nos filles de notre mieux, jusqu'à leur départ vers le continent, pour la poursuite de leur scolarité.

Vous l'avez compris, Jeanne et Geneviève, c'est pour vous que j'ai écrit ce récit – l'histoire de vos parents –, pour que vous en connaissiez la genèse et la singularité, au-delà des grandes lignes que l'enfance vous a livrées, au hasard des conversations familiales.

Votre père et moi nourrissons l'espoir que ces mots qui s'achèvent rejoignent vos îles respectives et – qui sait ? – celles de la chair de votre chair...

Je vais à présent pouvoir me débarrasser du carnet dans lequel j'ai consigné au fil de l'eau les détails de la folle aventure dans laquelle je me suis réveillée par un matin d'hiver, en 1902.

Vous parties, et votre père à la pêche, combien d'heures suis-je restée seule face aux vagues et à des souvenirs hantés par une heureuse trahison ? La mer m'a adoptée ; j'ai appris à la connaître et à l'aimer.

Un soir d'été où le ciel flamboyait, la brise me susurra que j'avais finalement pardonné à Angélique. Je n'avais guère de mérite : le pardon était simple dans ma situation. Aurait-il été sincère, sans l'appui de votre père ?

Les années passèrent, tels les nuages les nuits de pleine lune. Les vagues aussi se succédèrent jusqu'au rivage, inlassablement. Il y a toujours un rivage... Le départ de mon père, en 1925, me replongea dans les tourments de mon enlèvement, mais votre père sut trouver le silence qui seyait à mon alanguissement. Trois années plus tard, le lendemain des soixante-sept printemps de votre grand-mère maternelle, elle le rejoignit dans son sommeil. Depuis, les tempêtes et les éclaircies continuent de rythmer la destinée de Sein.

De loin en loin, le vent nous apporta des nouvelles du continent. D'Angélique, en particulier, que jamais nous n'inquiétâmes, conformément à notre résolution. Elle tint de son mieux son rôle d'épouse attentionnée, jusqu'à ce que se profile le spectre de l'infertilité. L'humeur conjugale en pâtit, incitant Tristan à multiplier les infidélités auprès de personnes de plus légère compagnie... Angélique supporta les absences de son compagnon de vie comme la rançon de sa possession. Mais le temps vint où son imagination féconde se retourna contre elle, sous les traits de petites plaies indolores sur le visage et les bras de son bien-aimé. Incertitude d'abord, effroi ensuite. Le verdict tomba de la bouche du médecin de famille : la syphilis ! Compte à rebours enclenché pour une agonie à deux, pouvant durer une quinzaine d'années... À en croire la rumeur, elle aurait préféré avoir été contaminée également, afin d'abréger ses souffrances, mais la distance qu'elle avait elle-même instillée dans l'intimité de leur couple l'en prémunit ! Condamnée à assister à la lente décrépitude de tout ce qu'elle avait bâti et aimé, elle se retira de la scène publique. Il se dit, en ville, que son calvaire n'est pas encore achevé, malgré les années écoulées depuis le dernier souffle de son mari.

Si loin d'elle et de l'agitation d'alors, combien de fois sanglotai-je devant la cruauté du sort ? Certes, Angélique fut châtiée par où elle avait péché, mais avec quel acharnement et pour quel progrès ? Nul n'est maître de sa destinée, la vie seule mène le jeu...

En cette soirée du 24 octobre 1934, je viens de mettre un point final au récit que votre père m'a instamment suggéré d'écrire pour vous, les filles, par devoir de mémoire. Ses bras autour de ma taille, je réalise, sur la plage, auprès du feu, combien il avait raison.

Les yeux noyés de larmes sous la magnificence du couchant, nous redécouvrons ce que nous savons depuis toujours : pour nous, l'horizon fut une île et l'île un envol...

À paraître en septembre

À paraître en septembre